KB058069

열두 개의 의자 2

세계문학의 숲 037

1 2 с т у л ь е в

열두 개의 의자 2

일리야 일프 · 예브게니 페트로프 지음

이승억 옮김

시공사

일러두기

1. 이 책은 일리야 일프(Илья Ильф), 예브게니 페트로프(Евгений Петров) 두 사람이 '일프 와 페트로프'라는 필명으로 공동 창작한 《열두 개의 의자(12 стульев)》(1928)를 우리말 로 옮긴 것이다.
2. 번역은 1994년 러시아 '예술문학(Художественная литература) 출판사'에서 편찬한 '일 프와 페트로프 선집' 1권에 수록된《열두 개의 의자》를 대본으로 삼았다.
3. 본문의 주는 모두 옮긴이 주이다.

발렌틴 카타예프에게 바친다

차례

2부
모스크바에서

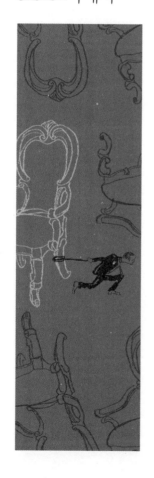

23장
압살롬 블라디미로비치 이즈누렌코프

동업자들에게 수확의 시기가 찾아왔다. 오스타프는 그들이 분주하게 움직이는 동안 의자를 묶어둘 필요가 있다고 생각했다. 때때로 오스타프는 이폴리트 마트베예비치를 심문하긴 했으나 그에게 행정적인 일을 맡겼다.

"어쩌다 내가 당신과 엮이게 되었을까요? 솔직히 말하자면, 왜 지금 당신이 여기 있는지 이해할 수 없습니다. 그냥 당신 집, 당신이 일하는 작스로 가버렸으면 좋겠군요. 그곳에는 죽은 사람들과 새로 태어난 사람들이 당신을 기다리고 있을 겁니다. 젊은 사람들을 괴롭히지 말고 빨리 가버리세요!"

그러나 위대한 사기꾼의 마음 한구석에는 이 외로운 귀족단장에 대한 애착이 느껴졌다. '그래, 그가 없었으면 이렇게 재미있는 삶을 살지도 못했겠지.' 오스타프는 보로뱌니노프의 머리통에 자라난 짧은 은색 잔디밭을 즐거운 마음으로 바라보았다.

오스타프는 이폴리트 마트베예비치에게 그들 계획의 상당 부분을 할당해주었다. 조용한 이바노풀로가 자리를 비우자마자, 벤데르는 동업자의 머릿속에 보석을 찾는 가장 빠른 방법들을 확실하게 심어주었다.

"대담하게 행동할 것. 아무한테나 이것저것 캐묻지 말 것. 약간 냉소적으로 행동할 것, 사람들은 그런 행동을 좋아하는 법입니다. 제3자를 통해 일을 진행하지 말 것. 더 이상 바보 같은 행동을 하지 말 것, 누구도 당신을 위해서 낯선 사람의 주머니 속에 있는 보석을 꺼내주지 않습니다. 형사 범죄를 저지르지 말 것. 반드시 법을 준수할 것."

그럼에도 불구하고 수색은 그다지 특별한 진전이 없었다. 형사 범죄에 관한 법전과 모스크바 주민들이 가지고 있는 거대한 부르주아적인 편견이 그들을 방해했기 때문이다. 예를 들면, 그들은 창문을 통하지 않고서는 밤에 다른 집을 방문할 수 없었다. 법의 테두리 안에서만 일을 해야 했다.

이바노풀로의 방에는 오스타프가 엘로치카 슈키나를 방문하고 얻어 온 의자가 있었다. 차 거름망과 교환한 의자였고, 계산상 세 번째 노획물이었다. 보석을 찾기 시작한 이래로 동업자들은 의자를 발톱으로 뜯고 스프링을 물어뜯을 때마다 격한 감정에 휩싸이곤 했다.

"만일 앞으로 의자에서 아무것도 발견하지 못한다 해도." 오스타프가 말했다. "적어도 1만 루블은 벌었다고 생각하십시다. 매번 의자를 파헤칠 때마다 우리는 기회를 얻고 있지 않습니까? 젊은 부인의 의자 속에 아무것도 없다는 것이 뭐 대단한 일이겠습니까? 이것 때문에 괜히 의자를 부술 필요는 없을 것 같습니다. 이바노풀로에게 의자를 다시 조립하라고 해야겠습니다. 그렇게 하는 편이 더 나을 것 같습니다."

그날 동업자들은 이바노풀로의 집에서 나와 뿔뿔이 흩어졌다. 이폴리트 마트베예비치에게는 사도바야-스파스카야 거리에 살고 있는 의자 소유자에게 가라는 명령이 떨어졌다. 비용으로 25루블이 주어졌고, 절대로 맥줏집에 들르지 말 것과 의자 없이 돌아오지 말라는 명령도 받았다. 그리고 오스타프 자신은 옐로치카의 남편에게 갔다.

이폴리트 마트베예비치는 6번 버스를 타고 도시를 가로질러 갔다. 덜컹거리는 의자에 앉아 가끔씩 천장까지 머리가 튕기는 버스 안에서 이폴리트 마트베예비치는 어떻게 그 남자의 이름을 알아내야 할지, 어떻게 그의 집에 들어갈 구실을 만들어야 할지, 그리고 처음에 무슨 말을 해야 하며, 어떻게 본질로 바로 접근할 것인지에 대해 생각했다.

크라스니예 보로타 광장 거리 근처에서 내린 이폴리트 마트베예비치는 오스타프가 적어준 주소를 찾아 집 근처에 이르렀다. 그는 아직 들어갈지 말지를 결정하지 못했다. 건물은 낡고 더러운 모스크바의 호텔을 개조하여 공동주택으로 사용하고 있었는데, 낡아빠진 현관 모습으로 보아 지독한 세금 체납자들이 살고 있는 듯했다.

이폴리트 마트베예비치는 현관 입구 맞은편에서 오랫동안

서 있다 입구로 다가갔다. 그리고 메모지에 적힌 주소를 외우다시피 반복하면서 아무 생각 없이 2층으로 올라갔다. 방들은 복도를 따라 벽 양쪽으로 배치되어 있었다. 어려운 수학 문제를 풀기 위해서 칠판 앞으로 다가가는 학생처럼 이폴리트 마트베예비치는 천천히 41호 방 앞으로 다가갔다. 문에는 초인종이 하나 있었고, 그 밑에 다음과 같은 명패가 달려 있었다.

표표뀰숙크이 |치|표티미러코를 물룡탕

정신이 멍해졌다. 이폴리트 마트베예비치는 노크하는 것도 잊어버리고 벌컥 문을 열었고, 몽유병 환자처럼 세 걸음을 걸어서 방 한가운데로 들어갔다. 그제야 그는 정신을 차렸다.

"실례합니다." 그는 소심한 목소리로 말했다. "이즈누렌코프 동무를 만나러 왔습니다만……."

아무 대답도 들리지 않았다. 보로뱌니노프는 고개를 들었고, 그제야 방에 아무도 없다는 것을 알아차렸다.

겉으로 드러난 방의 모습만으로는 주인의 성격을 결코 단정할 수 없다. 그러나 이 방의 주인이 현재 독신이며 가정부를 두고 있지 않다는 사실만은 분명히 알 수 있었다. 창틀에는 소시지 껍질들이 가득했고, 벽 근처에 놓인 등받이 없는 긴 의자에는 신문지 더미가 쌓여 있었으며, 조그만 선반 위에는 먼지가 잔뜩 앉은 책들이 놓여 있었다. 벽에는 고양이, 새끼 고양이, 암고양이들의 컬러 사진들이 걸려 있었다. 방 한가운데에는 옆으로 비스듬히 쓰러진 더러운 장화와 호두나무로 만든 의자가 있었다. 스타르고로드에서 온 의자를 포함하여 집 안에 있는 모든 가구들에는 검붉은색의 차압 도장이 찍혀 있었다. 그러나 이폴리트 마트베예비치는 신경 쓰지 않았다. 그는 오스타프가 주의를 준 형사 범죄에 관한 법전을 잊어버리고 의자 쪽으로 달려갔다.

바로 그 순간, 긴 의자 위에 쌓여 있던 신문지 더미가 움직이기 시작했다. 이폴리트 마트베예비치는 화들짝 놀랐다. 신문지들이 한쪽으로 기울어지더니 바닥으로 떨어졌다. 얌전한 새끼고양이가 신문지 더미 속에서 모습을 드러냈다. 고양이는 이폴리트 마트베예비치를 무심하게 쳐다보더니 발로 귀와 뺨과 수염을 닦기 시작했다.

"휴우!" 이폴리트 마트베예비치가 큰 숨을 내쉬었다.

그는 의자를 들고 문 쪽으로 갔다. 순간 문이 저절로 열렸다. 문턱에서 이 방의 주인이 모습을 드러냈다. 그는 외투를 입고 있었는데 외투 아래로 연보랏빛 속옷이 보였고, 손에 바지를 들고 있었다.

압살롬 블라디미로비치 이즈누렌코프로 말하자면, 소비에트 공화국 전체를 통틀어 이런 사람은 없다고 단언할 만한 인물이다. 소비에트 공화국은 그의 공적을 높이 평가했다. 그는 공화국에 매우 유용한 인재였다. 음악에서의 샬랴핀, 문학에서의 고리키, 체스 게임에서의 카파블랑카, 스케이트 경주에서의 멜니코프, 그리고 트베르스카야 거리와 카메르게르스키 거리에서 가장 구두를 잘 닦는 것으로 명성이 자자한 큰 코에 검붉은 피부를 가진 아시리아인처럼, 그는 자신의 영역에서 이들과 견줄 수 있는 거장이었음에도 철저히 무명으로 지냈다.

샬랴핀은 노래를 불렀고, 고리키는 장편소설을 썼다. 카파블랑카는 알레힌과의 시합을 준비했고, 멜니코프는 기록을 세웠으며, 아시리아인은 시민들의 구두를 태양처럼 반짝거리게 닦았다. 그리고 압살롬 이즈누렌코프는 풍자를 했다.

그는 단순한 말장난을 위한 목적 없는 풍자는 결코 하지 않았다. 잡지사의 요구에 따라 작업을 하는 그는 매우 중대한 캠페인의 사명을 자신의 어깨 위에 홀로 짊어졌고, 모스크바에서 간행되는 거의 대부분의 풍자 잡지에 실리는 삽화와 칼럼에 소재를 제공했다.

위대한 사람들은 일생에 단 두 번의 풍자를 한다고 한다. 이러한 풍자는 그들의 명예를 높여주고 역사에 남는다. 이즈누렌코프는 모든 사람들을 반복해서 웃게 만드는 최고의 풍자를 한 달에 적어도 60번 이상 한다. 그러나 그는 무명인 채로 남아 있다. 만일 이즈누렌코프의 풍자 소재에 의해 삽화가 인기를 얻게 된다면 그 영예는 삽화를 그린 화가의 것이 된다. 왜냐하면 화가의 이름은 삽화에 기입되지만, 이즈누렌코프의 이름은 기입되지 않기 때문이다.

"이건 정말 끔찍한 일이야!" 그가 소리쳤다. "내 이름을 넣는 것은 불가능해. 어디에다 서명을 한담? 두 줄밖에 안 되는 글에?"

그는 불량한 협동조합원들, 공금 횡령자들, 체임벌린, 관료주의자들과 같은 사회의 적들을 상대로 맹렬하게 투쟁했다. 그는 자신의 기지 넘치는 풍자를 통해 아첨꾼들, 주택 관리인들, 사유재산 소유자들, 공장 관리인들, 훌리건들, 가격을 내리고 싶어 하지 않는 시민들*, 경제 제도의 변화를 꺼리는 기업가들의 마음을 쓰리게 했다.

그의 풍자 구절들이 여러 잡지를 통해 세상에 빛을 보게 된 뒤로는, 서커스 무대에서 울려 퍼지기도 하고, 원작자를 밝히지 않고 일부 석간신문에 반복되어 사용되기도 하고, 풍자 시인들에 의해 무대에서 불리기도 했다.

이즈누렌코프는 우스울 것이 전혀 없을 듯한 영역들에서도 풍자를 하기 위해 머리를 쥐어짜곤 했다. 생산원가가 지나치게 올라버린 그런 황무지에서 이즈누렌코프는 거의 100편의 걸작 유머를 만들어냈다. 만일 하이네에게 짐을 제시간에 배달해 주지도 못하면서 높은 배송비를 받는 운송 체계에 대해 웃음이 담긴 사회적으로도 유익한 글을 써달라고 제안했다면, 그는 포기했을 것이다. 마크 트웨인이 이런 제안을 받았다면 필시 줄행랑을 쳤을 것이다. 그러나 이즈누렌코프는 자신의 자리를 지켰다.

그는 담배꽁초를 찾기 위해 휴지통을 뒤지면서 출판사의 사

---

*1927년 2월 소련 공산당 중앙위원회는 일부 공산품에 대해 가격 인하를 결의했다. 그러나 이때는 자본주의를 일부 인정하는 신경제정책 시기였기 때문에, 가격 인하 정책으로 인한 막대한 손해를 예상한 일부 개인 상인들의 반대가 있었다.

무실들을 여기저기 돌아다녔다. 그러다가 10분쯤 지나면, 그의 머릿속에는 주제가 떠오르고, 그림이 구상되며, 제목이 만들어지는 것이다.

자신의 방에서 자신의 의자를 들고 나가려는 사람을 발견한 압살롬 블라디미로비치는 방금 재단사에게서 수선해 온 바지를 손에 든 채로 펄쩍 뛰며 소리쳤다.

"정신 나간 사람이군! 정식으로 항의하겠소! 당신들은 이럴 권리가 없소! 아무리 그래도 법이란 게 있는데! 바보들은 법이 뭔지도 모르지만, 보아하니 당신은 가구를 훔치면 적어도 2주일은 감옥신세를 진다는 건 아는 사람 같은데! 검사에게 탄원하겠소! 내가 비용을 지불해야겠지만!"

이폴리트 마트베예비치는 그 자리에 꼼짝 않고 서 있었다. 이즈누렌코프는 외투를 벗어 던지고 문을 막아 선 채, 자신의 살찐 다리에 바지를 끼워 넣었다. 이즈누렌코프는 얼굴은 말랐지만 몸은 육중했다.

보로뱌니노프는 집주인이 당장 자신을 경찰서로 끌고 갈 거라고 의심치 않았다. 그래서 집주인이 옷을 고쳐 입은 뒤 예상외로 진정한 모습을 보고는 크게 놀랐다.

"이보시오." 집주인은 화를 누그러뜨리고 말했다. "그래도 난 당신의 이런 행위에 정말로 동의할 수 없소."

이폴리트 마트베예비치 역시 자신이 이즈누렌코프의 입장이었다면, 백주 대낮에 자신의 의자를 훔쳐 가는 일에 동의할 수 없었을 것이다. 그러나 그는 무슨 말을 해야 할지 몰라 그저 말

없이 서 있기만 했다.

"이건 내 잘못이 아니오. 전적으로 음악기구협의회*의 책임이오. 좋소, 내 솔직하게 고백하리다. 난 피아노 임대료를 8개월간 내지 못했소. 그러나 그것을 팔 기회가 있었을 때도 팔지 않았소. 난 양심적으로 행동했소. 하지만 그들은 도둑놈처럼 행동하면서, 피아노를 가져가고 날 재판에 회부하고 내 가구들을 차압했소. 그러나 내게선 아무것도 차압할 수 없소. 내 가구는 인민의 재산이고, 이 의자 역시 인민의 재산이란 말이오!"

이폴리트 마트베예비치는 이게 도대체 무슨 일인가 하고 생각하기 시작했다.

"의자를 내려놓으시오!" 압살롬 블라디미로비치가 갑자기 절규하듯 말했다. "알아들었소? 이 관료주의 양반아!"

이폴리트 마트베예비치는 순순히 의자를 내려놓고 중얼거렸다.

"죄송합니다, 말썽을 피워서……. 제가 하는 일이 그런 일이라……."

이즈누렌코프는 순간 매우 즐거워졌다. 그는 방 안을 이리저리 뛰어다니며 노래를 불렀다. "아침마다 그녀는 창문가로 나와서 또다시 미소를 짓고 있네, 언제나 그랬던 것처럼." 그는 자신의 손으로 무엇을 해야 할지 몰랐다. 처음에는 넥타이를 매다가 다 매지도 않고 던져버렸고, 그다음에는 신문을 들었지만 아무것도 읽지 않고 바닥에 팽개쳐버렸다.

*소련 정부의 인민계몽위원회 산하에 있는 기구. 주로 악기의 생산, 수리, 판매, 임대 등의 일을 했다.

"그러니까 당신은 오늘 가구를 가져가지 않는단 말씀이시죠? 좋소! 하하!"

이폴리트 마트베예비치는 왠지 모르게 자신에게 유리해진 상황을 이용하여 문 쪽으로 다가갔다.

"잠시만 기다리시오!" 이즈누렌코프가 소리쳤다. "혹시 이런 종류의 고양이 본 적 있소? 정말로 털이 엄청나게 많은 놈이지 않습니까?"

고양이는 이폴리트 마트베예비치의 떨리는 손 위로 건네졌다.

"정말 좋은 품종이죠!" 압살롬 블라디미로비치는 넘쳐나는 힘을 주체하지 못하고 중얼거렸다. "하하! 하하!"

그는 창문 쪽으로 가서 두 손을 꼭 쥐고는 맞은편 건물에서 자신을 보고 있는 두 명의 아가씨들에게 고개를 숙이며 몇 번이고 인사를 해댔다. 그는 제자리에서 발을 구르면서 괴로운 신음 소리를 냈다.

"시골에서 올라온 처녀들이죠! 정말 좋은 품종이에요! 최상품이죠! 오호! 아침마다 그녀는 창문가로 나와서 또다시 미소를 짓고 있네, 언제나 그랬던 것처럼."

"그럼 저는 이만 가겠습니다." 이폴리트 마트베예비치가 우둔한 목소리로 말했다.

"잠깐만, 잠깐만 기다려주시오!" 갑자기 이즈누렌코프가 흥분하여 말했다. "잠깐이면 됩니다! 아, 그런데 고양이가 어디 갔지? 정말로 털이 많은 놈이지 않습니까? 잠깐만 기다려주시오! 금방 오겠습니다!"

그는 정신없이 모든 주머니를 뒤지더니, 어디론가 뛰어갔다가 다시 돌아왔고, 한숨을 쉬고 창밖을 바라보다 다시 뛰어갔다 돌아왔다.

"미안하오, 친구." 그는 이렇게 정신없는 일들이 벌어지는 동안에도 군인처럼 팔짱을 끼고 서 있는 보로뱌니노프에게 말했다.

그러고는 귀족단장에게 50코페이카 은화를 주었다.

"아니오, 아닙니다. 제발 거절하지 마시오. 모든 노동에는 대가가 주어져야 합니다."

"정말 감사합니다." 보로뱌니노프는 자신의 민첩한 수완에 스스로 놀라면서 말했다.

"감사합니다, 사랑스러운 분이시여. 감사합니다, 당신은 정말 좋은 분입니다!"

이폴리트 마트베예비치는 복도를 따라 걸으며 이즈누렌코프의 방에서 나오는 절규, 노래, 정열적인 외침을 들었다.

거리로 나온 순간, 오스타프의 명령이 떠오른 보로뱌니노프는 두려움에 몸을 떨기 시작했다.

에르네스트 파블로비치 슈킨은 친구가 여름 동안 자신에게 마음껏 사용하라고 빌려준 텅 빈 집에서 이리저리 돌아다니다, 목욕을 할 것인가 말 것인가 하는 고민에 빠졌다.

방이 세 개 딸린 아파트는 9층 건물 지붕 바로 밑에 있었다. 집에는 책상과 보로뱌니노프의 의자, 그리고 거울이 전부였다.

햇빛이 거울에 반사되어 눈이 부셨다. 기술자 에르네스트는 책상에 잠시 엎드려 있다가 벌떡 일어났다. 몸이 슬슬 더워지기 시작했다.

'목욕을 해야겠군.' 그는 결정했다.

에르네스트는 옷을 벗고 시원한 기분을 느낀 후, 거울 속 자신의 모습을 들여다보다 욕실로 들어갔다. 서늘한 냉기가 몸을 감쌌다. 그는 욕조 안으로 들어가 하늘색 에나멜 칠이 된 바가지로 물을 마구 끼얹고는 열심히 씻어댔다. 그의 몸은 하얀 눈송이 같은 거품에 덮여 산타클로스처럼 보였다.

"기분 좋군!" 에르네스트 파블로비치가 말했다.

모든 것이 훌륭했다. 기분이 상쾌했고, 아내가 없었다. 그의 앞에 완전한 자유가 있었다. 에르네스트는 비누 거품을 씻어내기 위해 수도꼭지를 돌렸다. 수도꼭지에서 목이 메는 듯한 소리가 나더니 뭔가 알 수 없는 소리가 서서히 들려왔다. 물이 나오지 않았다. 에르네스트는 미끄러운 손가락을 수도꼭지 구멍에 집어넣어보았다. 가는 물줄기가 쪼르륵 흘러나오더니 다시 아무것도 나오지 않았다. 그는 인상을 찌푸리고 욕조에서 나와 다른 수도꼭지가 있는 부엌으로 갔다. 그러나 거기에서도 아무 것도 나오지 않았다.

에르네스트 파블로비치는 방 안을 잠시 돌아다니다가 거울 앞에 멈춰 섰다. 비누 거품에 눈이 따갑고, 등이 가려웠다. 비누 거품이 바닥에 떨어지기 시작했다. 욕조에서 여전히 물소리가 들리지 않자, 그는 관리인을 부르기로 결심했다.

'관리인에게 물을 가져다달라고 해야겠어.' 그는 눈에 묻은 거품을 닦아내며 점점 화가 나기 시작했다. '젠장! 이게 어떤 상황인지 겪어보지 못한 사람은 모를 거야!'

그는 창가로 갔다. 저 아래 마당에서는 아이들이 체스를 두며 놀고 있었다.

"관리인!" 에르네스트 파블로비치가 소리쳤다. "관리인!"

아무도 대답하지 않았다.

그때 에르네스트는 관리인 사무실이 계단 맨 아래 1층 현관에 있다는 걸 떠올렸다. 그는 한 손으로 차가운 계단 난간을 잡고 다른 손으로는 문을 잡은 채 계단 아래를 내려다보았다. 그가 있는 9층에는 친구의 집을 제외한 다른 가구는 없었기 때문에 누군가에게 이상한 비누 거품 복장의 자신을 들킬까 하는 두려움은 없었다.

"관리인!" 그는 밑으로 소리쳤다.

에르네스트의 소리는 굉장한 소음을 일으키며 계단을 타고 내려갔다.

"우웅!" 계단이 대답했다.

"관리인! 관리인!"

"우웅! 우웅!"

순간 참을성 없이 동동거리던 맨발이 미끄러졌고, 에르네스트는 몸의 균형을 잡기 위해 무의식적으로 문을 잡고 있던 손을 놓아버렸다. 미국산 자물쇠가 달려 있던 문은 쇳소리를 내며 저절로 잠겨버렸다. 벽이 흔들렸다. 에르네스트는 한번 벌어진 일은 돌이킬 수 없다는 것을 이해하지 못하고 손잡이를 잡아당겼다. 문은 열리지 않았다.

에르네스트는 완전히 정신이 나간 채로 손잡이를 몇 번 더 당겨보고 나더니 놀란 심장을 억누르며 조용히 귀를 기울였다. 저물녘의 교회처럼 정적이 흘렀다.

'상황이……' 에르네스트는 생각했다.

"개자식!" 그는 문에 대고 말했다.

아래에서는 사람들의 목소리가 폭죽처럼 터져 나오기 시작했다. 그다음에는 집 안에 있는 개들이 짖는 소리가 확성기에서 나오는 소리처럼 울려 퍼졌다.

아래층 복도에서 유모차를 끄는 소리가 들렸다.

에르네스트는 어쩔 줄 몰라 좁은 복도를 왔다 갔다 했다.

"미치겠군!"

지금 실제로 일어난 이 모든 일이 너무나 어처구니없었다. 그는 다시 문 쪽으로 가서 귀를 기울였다. 집 안에서 어떤 소리가 들렸다. 처음에는 안에서 누군가가 움직이는 소리인 줄 알았다.

'누가 뒷문으로 들어온 건가?' 그는 뒷문이 잠겨 있고 아무도 집으로 들어올 수 없다는 걸 알고 있었음에도 그렇게 생각해보았다.

단조로운 소리가 계속 이어졌다. 에르네스트는 숨을 죽였다. 그제야 그는 이 소리가 물이 나오는 소리임을 알게 되었다. 분명 집 안의 모든 수도꼭지에서 나는 소리가 틀림없었다. 에르네스트 파블로비치는 울부짖기 직전이었다.

상황은 계속 악화됐다. 모스크바에서, 그것도 도시 중심가의 9층 아파트 복도에서 고등교육을 받은 수염 기른 성인이 완전히 발가벗은 채로 비누 거품에 싸여 서 있는 것이다. 아무 데도 갈 곳이 없었다. 그는 이러한 모습으로 사람들에게 발각되느니 속히 감옥에 가는 편이 더 낫겠다는 생각마저 들었다. 남은 것은 파멸뿐이었다. 거품이 꺼지면서 등이 따끔거렸다. 손과 얼굴에 남아 있던 거품은 이미 말라서 살갗을 당기고 있었다.

그렇게 30분이 지나갔다. 에르네스트는 석회로 만들어진 벽에 몸을 비비며 신음 소리를 냈고, 몇 번이고 미친 듯이 문을 부수려고 노력했다. 그는 더러워졌고 이상한 모습이 되었다.

슈킨은 어떤 일이 생기더라도 아래로 내려가서 관리인에게 가기로 결심했다.

'다른 방법이 없어, 없다고. 관리인에게 모든 것을 맡기는 수밖에!'

그는 숨을 죽이며, 남자들이 물에 들어가면 으레 하듯이 손으로 어딘가를 가리고 천천히 계단을 따라 내려가기 시작했다. 그는 9층과 8층 사이의 층계참에 있었다.

그의 모습이 마름모와 사각형이 섞여 있는 창문을 통과해 들어온 햇빛에 밝게 드러났다. 그 모습이 콜롬비나와 피에르의 얘기를 엿듣는 아를레킨의 모습과 어딘가 닮아 있었다.* 8층 복도로 내려서자, 갑자기 한 방에서 자물쇠가 열리더니 발레 가

---

*러시아 작가 알렉산드르 블로크의 《발라간칙》(1906)에 나오는 내용으로 주인공 아를레킨, 콜롬비나, 피에르의 삼각관계에 관한 한 장면을 얘기하고 있다.

방을 든 젊은 여성이 밖으로 나왔다. 에르네스트는 젊은 여성이 문 밖으로 걸음을 내딛기도 전에 재빨리 위층으로 다시 올라갔다. 그는 무섭게 고동치는 자신의 심장 소리에 귀가 멀어 버릴 것 같았다.

30분이 지나고 나서야 에르네스트는 새로운 공격에 착수할 수 있었다. 이번에는 아무것도 신경 쓰지 않고 맹렬히 밑으로 돌격하여 자신을 구원해줄 관리인에게 단번에 내려가리라 굳게 결심했다.

그는 행동으로 옮겼다. 소리 나지 않게 한 번에 네 개의 계단을 껑충 뛰면서 밑으로 내려가기 시작했다. 6층 층계참에서 그는 잠시 멈추었다. 이것이 그를 파멸시켰다. 밑에서 누군가가 올라오고 있었던 것이다.

"도저히 안 될 아이야!" 여자의 목소리가 계단을 타고 올라오며 여러 번 반복해서 들렸다. "대체 몇 번을 얘기했는데!"

에르네스트 파블로비치는 개에게 쫓기는 고양이처럼 이성이 아닌 본능에 의해 단숨에 9층까지 몸을 날렸다.

그는 물이 새어 나와 흥건하게 젖기 시작한 9층 복도에서 머리카락을 쥐어뜯고 몸을 흔들며 소리 없이 울부짖었다.

"오! 하느님 맙소사!" 그가 말했다. "이제 어쩌면 좋아! 이제 어쩌면 좋단 말인가!"

살아 있는 생명체가 없는 세상에 떨어진 기분이었다. 그럼에도 그는 거리를 지나가는 화물차 소리를 분명히 들었다. 그렇다면 어딘가에 생명체가 살고 있다는 얘기가 아닌가!

그는 다시 몇 번이고 밑으로 뛰어 내려가려고 했지만 몸이 말을 듣지 않았다. 무덤 속에 빠진 기분이었다.

"누가 돼지처럼 이렇게 지저분한 흔적을 남겨놓았어!" 아래 층 복도에서 노파의 화난 목소리가 들렸다.

에르네스트는 벽으로 달려가 몇 번이고 벽에 머리를 박아댔다. 물론, 이 순간 가장 현명한 방법은 누군가가 올 때까지 소리를 질러 그 소리를 듣고 달려온 사람에게 포로가 되는 것이다. 그러나 에르네스트 파블로비치는 판단 능력을 완전히 상실해버렸고, 거친 숨을 몰아쉬며 복도를 서성거리기만 했다.

출구는 없었다.

24장
자동차 운전자 클럽

'인민의 집' 건물 2층에 위치한 일간지 〈공작기계〉 편집국은 인쇄국에 넘겨줄 자료를 서둘러 준비하고 있었다.

이곳에서는 예비 원고(선택은 되었으나 지난 호에 실리지 않은 자료들) 중에서 뽑아낸 논평들과 기사들을 어느 면에 실을 것인지, 얼마큼의 분량으로 실을 것인지에 대한 논쟁이 매일같이 벌어지고 있었다.

네 페이지로 구성된 신문에는 4400행을 집어넣을 수 있었는데 여기에는 다음의 모든 것이 들어가야만 했다. 전보, 소논문, 연대기, 노동통신원*의 편지, 광고, 시 형식으로 쓴 칼럼 하나, 산문 형식으로 쓴 칼럼 두 개, 풍자만화, 사진은 기본적으로 실

---

*혁명의 기운이 감돌기 시작한 1910년대에 생긴 다소 특이한 형태의 직업. 지식인의 전유로 여겨졌던 기자와 출판 관련 업무를 노동자의 시각에서 보게 한 비정규직 형태의 직업이다. 따라서 기사는 정치나 경제 등의 분야가 아닌, 지역의 공장이나 산업 시설, 건설 등의 분야에서 일어난 일을 주로 다루었다.

리고, 특별란에는 연극, 스포츠, 체스, 사설, 논평, 소비에트와 당 기관의 통고, 연재소설, 모스크바 생활 탐방기, '낱알'이라는 이름의 가십란, 생활 정보, 라디오 프로그램 정보. 각 부서마다 열 줄을 쓰기 위해 천 개의 자료들을 수집했다. 그래서 신문의 지면 할당과 관련해서는 언제나 극적인 장면이 연출되곤 했다.

편집국장에게 제일 먼저 달려온 사람은 체스 담당 부장인 마스터* 수제이킨이었다. 그는 정중하게 인사를 했지만, 그의 목소리에는 불만이 가득했다.

"어떻게 된 일입니까? 오늘은 체스 소식이 실리지 않는 겁니까?"

"자리가 없네." 편집국장이 말했다. "하단 기사가 너무 많아. 340행이나 된단 말이야."

"그렇지만 오늘은 토요일이지 않습니까? 독자들이 일요일 코너를 기다리고 있단 말입니다. 지난 호 문제에 대한 답도 실어야 하고, 네우니바코의 훌륭한 경기 해설도 있고, 그리고 또……."

"좋네. 얼마나 필요한가?"

"적어도 150행 이상은 돼야 합니다."

"좋아. 그럼 문제 풀이에 대한 것으로만 60행을 주겠네."

마스터는 네우니바코의 경기 해설로(타르타코베르와 보골

---

*19세기 후반부터 체스 경기의 챔피언이나 많은 업적을 남긴 사람에게 국가에서 부여했던 칭호.

류보프의 멋진 대전기가 벌써 한 달 이상 그의 책상에서 썩고 있었다) 30행 정도를 더 밀어보려고 했으나 거절당했다.

기자인 페르시츠키가 들어왔다.

"총회*에 대한 기사가 관심을 끌겠습니까?" 페르시츠키가 나지막한 목소리로 물었다.

"물론이지!" 편집국장이 소리쳤다. "그게게 이미 얘기됐잖은가?"

"총회에 관한 기사가 있습니다." 페르시츠키는 더욱 나지막한 목소리로 말했다. "사진도 두 장이나 있는데, 지면을 할당해주지 않습니다."

"무슨 소릴 하는 건가? 누가 그런 얘기를 한 거야? 정신 나간 거 아니야?"

편집국장은 그들을 꾸짖기 위해 달려 나갔다. 페르시츠키가 계속 고자질을 해대며 그 뒤를 따랐고, 그들 뒤로 광고부장이 따라갔다.

"세카르 약품 광고가 있습니다!" 그가 우울한 목소리로 외쳤다.

그들 뒤로 또 한 사람, 경리부장이 경매장에서 편집국장을 위해 구입한 푹신한 의자를 끌고 따라갔다.

"약품 광고는 화요일 판에 싣고 오늘은 우리 기사를 좀 내보냅시다!"

---

*1927년 5월에 열린 국제 공산 인터내셔널 실행위원회 총회를 말한다. 1927년 4월 중국에서 장제스가 일으킨 반공 쿠데타로 말미암아 이 총회에서 트로츠키와 그의 세력들이 신랄한 비판을 받고 당에서 제명되어 국외로 추방된다.

"당신네 기사는 광고료도 나오지 않잖소! 우리는 약품 광고료도 벌써 받았단 말이오."

"좋아, 야간 편집회의 때 결정하도록 하지. 우선은 광고를 파샤에게 넘겨주시오. 회의를 곧 시작하겠소."

편집국장은 사설을 검토하기 위해 자리에 앉았다. 그러나 그는 곧 자신이 좋아하는 이 일을 멈추어야만 했다. 화가가 찾아온 것이었다.

"어서 오시게." 편집국장이 말했다. "마침 잘 오셨소. 풍자만화에 좋은 주제가 있소. 독일에서 최근에 들어온 소식과 관련된 일이오."

"저도 그렇게 생각했습니다." 화가가 말했다. "'철모 연맹'*과 독일의 일반 정세라는……."

"좋소이다. 그런 식으로 해서 당신이 한번 잘 조합해보시오. 나중에 내게 보여주고."

화가는 자신의 부서로 갔다. 그는 네모난 도화지를 하나 꺼내 연필로 바싹 마른 개 한 마리를 그리고, 개의 머리에 자그마한 창촉이 달린 독일군 철모를 씌웠다. 그런 다음 세부 묘사에 착수하기 시작했다. 우선 개의 배 부분에 인쇄체로 '독일'이라고 적고, 둘둘 말린 꼬리 부분에는 '단치히 회랑'**이라는 글자를, 턱에는 '복수의 꿈들'이라는 글자를, 개 목걸이에는 '도스

---

*1차 세계대전 참전용사들이 주축이 된 독일의 극우 단체.
**독일과 폴란드 사이에 위치한 단치히 항구는 오랫동안 독일령이었다가 1차 세계대전 후 베르사유 조약에 따라 자유시가 되었고, 이 때문에 독일 극우주의자들은 단치히 항구 반환 시위를 전개하며 외교적 마찰을 일으켰다.

플랜'*을, 쑥 내민 개의 혀에는 '슈트레제만'이라는 글자를 적어 넣었다. 그리고 화가는 개 앞에 고기 조각을 손에 들고 있는 푸앵카레**를 그려 넣었다. 화가는 고기 조각에다 무언가를 써넣고 싶었지만 고기 조각이 너무 작아서 자리가 없었다. 신문풍자 화가보다 상상력이 빈약한 사람이라면 이러한 경우에 매우 당황할 것이다. 그러나 화가는 특별히 고심하지 않고 고기조각에 병복에 매다는 라벨 비슷한 것을 그려 넣고, 거기에 아주 작은 글씨로 '안전 보장에 대한 프랑스인들의 제안'***이라고 썼다. 그러고는 푸앵카레를 다른 국가의 정치가들과 혼동하지 않도록 배에다 '푸앵카레'라고 커다랗게 글씨를 써 넣었다. 초안이 완성됐다.

미술부서의 책상 위에는 외국 잡지들, 커다란 가위들, 먹과 안료가 든 병들이 놓여 있었다. 바닥에는 누군가의 어깨, 누군가의 발, 어느 곳의 풍경 사진을 오려낸 조각들이 나뒹굴었다.

다섯 명의 화가들이 질레트 면도날로 사진을 긁어내며 수정작업을 하고 있었다. 거기에 먹과 안료로 색채를 덧입혀 이미지를 선명하게 했으며, 뒷면에는 서명을 하고 사진 제판공을

---

*1차 세계대전 후 실시된 독일의 전후 배상 문제에 관한 재건계획안. 당시 독일 외무장관 구스타프 슈트레제만이 승인한 것으로, 미국 자본을 도입하여 경제 회복을 꾀한 것이기에 소비에트 언론으로부터 비난을 받았다.
**프랑스의 9대 대통령. 독일의 배상 문제에 대해 강경 정책을 실시하여 지불 유예를 요청하던 독일의 요구를 묵살했고, 이로 인해 더욱 어려워진 독일은 도스 플랜을 받아들이게 되었다.
***도스 플랜으로 독일의 경제가 회복되자, 프랑스 정부는 독일이 다시금 유럽의 위협이 될 것이라고 경고하고 프랑스의 안전 보장을 주장했다.

위해 사진의 크기와 위치 등을 적어 넣었다.

편집국장의 사무실에는 외국에서 온 사절단이 앉아 있었다.

통역관은 말하고 있는 외국인의 얼굴을 바라보며 편집국장에게 몸을 돌려 통역을 하기 시작했다.

"아르노 동무가 알고 싶어 하는 것은⋯⋯."

소비에트 신문의 구조에 대한 이야기가 오갔다. 아르노 동무가 알고 싶어 하는 것을 통역관이 편집국장에게 열심히 통역하는 동안, 벨벳으로 만든 골프 바지를 입은 아르노와 나머지 외국인들은 방 한구석에 세워져 있는, 펜촉이 달린 빨간 86번 펜*을 호기심 어린 눈으로 바라보았다. 펜촉은 거의 천장에 닿을 듯했고, 펜대의 가장 넓은 부분은 굵기가 보통 사람의 몸통만 했다. 물론 이 펜으로 글씨를 쓸 수도 있었다. 펜촉의 크기가 커다란 민물고기만 했지만, 어쨌든 실제로 사용할 수 있는 진짜 펜이었다.

"이야!" 외국인들이 웃으며 말했다. "대단하군요!"

이 펜은 노동통신원 전당대회에서 편집국에 증정한 물건이었다.

편집국장은 보로뱌니노프의 의자에 앉아 미소를 지으면서 손님들에게 펜에 대해 즐겁게 설명해주었다.

편집국의 고함 소리는 계속 이어졌다. 페르시츠키가 세마시

---

*소련의 사무용품에는 제조 순서에 따라 번호를 붙이는 게 일반적인데, 86번 펜은 학교와 사무실에서 가장 많이 사용되던 펜이었다. 그러나 실제로는 본문에 나오는 것처럼 엄청난 크기가 아닌 일반적인 크기였다.

코 동무의 논문을 가져오자 편집국장은 재빨리 3면의 체스란을 지워버렸다. 마스터 수제이킨은 이제 더 이상 네우니바코의 경기 해설을 위해 투쟁하지 않았고, 다만 지난 회 문제 풀이만이라도 싣기 위해 열심히 싸웠다. 산세바스티안 선수권 대회 라스커와의 시합보다 더 긴장감 돌았던 투쟁을 마친 후에야 마스터 수제이킨은 '법과 생활'이라는 코너를 밀어내고 조그만 지면을 할당받게 되었다.

세마시코의 논문은 인쇄국으로 보내졌다. 편집국장은 다시금 사설 읽기에 몰두했다. 그는 마치 스포츠 경기에 집착하듯 무슨 일이 있어도 방해받지 않고 사설을 읽겠다고 결심했다.

그러나 그가 사설 중 "……그럼에도 불구하고 최근 조약의 내용은 만일 국제연맹이 그 조약을 승인한다면 당연히……" 부분을 읽어 내려가고 있을 때, 수염이 덥수룩하게 난 '법과 생활' 담당자가 찾아왔다. 편집국장은 일부러 담당자를 쳐다보지 않고 내용과 상관없이 사설에 밑줄을 그으면서 읽기를 중단하지 않았다.

모욕을 느낀 '법과 생활' 담당자가 소리쳤다.

"저는 이해할 수 없습니다!"

"음, 음." 애써 회피하려고 노력하면서 편집국장이 중얼거렸다. "무슨 일인가?"

"무슨 일이냐고요? 수요일에도 '법과 생활'이 빠졌고, 금요일에도 '법과 생활'이 실리지 못했고, 목요일에는 겨우 양육비 사건만이 실렸는데, 토요일에조차 이 재판 과정에 대한 기사를 뺀다고 합니다. 다른 신문사들에서는 이미 대서특필로 다루고 있는 사건인데, 우리만…….”

“어느 신문사에 실렸지?” 편집국장이 소리쳤다. “보지 못했는데.”

“내일이면 모든 신문사에 기사가 뜰 겁니다. 그렇게 되면 우리만 또 늦게 됩니다.”

“그런데 자네는 추바로프 거리 사건*을 할당받았을 때 무슨 기사를 썼나? 난 자네한테서 단 한 줄의 기사도 받지 못했어. 어제가 되어서야 겨우 추바로프 거리 사건에 대한 기사를 썼다고 들었네.”

“어디서 그런 얘기를 들으셨습니까?”

“다 알고 있네. 내게 얘기해주는 사람들이 있지.”

“누가 얘기했는지 알 것 같군요. 페르시츠키지요? 페르시츠키가 어떤 작잔지 아십니까? 그자가 편집국의 힘을 이용해서 레닌그라드로 기사거리를 빼돌린다는 건 국장님만 모르실 뿐, 모두가 알고 있는 사실입니다.”

“파샤!” 편집국장이 나지막하게 말했다. “페르시츠키를 불러오게.”

‘법과 생활’ 담당자는 무심하게 창가를 바라보았다. 조그마한 마당에서 새들과 아이들이 뛰노는 모습이 보였다. 논쟁은

*1926년 8월 레닌그라드의 추바로프 거리에서 여공을 폭행한 후 집단 강간한 사건. 22명의 남성들이 한 여성을 강간한 전대미문의 사건으로 집단 강간을 부르주아 사회의 전유물이라 여겼던 당시 소비에트 사회에 엄청난 파장을 일으켰다.

오랫동안 이어졌다. 편집국장은 교묘한 방법으로 논쟁을 종식시켰다. 체스 기사를 삭제하고 그곳에 '법과 생활'을 싣기로 했고, 페르시츠키에게는 경고가 주어졌다.

편집국에서 가장 뜨거운 시간은 오후 5시다.

과열된 타자기 위로 연기가 나는 듯했다. 기자들이 다급한 목소리로 기사를 불러주면 타자수들이 열심히 타자기를 두드렸다. 선임 타자수는 순서를 지키지 않고 끼어드는 기자들을 향해 소리를 질러댔다.

편집국 소속의 시인 한 명이 복도를 걷고 있었다. 그는 풍만한 엉덩이를 가진 여자 타자수에게 시적 영감이라도 받은 모양인지 그녀 뒤를 치근덕거리며 따라갔다. 시인은 여자를 복도 끝 창가로 데리고 가서 사랑의 말을 속삭였으나 그녀의 대답은 간단했다.

"해야 할 일이 산더미 같아요. 오늘은 매우 바빠요."

이런 식의 말은 보통 여자에게 다른 남자가 있다는 것을 의미했다.

시인은 매우 당황했고, 자신이 알고 있는 사람들을 찾아다니면서 똑같은 어조로 부탁했다.

"전차를 타게 10코페이카만 주시오!"

그는 이 돈을 모으기 위해 노동통신원 부서에 들렀다. 통신원들이 일을 하는 책상 사이를 비집고 돌아다니며 시인은 자신의 임무를 수행했다. 편집국에서 가장 딱딱한 일을 하는(글을 쓰는 것보다는 망치나 페인트 붓에 익숙한 사람들이 손으로 쓴

편지를 하루에 100통 넘게 읽어야 하는 게 그들의 업무였다)
노동통신원들은 아무런 대꾸도 하지 않았다.

시인은 발송부서에 들렀다가 결국은 경리부서에 이르렀다.
그러나 그는 여기에서도 10코페이카를 얻지 못했을 뿐만 아니
라 공산청년당원인 아브도티예프에게 뜻밖의 공격을 받았다.
아브도티예프는 시인에게 자동차 운전자 클럽에 가입하길 제
안했던 것이다. 사랑에 빠진 시인의 마음에 가솔린 냄새가 스
며들기 시작했다. 그는 아브도티예프에게서 두 걸음 물러난 후
재빨리 세 번째 걸음을 내디디며 아브도티예프의 눈앞에서 사
라져버렸다.

아브도티예프는 낙담하지 않았다. 그는 운전자 클럽이 언젠
가는 실현되리라고 굳게 믿고 있었다. 그는 편집국장실에서 조
용한 투쟁을 전개했다. 그 덕분에 편집국장은 사설 읽기를 또
다시 방해받게 되었다.

"알렉산드르 이오시포비치, 제 말 좀 들어보세요. 이건 정말
중요한 문제입니다." 아브도티예프는 편집국장의 책상에 걸터
앉으며 말했다. "우린 지금 운전자 클럽을 결성했습니다. 편집
국에서 8개월 상환으로 500루블만 대출해주시면 안 되겠습니
까?"

"자넨 그게 가능하다고 생각하는 건가?"

"뭐라고요? 쓸데없는 일이라고 생각하시는 겁니까?"

"그렇게 생각하지는 않지만, 그렇다고 알고 있네. 자네 클럽
의 회원 수는 몇 명인가?"

"이미 상당히 많은 사람이 가입했습니다."

클럽은 현재 창립자 한 사람만으로 구성되어 있을 뿐이었다. 그러나 아브도티예프는 편집국장에게 이 사실을 굳이 밝히려 하지 않았다.

"500루블로 우리는 폐차장에서 자동차 한 대를 구입하려고 합니다. 예고로프가 이미 봐둔 차가 있습니다. 그의 얘기로는 사동차를 수리하는 데 500루블이 넘지 않을 거라고 하더군요. 현재 모두 합쳐 1천 루블 정도가 필요합니다. 그래서 저는 스무 명의 회원을 모집해서 한 사람당 50루블씩을 갹출할 계획을 가지고 있습니다. 대신에 그들은 멋진 일을 경험하게 될 겁니다. 모두 운전을 배우는 거지요. 예고로프가 우릴 가르칠 겁니다. 석 달 정도만 지나면, 그러니까 8월이 되면 우린 운전을 할 수 있게 될 거고, 자동차가 있으니 가고 싶은 곳은 어디든지 갈 수 있을 겁니다."

"그런데 500루블은 어떻게 마련할 건가?"

"공제조합에서 이자를 주고 빌릴 겁니다. 매달 갚아나가면 되니까요. 국장님도 가입하시는 게 어떻습니까?"

그러나 편집국장은 이마가 벗겨졌고, 많은 일을 하면서 살아왔고, 가족과 집에 매여 있는 사람이었다. 식사 후 소파에 누워 있기를 좋아하며, 자기 전에는 〈프라브다〉 신문 읽기를 즐기는 사람이기도 했다. 그는 잠시 생각하더니 제안을 거절했다.

"국장님도 역시……." 아브도티예프가 말했다. "늙은이가 다 되셨군요!"

아브도티예프는 각 부서를 돌아다니면서 선동적인 연설을 반복했다. 그는 가입을 거절하는 스무 살이 넘은 기자들에게 전부 다 늙은이라고 면박을 주었는데, 이 말은 나름대로 효과를 보았다. 그들은 기분 나쁘게 쏘아붙이면서도 변명을 해댔다. 그들은 이미 어린이들의 친구가 되어, 버려진 아이들을 위해 현재 정기적으로 1년에 20코페이카씩 꼬박꼬박 지불하고 있었던 것이다. 그래서 한편으로는 정말 새로운 클럽에 가입하고 싶긴 했다. 그러나……

"왜 '그러나'입니까?" 아브도티예프가 소리쳤다. "만일 오늘 여기에 자동차가 있다면요? 만일 여러분 책상 위에 6기통짜리 패거드 자동차가 놓여 있고, 유지비가 1년에 15코페이카밖에 들지 않는다면요? 게다가 휘발유와 윤활유 비용은 정부에서 대준다면요? 그렇다면 어떻게 하시겠습니까?"

"저리 가! 저리 가라고!" 늙은이들이 말했다. "지금 마감 시간이야! 일에 방해가 되잖아!"

자동차 계획에 대한 생각이 꺼져갈 무렵, 새로운 불꽃이 점화되기 시작했다. 새로운 사업 계획의 개척자가 등장했다. 아브도티예프의 계획을 듣고 있던 페르시츠키가 전화를 찰칵 끊어버리고 달려와서 말했다.

"그런 식으로 접근하면 안 되지. 명단을 이리 줘보게. 처음부터 다시 시작하자고."

페르시츠키는 아브도티예프와 함께 새로운 순방을 시작했다.

"이봐, 낡은 매트리스 같은 친구!" 페르시츠키가 파란 눈의 젊은이에게 말했다. "자동차 클럽은 전혀 돈이 필요 없는 클럽일세. 자네 올해 발행된 국채를 가지고 있나?* 얼마나 있지? 500루블짜리라고? 잘됐네. 그 채권을 우리 클럽에 넘겨주게. 이 채권으로 자본을 만들 수 있네. 8월까지 채권을 모두 팔아서 자동차를 살 수 있을 걸세."

"만일 내 채권이 당첨되면 어떡합니까?" 청년이 항변했다.

"자네는 얼마를 받길 기대하고 있는가?"

"5만 루블 정도요."

"그럼 5만 루블로 자동차를 사면 되지 않겠는가? 내가 당첨돼도 자동차를 살 거고, 아브도티예프가 당첨돼도 그렇게 할 걸세. 그러니까 누구의 채권이 당첨되든 간에 돈은 자동차를 구입하는 데 사용된단 말일세. 이제 이해하겠나? 이 바보 같으니! 자기 자동차를 타고 그 수많은 산들을 바라보며 그루지야 군용도로를 달린다고 상상해보란 말이야! 바보 같으니! '법과 생활' 부서장놈, 사회부, 사건부 기자들이 전부 하나씩 자기 차를 타고 자네 뒤를 따라온단 말일세. 게다가 그 여자, 그러니까 자네가 쫓아다니는 영화에 나오는 그 예쁜 아가씨까지 자네를 따라올 거라고!"

모든 채권 소유자들은 솔직히 자신의 채권이 당첨되리라는 기대를 별로 하지 않는다. 그러나 그는 자신의 이웃이나 지인의 채권에 대해서는 굉장한 질투심을 가지고 있다. 그는 그들

*소련 재정부에서는 1927년부터 1935년까지 10퍼센트 이자로 국채를 발행했으며, 발행한 전체 국채 중에서 30장을 복권 형태로 처리해 당첨금을 주었다.

의 채권이 당첨되고 자신은 언제나 그렇듯이 인생의 패배자가 되어 찬밥 신세가 되는 것을 매우 두려워하고 있다. 그래서 혹시나 편집국의 누군가가 복권에 당첨되지나 않을까 하는 생각을 가진 채권 소유자들은 차라리 새로운 클럽에 가입하는 게 더 낫다는 생각을 했다. 단 하나의 걱정은 혹시나 아무도 당첨되지 않으면 어떻게 되나 하는 것이었다. 그러나 이것도 그다지 큰 걱정거리는 아니었다. 왜냐하면 자동차 클럽으로서는 아무것도 잃을 게 없었기 때문이다. 채권으로 모인 자본으로 폐차장에서 자동차를 한 대 구입하면 되는 일이었다.

5분 만에 스무 명의 사람이 모였다. 일이 마무리되어갈 무렵에 자동차 클럽의 기막힌 전망을 듣고 귀가 솔깃해진 편집국장이 다가왔다.

"그러니까, 자네들." 그가 말했다. "나도 좀 가입하면 안 되겠나?"

"어르신! 왜 안 되겠습니까? 그런데……." 아브도티예프가 말했다. "유감스럽게도 저희 클럽은 안 될 것 같습니다. 이미 정원이 다 차서 말이지요. 게다가 새 회원 모집은 1929년까지 금지되어 있습니다. 국장님은 아동보호지원 클럽에나 가입하시죠. 비용도 적고 안전한 클럽입니다. 1년에 20코페이카만 내면 되고, 자동차를 운전할 필요도 없으니까요."

편집국장은 인상을 찌푸렸으나, 자신이 이미 정말로 늙었다는 것을 상기하고 한숨을 쉰 후, 흥미진진한 사설을 마저 읽기 위해 자리로 돌아갔다.

"실례합니다만, 동무." 체르케스인*의 얼굴을 한 잘생긴 남자가 복도에서 편집국장에게 말을 걸었다. "〈공작기계〉 신문사 편집국이 어디 있습니까?"

그는 우리의 위대한 사기꾼이었다.

*캅카스 지역에 사는 민족.

25장
발가벗은 기술자와의 대화

오스타프 벤데르가 편집국에 나타나기 전에 몇 가지 중요한 사건들이 먼저 일어났다.

낮에 에르네스트 파블로비치를 만나지 못한 위대한 사기꾼은(아파트는 잠겨 있었고, 주인은 분명 직장에 나갔을 거라고 생각했다) 나중에 다시 오기로 하고, 도시를 이리저리 쏘다녔다. 잠시도 가만있고 싶지 않은 오스타프는 거리를 횡단하기도 했고, 광장에 서 있기도 했고, 경찰관에게 윙크를 하기도 했고, 부인들이 버스 타는 것을 도와주기도 했다. 마치 모스크바 전체를, 즉 기념비, 박물관, 교회, 역, 광고판 등을 자신의 파티에 초대하려고 하는 사람 같아 보였다. 그는 이들 손님 한 사람 한 사람을 일일이 방문하여 그들과 대화하고 다정하게 말을 건넸다. 그렇게 많은 손님들을 접대하다 보니 위대한 사기꾼도 지칠 수밖에 없었다. 게다가 이미 5시가 넘어서 이제는 기술자 슈킨에게 다시 가봐야 할 시간이 되었다.

그러나 운명은 오스타프로 하여금 에르네스트 파블로비치를 곧바로 만날 수 없게 했다. 오스타프가 2시간 정도 간단한 조서를 작성해야 했던 것이다.

위대한 사기꾼은 극장 광장에서 말에 받혀 쓰러졌다. 하얀 털을 가진 겁먹은 동물이 가슴뼈로 오스타프를 받아버렸고, 오스타프는 쓰러져 땀범벅이 되었다. 무더운 오후였다. 흰 말은 크게 용서를 구했고, 오스타프는 벌떡 일어났다. 그의 강건한 신체는 어떠한 타격도 입지 않은 듯했다. 그러나 그것 때문에 오히려 대소동이 일어났다.

상냥하고 친절하게 손님을 접대하던 모스크바 주인의 모습은 온데간데없어졌다. 그는 어쩔 줄 몰라 하는 마부에게 성큼성큼 다가가 주먹으로 그의 등을 세게 내려쳤다. 늙은 마부는 자신에게 주어진 벌을 묵묵히 참았다. 경찰이 달려왔다.

"조서를 요구합니다!" 오스타프가 격정적으로 소리쳤다.

그의 목에서 인간의 가장 신성한 감정 중 하나인 자존심이 짓밟힐 때 나오는 날카로운 쉿소리가 울려 퍼졌다. 위대한 러시아의 극작가인 오스트롭스키의 동상이 세워질 말리 극장 벽 옆에 서서 오스타프는 조서를 작성했고, 우연히 이 사건을 목격하고 취재하러 달려온 페르시츠키와 간단한 인터뷰를 했다. 페르시츠키는 온갖 잡일을 마다하지 않았다. 그는 수첩에 피해자의 이름과 성을 적고 난 후 어디론가 달려갔다.

오스타프는 다시 당당하게 가던 길을 재촉했다. 그는 한 걸음에 두 계단씩 올라가며 슈킨이 사는 아파트 7층에 도착할 때까지도 하얀 말에 받힌 더러운 기분을 떨쳐내지 못하고 마부의 목을 한 대 갈겨주지 못한 것을 뒤늦게 후회했다. 그런데 바로 그 순간 그의 머리 위로 물방울이 뚝뚝 떨어졌다. 그는 위를 쳐다보았다. 위층 층계참에서 떨어지는 더러운 물방울이 그의 눈에 튀었다.

'이런 장난질을 한 놈을 찾아 면상을 갈겨줘야겠군.' 오스타프가 생각했다.

그는 위로 올라갔다. 슈킨의 집 앞에는 하얀 거품으로 덮인 발가벗은 남자가 등을 돌린 채 앉아 있었다. 그는 두 손으로 머리를 감싸 쥐고 몸을 흔들며 차가운 타일이 깔린 바닥에 앉아 있었다.

벌거벗은 사람 주변에는 슈킨의 집 문틈에서 흘러나오는 물로 완전히 홍수가 져 있었다.

"우우우……." 벌거벗은 사람이 신음했다.

"이봐요! 당신이 여기에 물을 흘러내리게 한 거요?" 오스타프가 화가 나서 물었다. "여기가 목욕탕이오? 당신 정신이 있는 거요?"

벌거벗은 사람은 오스타프를 바라보더니 울음을 터뜨리고 말았다.

"이봐요, 울지 마시고 목욕탕이라도 가는 게 낫지 않겠소? 당신 모습을 한번 보시오! 이게 무슨 꼴이오! 꼭 투우사 같소이다."

"열쇠!" 기술자가 소 울음 같은 둔탁한 목소리를 냈다.

"열쇠라니?" 오스타프가 물었다.

"아파트 열쇠."

"돈이 쌓여 있는 아파트 말이오?"

벌거벗은 사람은 순간 놀라서 딸꾹질을 했다.

오스타프는 웬만해선 당황하지 않는다. 그는 어떻게 된 일인지 곰곰이 생각해보기 시작했다. 마침내 전말을 알아낸 그는 배꼽이 빠져라 웃다가 넘어질 뻔했다.

"그러니까 당신이 지금 집 안으로 들어갈 수 없다는 얘기죠? 이건 정말 간단한 건데!"

오스타프는 몸을 더럽히지 않으려고 벌거벗은 사람을 살짝 피해서 현관문 앞으로 다가갔다. 그런 다음 현관문에 달려 있는 미국산 자물쇠 구멍에 자신의 길고 누런 손톱을 넣고 조심스럽게 좌우로 돌리기 시작했다.

문이 조용히 열렸다. 벌거벗은 사람은 기쁨의 환호성을 지르며 홍수가 난 집 안으로 들어갔다.

수도꼭지들은 이미 난리도 아니었다. 부엌에 고인 물은 소용돌이를 만들었고, 침실에는 고요한 연못이 하나 생겨 있었다. 그 연못 위로 실내화가 백조처럼 떠다니고, 담배꽁초들은 잠이 덜 깬 물고기 떼처럼 연못 구석으로 몰렸다.

보로뱌니노프의 의자는 물이 세게 흐르는 부엌에 있었다. 거센 물살이 의자의 네 다리에 부딪혀 하얀 거품을 만들어냈다. 거센 물살에 이리저리 흔들리는 모습이 마치 추격자들의 추격을 피해 재빨리 도망가려고 하는 듯 보였다. 오스타프가 의자에 앉아 두 다리로 의자를 옥죄자 의자는 도망가려는 생각을 접어버렸다. 집 안으로 들어온 에르네스트는 오스타프에게 연신 "죄송합니다, 죄송합니다"를 외쳐대며 수도꼭지를 잠그고 몸을 씻으러 욕실로 들어갔다. 그러고는 잠시 후 위에는 아무것도 입지 않고 밑에는 젖어버린 바지를 무릎까지 걷어 올린 채 오스타프 앞에 나타났다.

"당신이 절 살렸습니다!" 그가 감격에 겨워 소리쳤다. "죄송합니다만 제 몸이 흠뻑 젖어서 악수를 청하지도 못하겠군요. 보셔서 아시겠지만 저는 완전히 미치기 일보 직전이었습니다."

"보아하니 그런 것 같군요."

"정말 끔찍한 상황이었습니다."

에르네스트 파블로비치는 다시금 그 무시무시한 사건을 떠올리며 때로는 우울해졌다가 때로는 신경질적으로 웃으면서 위대한 사기꾼에게 자신에게 일어난 불행한 사건을 자세히 이야기했다.

"당신이 아니었다면, 아마 전 죽었을 겁니다." 기술자가 말을 마쳤다.

"그렇군요." 오스타프가 말했다. "저도 비슷한 경우가 있었지요. 아마 당신보다 좀 더 나쁜 상황이었을 겁니다."

기술자는 양동이로 물을 퍼내다가 자신과 비슷한 경우라는 말에 흥미를 느껴 양동이를 내던지고 그의 말에 귀를 기울이기 시작했다.

"당신과 거의 똑같은 상황이었습니다." 오스타프가 이야기를 시작했다. "다만 겨울이라는 점과 모스크바가 아니라 미르고로드라는 점이 다를 뿐이죠. 1919년 마흐노가 철수하고 튜튠니크가 점령하던 즐거운 시기였습니다.* 저는 당시 어느 가정에 혼자 세 들어 살고 있었죠. 지독한 속물들이었습니다. 재산에 욕심을 내는 전형적인 소러시아인이었죠! 자그마한 1층 집이었는데 쓰레기장 같은 곳이었습니다. 어느 날 밤, 지는 갑자기 소변이 마려워 속옷만 걸치고 눈이 쌓인 밖으로 뛰어나왔습니다. 감기가 들까 하는 걱정은 별로 하지 않았습니다. 잠깐이면 되니까요. 그렇게 나왔는데 뒤에서 갑자기 문이 저절로 쾅하고 닫히는 게 아닙니까! 영하 20도의 추위였어요. 저는 문을 두드려보았지만 아무 대답도 없었습니다. 그 자리에 계속 서 있다가는 얼어 죽을 것 같았습니다. 문을 두드리고 뛰어다니고, 다시 문을 두드리고 뛰어다니고……. 하지만 아무도 문을 열어주지 않더군요. 그런데 중요한 건 그날 밤 집 안에 있던 그 악마 같은 인간들 중 잠이 든 사람은 아무도 없었다는 겁니다. 무서운 밤이었지요. 개들은 짖어대고 어디선가는 총소리가 들리고. 그런데 저는 여름용 속옷만 입고 눈 위를 계속 뛰어다닌 겁니다. 1시간 정도 문을 두드렸습니다. 거의 죽을 뻔했지

*러시아 내전 당시 네스트로 마흐노는 볼셰비키 혁명을 거부한 농민 지도자이자 아나키스트 지도자였고, 유리 튜튠니크는 우크라이나 민족주의 진영의 군대 지휘관이었다. 소설에서 오스타프가 언급하고 있는 시기는 1919년에서 1920년 사이에 벌어진 마흐노와 튜튠니크 진영과의 전투인데, 이 전투에서는 튜튠니크의 기병대가 승리했다.

요. 지금 '왜 문을 열어주지 않았을까' 생각하고 계시죠? 재산을 숨기고 있었던 겁니다. 베개 속에 케렌스키가 발행한 지폐를 숨겨놓았거든요. 제가 문을 두드리니 가택 수사를 나온 걸로 착각한 거죠. 저는 그 일을 절대로 잊을 수 없습니다."

기술자에게 일어난 일과 매우 유사한 상황이었다.

"자, 그러니까." 오스타프가 말했다. "당신이 기술자 슈킨 씨죠?"

"네, 그렇습니다. 제발 당신만 알고 계십시오. 제발 다른 사람에게 말하지 말아주십시오."

"오! 물론입니다. 절대 둘만의 비밀로 간직하겠습니다. 프랑스인들이 말하는 것처럼 네 개의 눈동자만 보고 있는 거죠. 그런데 슈킨 동무, 저는 당신에게 볼일이 있어서 찾아왔습니다."

"당신에게 도움을 드릴 수 있어 매우 기쁩니다."

"저도 고맙군요. 별일은 아닙니다. 당신 부인이 제게 부탁하길, 당신에게 들러서 이 의자를 좀 가져다달라고 하더군요. 짝을 맞추고 싶다면서요. 그리고 당신에겐 안락의자를 보내드린다고 합니다."

"그렇게 하세요!" 에르네스트 파블로비치가 소리쳤다. "매우 기쁩니다. 그런데 당신이 직접 수고하실 필요가 있겠습니까? 제가 직접 가지고 가지요. 오늘이라도 갖다주겠습니다."

"아닙니다. 무슨 말씀을! 이런 일은 아무것도 아닙니다. 그리 멀지 않은 곳에 살고 있으니 어려운 일도 아닙니다."

기술자는 허둥대며 위대한 사기꾼을 문 앞까지만 배웅했다.

젖은 바지 주머니 속에 현관 열쇠가 있었지만 아직도 문지방을 넘기가 무서웠기 때문이다.

한때 대학생이던 이바노풀로는 의자를 하나 더 선물받게 되었다. 의자 방석이 조금 손상되긴 했지만 처음의 것과 똑같이 훌륭한 의자였다.

오스타프는 에르네스트에게서 가져온 계산상 네 번째 의자의 실패에 낙담하지 않았다. 그는 모든 것이 운명의 장난이라는 것을 잘 알고 있었다.

10월 역의 물품창고 깊숙한 곳으로 숨어버린 의자만이 그의 명민한 추론을 어둡게 만드는 걸림돌이 되고 있었다. 그는 이 의자에 대해 생각할 때마다 기분이 좋지 않았고, 의심의 늪으로 빠져들었다.

위대한 사기꾼은 자신이 건 돈을 36배로 불리기 위해 룰렛 게임 한 판에 모든 것을 건 도박꾼 같다는 생각이 들었다. 아니, 상황은 그보다 더 나빠 보였다. 동업자들이 하고 있는 룰렛 게임은 열두 번 중에서 열한 번이 제로가 나오는 게임이었다. 게다가 엄청난 판돈을 가져다줄 열두 번째 번호는 어디에 있는지도 모르는 그런 상황이었다.

꼬리에 꼬리를 무는 이러한 괴로운 생각들은 사업단장의 도착으로 중단되었다. 그가 빈손으로 들어오는 모습을 본 오스타프는 불길한 기분이 들었다.

"허어!" 기술부장이 말했다. "보아하니 성공하신 것 같은데,

저랑 장난칠 생각은 하지 마시죠. 왜 의자를 문 뒤에 숨기고 들어오신 겁니까? 저를 놀라게 해주실 작정인가요?"

"벤데르 동무." 단장이 웅얼거리듯 말했다.

"아! 왜 당신은 날 자꾸 신경질 나게 만드는 겁니까? 의자를 갖고 오세요! 이리로 당장 갖고 와요! 내가 지금 앉아 있는 이 새 의자가 당신이 가져올 의자의 가치를 몇 배나 증가시켰다는 걸 아시잖아요!"

오스타프는 고개를 숙이고 눈을 가늘게 떴다.

"나이 어린 사람을 괴롭히지 마세요." 냉랭한 목소리로 오스타프가 말했다. "의자는 어디 있습니까? 대체 왜 의자를 가져오지 않은 겁니까?"

이폴리트 마트베예비치의 두서없는 보고는 야유와 조롱조의 박수 소리와 신랄한 심문에 의해 끊임없이 중단되었다. 보로뱌니노프는 관객의 한결같은 웃음소리와 함께 보고를 마쳤다.

"그런데 왜 내 지시 사항을 어긴 겁니까?" 오스타프가 준엄하게 심문했다. "도둑질은 죄악이라고 대체 몇 번이나 말했습니까! 스타르고로드 시에서 당신이 나의 아내인 그리차추예바에게서 의자를 훔치려고 했을 때부터 당신에게 좀도둑의 기질이 있다는 것을 이미 눈치챘습니다. 그 능력을 최대한 발휘해봐야 돌아오는 건 6개월간의 감방신세란 말입니다. 러시아 민주주의의 아버지이자 사상의 거인이신 당신에게야 이것이 별것 아니겠지만 결과가 이렇게 나왔지 않습니까? 당신 손에 들어왔던 의자가 사라졌단 말입니다. 게다가 아주 쉽게 얻을 수 있는 일을 망쳐버렸지 않습니까! 그 집에 다시 한 번 가보세요! 압살롬이라는 사람이 당신의 머리를 뽑아버릴 겁니다. 다행히도 바보 같은 일이 생겨서 빠져나왔지만, 그렇지 않았다면 지금쯤 당신은 창살 속에 갇혀 제가 꺼내주기만을 헛되이 기다리고 있었을 겁니다. 저는 절대로 당신을 꺼내주지 않을 겁니다. 명심해두세요. 제가 당신의 헤카베라도 된단 말입니까?* 당신은 제게 어머니도, 누이도, 애인도 아니란 말입니다."

이폴리트 마트베예비치는 자신의 쓸모없음을 인정하는 듯 고개를 떨군 채 서 있었다.

"문제는 우리가 함께 일하는 것이 별로 소용이 없다는 겁니다. 아무리 생각해보아도 당신처럼 교양 없는 동업자와 일하면서 내가 40퍼센트만 받는다는 건 정말 불합리합니다. 좋든 싫든 이제 계약 조건을 새롭게 작성해야겠습니다."

이폴리트 마트베예비치는 한숨을 길게 내쉬었다. 이제껏 그는 숨을 내쉬지 않으려고 애쓰고 있었던 것이다.

"자, 나의 오랜 친구여, 당신은 조직적인 무력증과 의지 박약증을 앓고 있는 환자입니다. 그래서 당신 몫을 좀 축소시켜야겠습니다. 공정하게 해야죠. 20퍼센트 어떻습니까?"

이폴리트 마트베예비치는 단호하게 고개를 저었다.

"왜 동의하지 않는 겁니까? 적다는 말씀입니까?"

---

*셰익스피어의 희곡 《햄릿》에 나오는 대사. 햄릿이 자신의 어머니인 거트루드를 그리스 신화에서 남편과 자식들을 살리기 위해 모든 노력을 다한 헤카베에 비유하며 비난한 말이다.

"저, 적네."

"그래도 3만 루블이나 되는 돈입니다! 그럼 얼마를 원하십니까?"

"40퍼센트."

"백주 대낮의 강도가 따로 없군요!" 오스타프는 그들이 수위의 방에서 역사적인 만남을 갖고 흥정을 했을 때의 이폴리트 마트베예비치 목소리를 흉내 내며 말했다. "3만 루블이 적단 말입니까? 아파트 열쇠까지 내놓으란 말입니까?"

"자네야말로 내게 아파트 열쇠까지 내놓으라고 하고 있지 않은가?" 이폴리트 마트베예비치가 말했다.

"늦기 전에 20퍼센트라도 챙기세요. 마음이 다시 변할 수도 있습니다. 지금 제 기분이 좋기 때문에 이 정도라도 하는 줄 아세요."

보로뱌니노프는 보석을 찾고 말겠다는 마음을 처음으로 가졌을 때의 그 자신만만하던 모습을 잃은 지 오래였다.

수위 티혼의 방에서 오스타프가 녹고 있다고 말한 그 얼음은 큰 소리를 내며 갈라져서 화강암으로 만든 부두 방죽에 부딪혀 이미 오래전부터 잘게 부서져 녹아버렸다. 얼음은 이제 없어졌다. 녹아버린 얼음들은 물이 되어 무심하게 이폴리트 마트베예비치를 여기저기 떠다니게 하고 있었다. 때로는 통나무에 부딪히게도 하고, 때로는 의자와 충돌하게도 하고, 때로는 의자들에게서 밀쳐내기도 했다. 이폴리트 마트베예비치는 말로 표현할 수 없는 공포를 느꼈다. 모든 것이 그를 놀라게 했다. 쓰레기, 석유 침전물, 부서진 닭장과 죽어 썩어버린 물고기, 누군가의 무섭게 생긴 모자가 강을 따라 떠내려가고 있었다. 아마도 이 모자는 로스토프에서 바람에 날아가버린 표도르 사제의 모자일지도 모른다. 누가 알겠는가! 항해의 끝이 보이지 않았다. 육지로 가고 있는 것 같지도 않았다. 예전의 귀족단장은, 그렇다고 물의 흐름을 거슬러 상류로 헤엄쳐 올라갈 힘도 희망도 없었다.

그저 모험의 망망대해를 표류할 뿐이었다.

26장
두 번의 방문

압살롬 이즈누렌코프는 기저귀를 벗고 있는 아기처럼 한시도 가만있지 못했다. 창백한 두 손을 쥐었다 폈다 하고, 발을 계속 흔들고, 모자를 쓴 커다란 사과 같은 머리를 계속 돌리면서 입에서는 침으로 거품을 만들어내는 등 끊임없이 불안정한 상태를 보였다. 그는 여전히 발을 계속 흔들면서 이번에는 깨끗하게 면도한 턱을 돌렸다. 그리고 입으로 "아" 하는 탄식 소리를 냈고, 털이 무성한 두 팔로 마치 기계체조 선수가 평균대 위에서 중심을 잡는 듯한 동작을 취했다.

그는 매우 분주하게 살고 있었다. 놀란 닭처럼 거리를 질주하여 어디든지 나타나서는 이것저것을 제안하곤 했는데, 늘 큰소리로 매우 빠르게 말했다. 그의 생활과 활동의 본질은 어떠한 대상이나 생각이든 1분 이상 집중하지 못한다는 데 있었다.

만일 풍자가 마음에 들지 않고 순간적인 웃음을 유발하지 못한다고 하면, 이즈누렌코프는 풍자 자체는 괜찮으니 조금만 손을 보면 된다는 식으로 다른 사람들처럼 편집국장을 설득하지 않고 즉시 새로운 풍자를 내어놓았다.

"나쁘다면 나쁜 거죠." 그가 말했다. "알겠습니다."

압살롬 이즈누렌코프는 상점에서도 황당무계한 일을 벌이곤 했다. 그는 상점에서도 점원의 눈앞에 번개같이 나타났다가 순식간에 사라진다. 너무나 열성적으로 조콜릿을 사기에 점원은 적어도 30루블어치 정도는 산 게 아닐까 하고 생각한다. 그러나 이즈누렌코프는 계산대 앞에서 춤을 추듯 움직이다 마치 목이라도 조를 듯 넥타이를 잡아당기면서 구깃구깃한 3루블짜리 지폐를 던지고는 고맙다는 말을 내뱉고 가버린다.

만일 이 사람이 한 가지 일에 2시간 정도만 집중할 수 있다면 정말 엄청난 일이 생길지도 모른다.

아마도 책상에 앉아 멋진 소설을 썼거나, 토지 이용법에 관한 새로운 조항을 만들었거나, 《옷을 잘 입는 방법과 사회생활에서 성공하는 방법》이라는 책을 썼을지도 모른다.

그러나 이러한 일들은 일어나지 않았다. 미친 듯이 일하고 있는 두 다리는 그를 늘 움직이게 만들었고, 끊임없이 움직이는 손에 들린 연필은 언제나 화살처럼 튕겨나갔고, 생각은 이리저리 분산되었다.

이즈누렌코프가 방 안을 정신없이 뛰어다니자, 가구에 붙어 있는 차압 딱지가 춤추는 집시의 귀고리처럼 흔들렸다. 의자에는 교외 마을에서 온 웃음기 많은 아가씨가 앉아 있었다.

"아아!" 압살롬 블라디미로비치가 탄성을 질렀다. "정말 훌륭해! '여왕은 목소리와 눈길로 자신이 준비한 화려한 주연을 빛내고 있었다……'* 아아! 최상급입니다! 당신은 여왕 마고입니다."

교외 마을에서 온 여왕은 아무것도 이해하지 못했지만 존경에 찬 눈빛으로 미소를 지었다.

"자, 초콜릿을 드십시오. 여기 있습니다! 아아! 정말 매력적이군요!"

그는 쉴 새 없이 여왕의 손에 키스를 하며 그녀의 수수한 옷차림에 경탄을 표하더니, 그녀에게 고양이를 안겨주면서 아첨하듯 질문을 던졌다.

"이놈은 앵무새를 닮지 않았습니까? 아니, 사자! 사자입니다! 진짜 사자! 정말로 복슬복슬한 털을 가지고 있지 않습니까? 꼬리는요? 꼬리를 한번 보십시오! 꼬리가 정말 길지 않습니까?"

고양이는 구석으로 펄쩍 뛰어갔다. 압살롬 블라디미로비치는 손으로 자신의 통통한 우윳빛 가슴을 누르고서는 창가로 가서 누군가와 얘기를 나누었다. 그러자 갑자기 그의 불쌍한 머릿속에서 어떤 생각들이 튕겨져 나왔다. 그는 자기 손님의 육체적, 정신적 자질에 대해 비판하기 시작했다.

"자, 이 브로치가 진짜 유리로 만들어진 것인지 말씀해보세

*푸시킨의 시 〈이집트의 밤〉에 나오는 한 구절.

요! 아아! 얼마나 밝게 빛나고 있습니까? 당신은 너무나 눈부십니다. 그런데…… 파리는 정말 거대한 도시입니까? 그곳에는 정말 에펠탑이 있습니까? 아아! 이 손, 이 코! 아!"

그는 아가씨를 끌어안지 않았다. 그녀에게 찬사를 보내는 것만으로도 충분했다. 그래서 그는 쉬지 않고 말을 이어갔다. 그러나 그의 말은 갑작스러운 오스타프의 방문으로 중단됐다.

위대한 사기꾼은 손에 서류 뭉치를 가득 들고 나타나 무섭게 심문하기 시작했다.

"이즈누렌코프 씨가 여기 살고 있소? 당신이오?"

압살롬 블라디미로비치는 돌처럼 딱딱한 표정의 방문자를 불안한 눈길로 쳐다보았다. 그는 방문자의 눈을 보며 그가 자신에게 어떠한 요구를 하러 왔는지 읽어내려고 노력했다. 얼마 전 전차에서 깨뜨린 유리창에 대한 벌금을 부과하러 왔는지, 집세가 밀려 재판에 회부되었다는 통지서를 가지고 왔는지, 아님 맹인들을 위한 신문을 구독하라는 방문인지…….

"무슨 짓입니까, 동무?" 벤데르는 위협적인 어조로 말했다. "관청에서 나온 사람을 쫓아내면 아주 곤란한 일이 생깁니다."

"어느 관청에서 나오셨소?" 이즈누렌코프는 겁에 질린 목소리로 말했다.

"어디서 왔는지는 당신이 더 잘 알 텐데. 가구를 가지러 왔소. 의자를 깨끗이 치워주시오." 벤데르는 엄격하게 선고했다.

방금 전까지 의자에 앉아서 서정적인 시를 듣고 있던 아가씨는 의자에서 일어났다.

"안 돼! 그냥 앉아 있어요!" 이즈누렌코프는 자신의 몸으로 의자를 덮치면서 소리쳤다. "그들은 권리가 없어요."

"권리에 대해서 당신은 할 말이 없소. 양심이 있어야지! 가구를 가져가겠소! 법을 집행해야겠소!"

이 말과 동시에 오스타프는 의자를 잡고 공중으로 높이 들어 올렸다.

"가구를 가져가겠소!" 단호한 어조로 오스타프가 말했다.

"안 돼! 가져갈 수 없어."

"어떻게 가져갈 수 없지?" 의자를 들고 복도로 나오며 오스타프가 미소를 띠고 말했다. "이렇게 가져가고 있는데."

압살롬은 여왕의 손에 입을 맞추고 고개를 숙인 뒤 준엄한 집행관의 뒤를 쫓았다. 집행관은 이미 계단을 내려가고 있었다.

"당신들에게 의자를 가져갈 권리가 없다고 말했잖소! 법에 따르면, 새로 구입한 가구는 2주일 동안은 가지고 있을 수 있소. 의자는 이제 사흘밖에 지나지 않았단 말이오. 곧 돈을 지불할 거요!"

압살롬은 꿀벌처럼 오스타프의 주위를 맴돌았다. 그러한 모양새로 두 사람은 거리까지 나오게 되었다. 압살롬 블라디미로비치는 모퉁이까지 의자를 쫓아왔다. 거기에서 그는 거름 더미 주위에서 뛰놀고 있는 참새들을 보았다. 그 광경을 보자 갑자기 눈이 밝아진 그는 손뼉을 치고 웃어대며 탄성을 질렀다.

"최상품이야! 아아! 얼마나 멋진 주제인가!"

새로운 주제를 얻게 된 이즈누렌코프는 즉시 몸을 돌려 집으로 달려갔다. 그는 집으로 돌아와 교외 마을에서 온 아가씨가 방 한가운데에 서 있는 것을 보고 나서야 의자를 떠올렸다.

오스타프는 의자를 마차에 싣고 돌아왔다.

"배우세요!" 그는 이폴리트 마트베예비치에게 말했다. "맨손으로 의자를 얻었습니다. 공짜로요. 아시겠습니까?"

의자를 파헤치고 난 후 이폴리트 마트베예비치는 또다시 낙담했다.

"확률은 자꾸 높아지는데……." 오스타프가 말했다. "돈은 1코페이카도 생기질 않으니……. 혹시 죽은 당신의 장모가 농담을 즐겨 한 사람이었습니까?"

"무슨 말인가?"

"만약에 의자에 보석이 없다면요?"

이폴리트 마트베예비치는 양복 상의가 들려 올라갈 만큼 손을 내저었다.

"그렇다고 해도 상관없어요. 이바노풀로에게 가구가 생기면서 재산이 늘어날 테니까요."

"그런데 벤데르 동무, 오늘 당신 신문에 났던데." 이폴리트 마트베예비치는 아첨을 하듯 오스타프에게 말했다.

오스타프는 인상을 찌푸렸다.

그는 언론에 이름이 오르내리는 것을 좋아하지 않았다.

"무슨 말입니까? 어떤 신문에요?"

이폴리트 마트베예비치는 의기양양하게 〈공작기계〉 신문을 펼쳐 보여주었다.

"여기 있네. 여기 '오늘의 사건 사고'란이네."

오스타프는 약간 마음이 놓였다. 혹시나 자신의 이름이 '정의의 창검'이나 '직권 남용 재판'란에 실린 것은 아닌가 하고 걱정했기 때문이다.

실제로 '오늘의 사건 사고'란에는 다음과 같은 기사가 인쇄되어 있었다.

말에 깔리다

어젯밤 스베르들로프 광장에서 시민 오스타프 벤데르 씨가 8974번 마차의 말에 깔렸다. 피해자는 가벼운 충격을 받은 정도다.

"가벼운 충격이라고? 가벼운 충격을 받은 건 마부고 나는 엄청난 충격을……." 벤데르가 불평을 늘어놓았다. "바보 같은 놈들! 이걸 기사라고 쓰고 있으니! 제대로 알지도 못하고 말이야! 아, 〈공작기계〉 신문사로군! 이거 참 잘됐어. 보로뱌니노프 씨, 당신도 아시겠지만, 아마도 우리 의자에 앉아서 이 기사를 썼겠지요? 이거 재미있어지겠군."

위대한 사기꾼은 잠시 생각에 잠겼다.

그는 곧 편집국을 방문할 구실을 찾아냈다.

긴 복도를 따라 오른쪽과 왼쪽에 있는 사무실 모두가 편집국 소속이라는 것을 비서에게 알아낸 오스타프는 순진한 모습으로 편집국 사무실들을 기웃거리면서 의자가 어느 방에 있는지 알아내려고 했다.

그는 자동차 클럽의 젊은 회원들이 모여 회의를 하고 있는 곳에 들어갔는데, 거기 의자가 없다는 것을 알아차리자마자 바로 옆방으로 이동했다. 그 방에서는 결재를 기다리는 사람처럼 행동하면서 의자를 살펴보았고, 노동통신원 사무실에 가서는 다 쓴 용지를 판매한다는 광고를 보고 온 구매자처럼 행동했고, 비서실에서는 계약 조건을 문의하러 온 사람치럼 굴었고, 시사칼럼 사무실에서는 서류 분실 광고를 어디에서 취급하는지 물어보았다.

이런 방법으로 그는 온 사무실을 정탐한 후, 동업자들이 찾고 있는 의자에 앉아 전화를 하고 있는 편집국장 사무실까지 오게 되었다.

오스타프는 주변 지형을 유심히 관찰한 후 편집국장에게 말을 걸었다.

"편집국장 동무, 이 신문사에서 저에 대한 비방 기사를 실었더군요." 오스타프가 말했다.

"무슨 비방 기사 말씀이신가요?" 편집국장이 물었다.

오스타프는 〈공작기계〉 신문을 천천히 펼쳐 보이면서 미국산 자물쇠가 달려 있는 문을 힐끗 쳐다보았다. 만일 문에 달려 있는 유리 조각들을 떼어낸다면 손을 안으로 넣어 쉽게 문을 열 수 있을 것 같았다.

편집국장은 오스타프가 가리킨 기사를 읽어보았다.

"동무, 여기에 무슨 비방이 있단 말씀이오?"

"무슨 말씀을! 바로 여기 있잖습니까!"

피해자는 가벼운 충격을 받은 정도다.

"이해할 수 없군요."

오스타프는 편집국장과 의자를 예리한 눈길로 바라보았다.

"내가 거기 있던 마부 때문에 놀랐던 것처럼 난 이 기사 때문에 온 세상에 창피거리가 되었습니다. 당장 기사를 정정해주시기 바랍니다."

"이보시오, 동무." 편집국장이 말했다. "누구도 당신에게 모욕을 주지 않았소. 그리고 그런 시시한 일 때문에 정정 기사를 낼 순 없소."

"잘 알겠습니다. 하지만 난 이 일을 절대로 그냥 내버려두지 않을 겁니다." 오스타프는 이렇게 말하고 사무실을 나왔다.

이미 필요한 것을 모두 알아냈기 때문이다.

27장
도프르*를 위한 멋진 가방

스타르고로드 시의 덧없는 '검과 낫 연합' 지부원들은 '신속포장' 회사에서 온 젊은이들과 함께 '제빵식품'이라는 곡물 상점 앞에서 긴 줄을 서고 있었다.

지나가던 사람들이 멈춰 섰다.

"무슨 줄입니까?" 사람들이 물었다.

상점 앞에 길게 늘어선 줄에는 보통 그 줄보다 더 길게 수다를 떠는 사람이 한 명씩은 있기 마련이다. 폴레소프의 수다는 그칠 줄 몰랐다.

"다 모였군." 소방대장이 말했다. "곧 밀가루 찌꺼기밖에 남지 않을 겁니다. 1919년에도 이것보단 나았지요. 도시 안의 밀가루는 이제 나흘치밖에 남아 있지 않습니다."

*'강제노동의 집'이라는 뜻으로, 오늘날 감옥에 해당하는 곳이다. 주로 6개월 이상 2년 미만의 경범죄자들이 수용되었으며 어느 정도의 자유가 주어졌다.

사람들은 의심스러운 듯 수염을 비틀며 폴레소프의 말을 듣고는 그와 논쟁을 하기도 했고, 〈스타르고로드 프라브다〉 신문에 나온 기사를 보여주기도 했다.

　2 곱하기 2는 4가 되듯이 도시 안에 밀가루는 충분하고 식량난을 일으킬 일이 전혀 없다고 폴레소프에게 증명해준 사람들도 집으로 달려가 돈을 가져와서 밀가루를 사려는 행렬에 가담했다.

　'신속포장'의 젊은이들은 곡물 상점에서 밀가루를 모두 구입한 후에, 식료품 가게로 몰려가 차와 설탕을 사려는 줄을 만들었다.

　사흘 만에 스타르고로드 시는 식료품과 생필품 위기에 직면하게 되있다. 협동조합과 국영상점 내표들은 운송뇌고 있는 식료품들이 도착하기 전까지는 한 사람당 1푸드의 설탕과 5푸드의 밀가루로 구매량을 제한하도록 했다.

　그러나 그다음 날 이에 대한 편법이 등장했다.

　설탕을 사려는 줄의 맨 앞에 알리헨이 섰다. 그 뒤에는 그의 부인인 사시헨을 비롯해 파샤 에밀리예비치, 네 명의 야코블레비치들과 열다섯 명의 양로원 노파들이 서 있었다. 알리헨은 설탕을 받은 후에 줄 전체를 다른 상점으로 옮겼다. 그는 길에서 파샤 에밀리예비치에게서 반 푸드의 설탕을 압수하고는 그에게 욕설을 퍼부었다. 파샤 에밀리예비치가 반 푸드의 설탕을 손바닥에 놓고 기다란 주둥이로 쪼아 먹었기 때문이다. 알리헨은 하루 종일 정신없이 지냈다. 그는 자신이 획득한 물품들이 줄지 않도록 파샤 에밀리예비치를 줄에서 빼버리고 대신 그 물건들을 수입품 시장으로 운반하는 일을 시켰다. 그곳에서 알리헨은 설탕, 밀가루, 차, 직물 등을 몰래 전매했다.

폴레소프는 주로 원칙을 지키는 사람들의 줄에 섰다. 그러나 돈이 없었기에 아무것도 살 수 없었다. 그는 그저 이 줄에서 저 줄로 옮겨 다니면서 대화에 귀를 기울이거나, 사람들에게 날카로운 지적을 해주기도 하고, 의미심장하게 눈썹을 치켜뜨며 뭔가 예언을 해주기도 했다. 그가 말하지 못한 유일한 이야기는 검과 낫인가 하는 지하조직이 도시에 퍼져 있다는 소문에 대한 것이었다.

주지사 댜디예프는 하루에 1만 루블을 벌었다. 증권거래위원회 의장 키슬랴르스키가 하루에 얼마를 버는지는 그의 아내조차도 알 수 없었다.

자신이 비밀결사 조직에 속해 있다는 사실이 키슬랴르스키를 불안하게 했다. 도시에 퍼진 소문은 그를 더욱 놀라게 했다. 불면의 밤을 보낸 증권거래위원회 의장은 정직한 자백만이 자신의 형량을 단축시킬 수 있는 길이라는 결론을 내렸다.

"여보, 헨리예타." 그가 아내에게 말했다. "직물 공장을 처남에게 넘겨야 할 때가 온 것 같소."

"왜요? 무슨 일이 생긴 건가요?" 헨리예타 키슬랴르스카야가 남편에게 물었다.

"무슨 일이 생길 거야. 나라 안에서 매매의 자유가 없어진다면 난 언젠간 감옥에 앉아 있겠지?"

"무슨 말을 하는 거예요! 그래서 이렇게 속옷을 미리 준비하는 건가요? 아, 불행한 내 인생! 또 감옥에 차입을 넣어줘야 되는 건가요? 왜 당신은 소비에트 기관원들에게 가보지 않는 거예요? 내 동생처럼 노동조합원이었으면 별일 없었잖아요! 그래서 그렇게 당에 소속된 상업 노동자가 되라고 했던 건데!"

헨리예타는 자신의 남편이 증권거래위원회 의장이 되었다는 사실은 꿈에도 알지 못했다. 그래서 그녀는 이번에도 대수롭지 않은 일일 거라고 생각했다.

"아마 오늘 집에 못 올 거요." 키슬랴르스키가 말했다. "그렇게 되면, 당신이 내일 필요한 물건들을 좀 가져다주시구려. 고기만두는 제발 가져오지 말고. 차가운 고기만두가 내게 무슨 소용이 있겠소?"

"그럼 석유난로라도 넣어드릴까요?"

"감옥에서 석유난로를 잘도 허락해주겠구려! 내 가방이나 주시오!"

키슬랴르스키에게는 도프르에서 유용하게 쓸 수 있는 가방이 있었다. 특별히 주문을 해서 만든 가방인데 매우 다양한 용도로 사용할 수 있었다. 가방을 완전히 펼치면 침대가 되었고, 반쯤 펼치면 의자가 되었다. 게다가 장롱의 기능도 있어서, 그 안에는 조그만 선반과 옷걸이, 서랍도 있었다. 아내는 이 다용도 가방 안에 차가운 저녁과 새 속옷들을 넣었다.

"굳이 배웅하러 나오지 않아도 괜찮소." 여러 번 겪어본 일인 듯 남편이 말했다. "만일 루벤스가 돈을 받으러 오면 돈이 없다고 전해주시오. 잘 있으시오! 루벤스는 기다려줄 거요."

그리고 키슬랴르스키는 가방을 손에 들고 천천히 거리로 나왔다.

"키슬랴르스키 씨! 어디로 가시는 길입니까?" 폴레소프가 큰 소리로 불렀다.

그는 전봇대 옆에 서서 쇠갈고리로 기둥을 타고 올라가는 전신 기사를 격려하고 있었다.

"자백하러 갑니다." 키슬랴르스키가 대답했다.

"뭘 말입니까?"

"검과 낫 연합에 대해서 말이오."

빅토르 미하일로비치는 할 말을 잃어버렸다. 키슬랴르스키는 주머니가 달린 넓은 허리띠에 시계를 집어넣고 달걀처럼 생긴 배를 내밀며 주검찰국으로 천천히 걸어갔다.

빅토르 미하일로비치는 날개를 퍼덕거리며 댜디예프에게로 날아갔다.

"키슬랴르스키는 정부의 스파이였습니다!" 소방대장이 소리쳤다. "방금 밀고하러 갔습니다. 제가 좀 전에 봤습니다."

"어떻게 그런 일이? 혹시 그 사람이 가방을 들고 가던가요?" 스타르고로드 주지사는 두려움에 떨기 시작했다.

"네, 가지고 있었습니다."

댜디예프는 부인에게 키스를 하고, 역시 루벤스가 오면 돈을 주지 말라고 소리치고 나서 거리로 쏜살같이 뛰어나갔다. 빅토르 미하일로비치는 마치 알을 낳으려는 암탉처럼 제자리에서 몸을 비틀며 신음 소리를 내더니 블라쟈와 니케샤에게로 달려 갔다.

그러는 사이 키슬랴르스키는 산책하듯 거리를 천천히 걸어서 주검찰국으로 갔다. 그는 길에서 루벤스를 만나 한참 동안 이야기를 나누었다.

"돈은 어떻게 되었소?" 루벤스가 물었다.

"돈에 관한 거라면 내 아내에게 가보시오."

"이상하게 생긴 가방은 왜 들고 있는 겁니까?" 루벤스가 의심스러운 눈초리로 물었다.

"목욕탕에 가는 길이오."

"그럼, 좋은 시간 보내십시오."

그런 다음 키슬랴르스키는 예전에는 '봉봉 드 바르소비'*였던 스타르고로드 시의 연합 제과점에 들러 커피를 마시고 피로크**를 시켜 먹었다. 참회의 시간이 다가왔다. 증권거래위원회 의장은 주검찰국장의 접견실로 들어갔다. 접견실에는 아무도 없었다. 키슬랴르스키는 '주검찰국장'이라는 명패가 붙어 있는 문으로 다가가 공손하게 노크를 했다.

"들어오시오!" 귀에 익은 목소리가 들렸다.

방 안으로 들어간 키슬랴르스키는 깜짝 놀라 그 자리에 멈춰 섰다. 달걀처럼 생긴 그의 배가 대추 열매처럼 찌그러졌다. 그는 그곳에서 전혀 예기치 못한 광경을 목격했다.

---

*혁명 전 러시아에서 인기 있던 제과점. 프랑스어로 '바르샤바의 사탕'이라는 뜻이다.
**고기나 야채 등으로 속을 채운, 러시아 전통 빵 중 하나.

검찰국장이 앉아 있는 책상 뒤에는 강력한 조직인 검과 낫 연합 회원들이 서 있었다. 그들의 손동작과 구슬픈 목소리로 미루어보아 그들이 먼저 모든 것을 자백한 듯했다.

"바로 저자입니다." 댜디예프가 소리쳤다. "가장 핵심적인 10월당원입니다!"

"우선." 키슬랴르스키는 바닥에 가방을 내려놓고 책상 쪽으로 다가가서 밀했다. "저는 10월당원이 아닙니다. 둘째, 저는 항상 소비에트 정권에 호의를 가지고 있습니다. 셋째, 10월당의 핵심 당원은 제가 아니라 차루시니코프 동무이며, 그의 주소는……."

"크라스노아르메이스카야 거리입니다!" 댜디예프가 소리쳤다.

"3번 건물입니다!" 블라쟈와 니케샤가 합창하듯 외쳤다.

"마당으로 들어가서 왼쪽에 있습니다." 빅토르 미하일로비치가 덧붙였다. "제가 안내해드릴 수 있습니다."

20분 후에 차루시니코프가 소환되어 왔다. 그는 먼저 이 사무실에 있는 사람들 중 어느 누구도 본 적이 없다고 말한 다음, 곧바로 옐레나 스타니슬라보브나를 밀고했다.

독방에 수용된 증권거래위원회 의장은 속옷을 갈아입고, 가방을 펼쳐 침대를 만들어 그 위에 몸을 쭉 펴고 누운 다음 홀가분한 마음을 느꼈다.

그리차추예바-벤데르 부인은 스타르고로드 시에 닥친 위기의 상황에도 넉 달은 족히 버틸 수 있는 식료품과 자신의 상점에서 쓸 물건들을 확보하는 데 성공했다. 잠깐 동안의 안정 후, 그녀는 어딘가에서 회의에 몰두하고 있을 자신의 젊은 남편 생각에 다시 우울해졌다. 점쟁이를 찾아가봤지만 별다른 소용이 없었다.

스타르고로드 시의 최고 권력자들이 사라지자 불안해진 옐레나 스타니슬라보브나는 무성의하게 미망인의 카드 점을 쳐주었다. 카드는 스페이드 왕을 보여주었는데, 이것은 세상에 종말이 올 거라는 것, 봉급이 인상될 거라는 것, 남편을 관청에서 만난다는 것, 그리고 그녀 주변에 해를 끼칠 사람이 있다는 것을 의미했다.

카드 점은 정말 이상한 일로 중단되었다. 정보원들이 들이닥쳐 점쟁이를 관청, 즉 검찰국으로 끌고 가버렸던 것이다.

앵무새와 단둘이 남게 된 미망인은 당황하여 급히 도망가려 했다. 그러나 그 순간 앵무새가 부리로 새장을 쪼며, 태어나서 처음으로 인간의 목소리로 말을 하기 시작했다.

"이제 다 살았구나!" 냉소적인 어조로 말을 한 앵무새는 꼬리로 머리를 감싼 후, 부리로 꼬리털을 뽑아냈다.

그리차추예바-벤데르 부인은 공포에 사로잡혀 문 쪽으로 뛰어갔다.

도망치는 그녀 뒤로 두서없는 말들이 쏟아지기 시작했다. 늙은 앵무새는 정보원들의 방문과 자신의 여주인이 감옥으로 끌려간 사실에 너무 큰 충격을 받아서 자기가 아는 모든 말들을 내뱉었다. 앵무새가 하는 레퍼토리의 대부분은 빅토르 미하일로비치 폴레소프에게서 배운 말이었다.

"존재하지 않는 것이 존재하는 경우에는……." 앵무새는 초조하게 말했다.

그리고 고개를 들어 문 앞에서 얼어붙어 있는 미망인을 향해 윙크를 하며 마치 이렇게 말하는 듯했다. '자, 이렇게 하는 게 마음에 드시나요, 부인?'

"이미나, 세상에!" 그리차추예바는 신음하듯 말했다.

"어느 연대에서 근무했소?" 앵무새는 벤데르의 목소리로 말했다. "파산이야! 유럽이 우릴 도와줄 거요."

미망인이 달아나자 앵무새는 자신의 깃털을 정돈하고 난 뒤 30년간 사람들이 자신에게 말을 가르치려다 실패한 후 했던 말을 했다.

"이 바보 같은 앵무새야!"

그리차추예바 부인은 거리를 뛰어가면서 울었다. 집에 도착하자, 안절부절못하는 웬 작은 노인이 그녀를 기다리고 있었다.

벤데르에게 당한 문서 담당 주임 바르폴로메이치였다.

"광고를 보고 왔습니다." 바르폴로메이치가 말했다. "2시간을 기다렸습니다, 부인."

그리차추예바 부인은 무거운 말발굽이 자신의 심장을 때리는 듯한 느낌을 받았다.

"아!" 미망인은 흐느끼듯 말했다. "지금은 마음이 너무 지쳤어요!"

"혹시, 벤데르 씨가 떠나버려서 그런 건가요? 부인이 그를 찾는다는 광고를 내셨지요?"

미망인은 매점해놓은 밀가루 포대 위에 쓰러졌다.

"몸이 매우 약하시군요." 바르폴로메이치가 다정하게 말했다. "우선은 사례금에 대해 분명히 하고 싶은데……."

"아, 모두 다 가져가세요! 지금 저는 아무것도 아까울 것이 없어요!" 가련한 미망인이 울먹이며 말했다.

"제가 온 이유는 당신의 아들 벤데르의 거처를 알고 있어서입니다. 사례금은 얼마나 되지요?"

"다 가져가세요!" 미망인은 같은 말을 반복했다.

"20루블입니다." 바르폴로메이치가 단호하게 말했다.

미망인은 밀가루 포대에서 일어났다. 밀가루 때문에 옷이 더러워졌다. 그녀는 밀가루로 하얗게 덮인 속눈썹을 심하게 깜빡거리며 말했다.

"얼마라고요?" 그녀가 다시 물었다.

"15루블이요." 바르폴로메이치는 가격을 낮추었다.

그는 이 불행한 여인에게서 3루블도 얻기 힘들겠다고 직감했다.

미망인은 밀가루 포대를 발로 밟으면서 바르폴로메이치를 공격했고, 천국의 성자들까지 들먹이면서 적정 가격을 얻어냈다.

"알겠습니다. 하느님이 함께하시길! 5루블로 합시다. 단, 돈을 미리 주십시오. 이건 제 원칙입니다."

바르폴로메이치는 자신의 수첩에서 두 개의 신문 조각을 꺼내 들고 읽기 시작했다.

"자, 우선 순서에 따라 한번 읽어보겠습니다. 당신은 다음과 같은 신문 광고를 내셨지요. '집 나간 벤데르 동무…… 초록색 양복에 갈색 구두, 하늘색 조끼…….' 맞습니까? 이건 〈스타르고로드 프라브다〉 신문에서 오린 겁니다. 그리고 이건 모스크바의 신문에 난 당신 아들에 관한 기사입니다. 여기 보십시오. '말에 깔리다.' 놀라지 마십시오, 부인. 더 들어보세요……. 살아 있습니다. 살아 있다고요! 살아 있다고 지금 말씀드리는 겁니다. 제가 죽은 사람을 이용해서 돈을 받겠습니까? 자, 들어보십시오. '말에 깔리다. 어젯밤 스베르들로프 광장에서 8974번 마차의 말에 시민 오스타프 벤데르 씨가 깔렸다. 피해자는 가벼운 충격을 받은 정도다.' 자, 여기 있습니다. 증거로 이 신문 기사를 드리겠습니다. 그러나 그전에 돈을 먼저 주십시오. 제 원칙입니다."

미망인은 울면서 돈을 주었다. 남편, 그녀의 사랑스러운 남편, 갈색 구두를 신은 그의 남편이 하늘색 조끼를 입은 가슴을 말발굽에 치여 저 멀리 모스크바 땅바닥에 누워 있는 것이다.

바르폴로메이치의 동정심 깊은 마음은 후한 사례금에 만족했다. 그는 미망인에게 남편의 나머지 행적은 세상 모두가 다 알고 있는 신문사 〈공작기계〉의 편집국에 가면 알 수 있을 거라는 설명을 덧붙여주고 나왔다.

사제 표도르의 편지

(로스토프의 물 끓이는 가게* '은하수'에서
N군에 있는 아내에게 보내는 편지)

나의 사랑하는 아내 카챠에게!

　새로운 괴로움이 닥쳤소. 하나 이 일에 대해서는 나중에 알려주리다. 돈은 정말 제때에 잘 받았소. 당신에게 진심으로 감사의 말을 전하오. 로스토프에 도착하자마자 주소에 적힌 대로 '신 러시아 시멘트 공장'으로 달려갔소. 정말 큰 공장이었는데 그곳에는 기술자 브룬스에 대해 아는 사람이 아무도 없었소. 내가 완전히 절망에 빠져 있을 때 사람들이 인사과로 가보라고 조언을 해주더이다. 그래서 갔봤더니 인사과 직원이 말하길, 그런 사람이 있었는데 지난해에 여길 떠나 다른 곳으로 갔다는 거요. 바쿠**에 있는 아제르바이잔 석유국의 안전기술분과에서 그를 좋은 조건으로 데려갔다고 했소.

　사랑하는 당신! 여행이 우리가 생각했던 것보다 빨리 끝나질 않는구려. 당신도 돈이 다 떨어졌다고 편지에 썼었지. 어쩔 도리가 없구려. 그러나 오래지 않아 끝이 보일 거요. 인내로 무장하고 하느님께 기도를 드리시오. 그리고 학생 시절 입었던 내 제복을 파시오. 큰 도움이 되지는 못하겠지만 만반의 준비를

---

*겨울이 추운 러시아에서는 20세기 초까지 주로 기차역 주변에, 물을 끓여 온수를 마시거나 차나 커피를 마실 수 있는 공간이 마련되어 있었다.
**카스피 해 서쪽에 위치한 도시로, 현재 아제르바이잔 공화국의 수도.

하고 있으시오.

로스토프의 물가 상승은 정말 무서울 정도요. 호텔 숙박료가 하루에 2루블 25코페이카요. 바쿠까지의 돈은 충분하오. 그곳에서 성공하게 된다면 전보를 치겠소.

여기는 날씨가 덥소. 외투는 손에 들고 다니고 있소. 호텔에 놓고 나오려니 누가 훔쳐 갈 것 같아서 말이오. 여기에는 도둑들이 많소.

로스토프는 별로 마음에 들지 않소. 주민 수와 지형 조건으로 본다면 하리코프에 비해 떨어지는 곳이오. 그러나 여보, 괜찮소. 하느님의 은총으로 우린 곧 모스크바로 가게 될 거요. 그때 당신은 완전히 서유럽적인 도시를 보게 될 거고, 그런 다음 사마라로 가서 공장을 운영하며 살게 될 거요.

혹시 보로뱌니노프가 다시 돌아오지는 않았소? 그 작자는 지금 어디에선가 이리저리·헤매고 있을 거요. 예브스틱네예프는 아직도 우리 집에서 기식하고 있소? 내 여름용 캐속은 잘 세탁했소? 내가 아는 모든 사람들에게 내가 아직 숙모님의 병상을 지키고 있다고 말해 내 체면을 지켜주시오. 굴렌카에게도 그렇게 편지를 써주시오.

아! 오늘 내게 일어난 무서운 사건에 대해 당신에게 얘기해준다는 것을 잊어버릴 뻔했소.

다리 위에서 고요한 돈 강을 바라보며 우리의 풍요로운 미래에 대해 상상하고 있었는데, 갑자기 바람이 불어와 매형이 준 모자가 바람에 날아갔소. 난 그저 바라볼 수밖에 없었다오. 영

국산 모자를 사느라 2루블 50코페이카를 지출해야만 했소. 제
빵 기술자인 당신 매형에게 이 얘기는 하지 마시오. 그 역시 내
가 보로네시에 있다고 믿어야만 하오.

  속옷 때문에 여간 곤란한 게 아니오. 저녁에 빨아서 널어두
는데 밤새 마르지 않아서 아침에 축축한 채로 입고 있소. 날씨
가 더워서 이렇게 입고 있는 게 시원하기는 하오.

  당신에게 키스와 포옹을 보내오.

                              당신의 영원한 남편 폐쟈로부터

28장
암탉과 태평양의 수탉

페르시츠키 기자는 위대한 수학자 아이작 뉴턴의 탄생 200주년 기념 기사를 위해 분주히 움직이고 있었다.

그가 한창 작업에 열을 올리고 있을 때, '과학과 생활' 담당 부서의 스테파가 들어왔다. 그 뒤로 뚱뚱한 여자가 따라왔다.

"이보게, 페르시츠키." 스테파가 말했다. "어떤 부인이 자네에게 볼일이 있다고 찾아왔네. 이리로 오십시오, 부인. 이 친구가 잘 설명해줄 겁니다."

스테파는 미소를 짓고 자리를 떠났다.

"무슨 일이시죠?" 페르시츠키가 물었다.

그리차추예바 부인은(바로 그녀였다) 괴로운 눈길로 기자를 바라보더니 아무 말 없이 종이쪽지를 그에게 건넸다.

"이게……." 페르시츠키가 말했다. "말에 깔리다…… 가벼운 충격을 받은 정도다. 근데 뭐가 문제죠?"

"주소를……." 미망인은 애원하듯 말했다. "주소를 좀 알 수 없을까요?"

"누구의 주소 말입니까?"

"오스타프 벤데르요."

"제가 어떻게 압니까?"

"아까 그분이 당신이 알고 있을 거라고 했어요."

"저는 전혀 모릅니다. 주소국에 가서 물어보세요."

"혹시 기억을 좀 더듬어보실 수는 없나요? 갈색 구두를 신고 있는데……."

"저도 갈색 구두를 신고 있습니다. 모스크바에는 20만 명이 갈색 구두를 신고 다닙니다. 그들의 주소를 모두 알고 싶으신 겁니까? 그렇다면 도와드리지요. 제가 모든 일을 제쳐두고 이 일에만 매달리면 반년 후에는 모든 사람들의 주소를 알 수 있을 겁니다. 저는 바쁜 사람입니다, 부인."

그러나 페르시츠키에게 대단한 존경심을 느낀 부인은 그를 복도까지 쫓아 나와, 풀 먹인 속치마를 바스락거리며 계속해서 부탁을 했다.

'스테파 개자식!' 페르시츠키가 생각했다. '두고 보자. 멍청한 과학자 하나를 섭외해서 네놈에게 복수를 해주겠어!'

"제가 어떻게 부인을 도와드릴 수 있겠습니까!" 자신 앞에 서 있는 미망인을 향해 페르시츠키는 화가 나서 소리쳤다. "제가 무슨 수로 벤데르 씨의 주소를 알아낸단 말입니까? 제가 그 사람을 들이받은 말이라도 된단 말입니까? 아니면 그에게 등

짝을 얻어맞은 마부라도 된단 말입니까?"

기어드는 목소리로 말하는 미망인에게서는 "동무", "제발 부탁드립니다"라는 말밖에 들리지 않았다.

편집국의 업무는 거의 끝나가고 있었다. 어디선가 타자 치는 소리만이 간간이 들려올 뿐 사무실과 복도는 텅 비어 있었다.

"부인, 죄송합니다. 보시다시피 저는 지금 매우 바쁩니다!"

이 말과 동시에 페르시츠키는 화장실로 들어가버렸다. 10분쯤 지난 뒤 페르시츠키는 즐거운 마음으로 화장실을 나왔다. 그리차추예바는 아직도 줄기차게 속치마를 바스락거리며 복도 한구석을 맴돌고 있었다. 페르시츠키가 나타나자 그녀는 다시 말문을 열었다.

페르시츠키는 악마가 되어버렸다.

"할 수 없군요, 부인." 그가 말했다. "그렇다면 벤데르 씨가 어디에 있는지 말씀드리지요. 이 복도를 따라 앞으로 쭉 가세요. 그런 다음 오른쪽으로 돌아서 다시 앞으로 쭉 가세요. 거기에 문이 하나 있을 겁니다. 문을 열고 들어가서 체레펜니코프에게 물어보세요. 그가 알고 있습니다."

페르시츠키는 자신의 기발한 발상에 만족스러워하며 미망인이 질문을 더 하기 전에 재빨리 사라져버렸다.

치마를 고쳐 입은 그리차추예바 부인은 복도를 따라 걷기 시작했다.

편집국이 있는 '인민의 집' 건물 복도는 매우 좁고 길어서 복도를 걷는 사람들은 무의식적으로 종종걸음을 쳤다. 지나가는 사람들의 모습만 보아도 그가 복도를 얼마큼 걸었는지 알 수 있었다. 만일 매우 잰걸음으로 걷고 있는 사람을 본다면, 그는 필시 이제 막 복도를 걷기 시작한 사람일 것이다. 복도를 두 개나 세 개 정도 통과한 사람은 중간 정도의 속도를 낸다. 그리고 가끔씩 전속력으로 달려가는 사람을 볼 수 있는데, 그 경우는 보통 다섯 번째 복도를 지나고 있는 것이다. 여덟 개의 복도를 단숨에 달려가는 사람은 새나 경주용 말, 그리고 육상 세계 챔피언인 누르미와 어깨를 나란히 할 수 있는 사람이다.

복도에서 오른쪽으로 돌아선 그리차추예바 부인은 달리기 시작했다. 마루의 널빤지가 우지끈 갈라지는 소리가 들렸다.

맞은편에서 하늘색 조끼에 갈색 구두를 신은 갈색 피부의 사내가 걸어오고 있었다. 이렇게 늦은 시간에 이곳을 방문한 오스타프의 얼굴 표정으로 보아 분명 자신들의 사업에 매우 중대한 일이 발생한 듯했다. 그러나 기술부장의 계획에는 이곳에서 그의 아내를 만나는 일은 전혀 들어 있지 않았다.

벤데르는 미망인의 모습을 보자마자 즉시 몸을 돌려 오던 길로 다시 돌아가기 시작했다.

"벤데르 동무!" 미망인이 격정에 사로잡혀 소리쳤다. "어디로 가는 거예요?"

위대한 사기꾼은 걸음의 속도를 높였다. 미망인도 이에 질세라 속도를 높였다.

"잠깐만 기다려요." 그녀가 애원했다. "할 말이 있어요."

그러나 그녀의 말은 오스타프의 귀에 전달되지 못했다. 속력을 높이는 그의 귀에는 바람 소리만이 들릴 뿐이었다. 그는 철제 계단을 타고 올라가 4층 복도까지 쏜살같이 날아가면서, 뒤에 있는 아내에게 계단에 울려 퍼진 메아리만을 남겨주었다.

"이거 참, 고마운 일이군." 5층 계단에 앉아 오스타프가 중얼거렸다. "벌써 재회할 시간이 되었던가. 대체 누가 저 정열적인 부인을 이곳으로 데려온 거지? 이제 우리 사업장의 모스크바 지부를 폐쇄할 때가 된 건가? 안 그러면 그 모디 수리공 흘아비가 찾아올지도 모르겠군."

그 시간, 오스타프가 있는 곳에서 세 층 아래 있던 그리차추예바 부인은 붉게 상기된 얼굴을 속치마 자락으로 훔치면서, 복도 양편에 늘어선 수없이 많은 문을 두드리며 남편을 찾기 시작했다. 처음에는 속히 남편을 찾아 얘기를 나누고 싶은 마음이 간절했다. 전기 램프가 복도를 희미하게 밝히고 있었다. 램프들도, 복도들도, 문들도 모두 처량해 보였다. 미망인은 갑자기 무서운 생각이 들었다. 그녀는 빨리 이곳을 빠져나가고 싶었다.

끝없이 이어진 복도에 질려버린 그리차추예바 부인은 전속력으로 복도를 달리기 시작했다. 30분쯤 지나자 멈출 수가 없었다. 중역실, 비서실, 조합 사무실은 물론, 시끌벅적했던 편집국의 문도 모두 잠겨 있어 그녀의 육중한 몸은 쉴 장소를 찾지 못했다. 정신없이 달리던 그녀는 철판처럼 빳빳하게 다려진 자신의 치마로 쓰레기통을 넘어뜨렸다. 쓰레기통이 날카로운 쇳소리를 내며 복도를 따라 굴렀다. 복도 구석에서 갑자기 불어

온 소용돌이 바람에 활짝 열려 있던 작은 비상구 문이 닫혔다.

그리차추예바 부인은 층계참으로 내려갔다. 몹시 어두웠지만 공포를 이겨내고 밑으로 내려가서 유리문을 당겨보았다. 문은 닫혀 있었다. 그녀는 다시 뒤로 돌아갔다. 그러나 방금 지나온 그 문도 누군가의 주의 깊은 손에 의해 잠겨버렸다.

모스크바 사람들은 문을 잠그길 좋아한다.

수천 개의 현관문이 안쪽에서 판자를 덧대고 못을 박아 폐쇄되어 있기에, 수십만 명의 시민들은 자기 집에 들어가기 위해 뒷문으로 몰래 들어간다. 1918년은 이미 오래전에 지나갔고 '주택 급습'이라는 말도 희미해진 개념이 되었으며 아파트의 안전을 위해 자발적으로 조직되었던 주택 방범대도 사라졌지만,* 게다가 교통 문제도 해결되고 있고 거대한 발전소들도 건설되고 있고 위대한 과학적 발명들도 이루어지고 있지만, 그럼에도 닫혀버린 문에 관한 문제를 자신의 평생을 바쳐 해결해보겠다고 나서는 사람은 없다.

영화관이나 극장, 서커스장에서 발생하는 이 수수께끼 같은 문제를 해결할 사람은 정녕 없단 말인가?

3천 명이나 되는 사람들이 10분 안에 열려 있는 단 하나의 문을 통해 서커스장으로 입장해야 한다. 많은 사람들이 쉽게 들어올 수 있도록 특별 제작된 나머지 열 개의 문은 언제나 잠

*1917년 혁명과 이후의 내전 등으로 이 시기의 주택가 치안은 매우 불안했다. 이에 주민들은 도둑이나 강도를 막기 위해 자발적인 무장 방범대를 조직하기도 했다.

겨 있다. 이 문들은 도대체 왜 잠겨 있는가? 아마도, 20년 전쯤 서커스 마구간에서 잘 훈련된 당나귀 한 마리를 도둑맞고 난 뒤부터 관리인이 이런 도둑들을 염려하여 온갖 출입문을 잠가 놓았는지도 모른다. 아니면 언젠가 유명한 왕이 서커스를 보러 왔다가 열려 있는 문을 통해 들어온 바람에 몸을 떨고 난 뒤 생겨난 여파일 수도 있다.

영화관과 극장에서는 엄청난 혼잡을 피하기 위해 관객들 일부를 먼저 내보내기도 한다. 그러나 혼잡을 피할 수 있는 방법은 매우 간단하다. 닫힌 출입문을 모두 열면 되는 일이다. 그러나 극장 지도부는 그렇게 하는 대신에 물리적 힘을 행사한다. 손에 손을 잡고 인간 장벽을 만든 매표원들이 관객들을 30분 이상 붙잡아두고 못 나가게 한다. 파벨 1세 때부터 잠긴 이 신성불가침한 문들은 오늘날에도 여전히 잠겨 있다.

모스크바 축구대표팀의 선전에 흥이 난 1만 5천 명의 축구팬들은 경기가 끝난 후 전차를 타고 집으로 가려면, 개구멍 같은 좁은 출입구를 헤집고 나와야 한다. 그 문은 어찌나 좁은지 무장 병사 한 명이 두 개 초소에서 기어 나오는 4천 명의 적들을 상대할 수 있을 정도다.

경기장에는 지붕은 없지만 문은 여러 개 있다. 그러나 작은 쪽문 하나만 열려 있을 뿐이며, 이 문을 부수어야만 많은 사람들이 한 번에 나올 수 있다. 그래서 항상 큰 경기가 열리고 난 뒤면 이 문은 부서진다. 그리고 성스러운 전통을 지켜야 한다는 염려 때문에 부서진 문은 정확한 형태로 다시 복원된다.

만일 문을 다시 복원시킬 여건이 되지 않는다면 다음과 같은 온갖 형태로 문의 기능을 대체하기도 한다.

1. 칸막이
2. 바리케이드
3. 벤치 엎어놓기
4. 통행금지 푯말
5. 노끈

칸막이는 대부분의 관공서에서 많이 사용한다.

칸막이를 쳐서 민원인들이 담당 직원에게 민원을 제기하러 가는 길을 봉쇄한다. 민원인들은 마치 호랑이처럼 칸막이 주변을 어슬렁거리며 담당 직원의 눈길을 끌기 위해 애쓴다. 이러한 상황은 그다지 좋지 않다. 방문자가 국가에 이익이 되는 발명품을 들고 온 것일 수도 있지 않은가! 아니면 단순히 소득세를 납부하러 온 것일 수도 있지 않은가! 칸막이는 훌륭한 발명품을 사장시키고, 세금을 걷지 못하게 한다.

바리케이드는 주로 거리에 설치한다.

해마다 봄이 되면 북적이는 도로 위에 보수 공사를 한답시고 이 바리케이드가 설치된다. 그러면 북적거리는 도로는 순식간에 텅 빈다. 통행인들은 자신이 가고자 하는 목적지에 가기 위해 다른 거리로 우회한다. 그들은 매일 1킬로미터를 쓸데없이 더 걸어야 한다. 공사가 곧 끝날 거라는 희망은 철저히 무시된다. 여름이 지나간다. 낙엽이 진다. 바리케이드는 그대로 있다. 보수 공사는 하지 않는다. 도로는 여전히 텅 비어 있다.

벤치를 엎어놓아서 출입을 차단하는 곳은 모스크바의 공원들이다. 모스크바의 공원은 건축가들의 몰지각한 양심 때문에 처음부터 견고한 출입구가 만들어지지 않았다.

통행금지 푯말에 대해서는 책 한 권을 쓸 수 있을 만큼 할 말이 많지만, 필자들은 아직 그럴 계획이 없다.

푯말들은 직접적인 것과 간접적인 것, 두 가지 형태로 나눌 수 있다.

직접적인 형태의 통행금지 푯말은 다음과 같은 것들이다.

출입금지

관계자 외 출입금지

통로 없음

이런 푯말들은 주로 공공기관, 앞서 얘기했던 민원인들이 자주 찾는 관공서 사무실 문 앞에 많이 걸려 있다.

오히려 더 치명적인 건 간접적인 형태의 푯말이다. 이것들은 출입을 직접적으로 금하고 있지는 않지만 웬만큼 용감한 사람이 아니면 들어갈 엄두를 내지 못하게 한다. 다음이 그런 예다.

무단 출입을 금합니다

오늘 접견 시간은 끝났습니다

당신의 방문은 업무에 지장을 줍니다

칸막이나 장애물을 설치할 수도 없고, 벤치를 뒤집어놓거나 금지 푯말을 걸 수도 없는 곳에서는 노끈을 사용한다. 노끈은 놀라운 영감에 따라 전혀 예상치 못한 장소에 걸려 있다. 만일 그 줄이 사람의 가슴 정도 높이에 걸려 있다면, 약간 놀라겠지만 가벼운 신경질을 내고 웃으면서 끝날 수 있다. 그러나 만일 이 줄이 사람의 발목 정도 높이에 걸려 있다면 방문객을 병신으로 만들 수도 있다.

빌어먹을 문들! 극장의 문들은 다 꺼져버려라! 아무나 들어갈 수 있게 하라! 직무에 태만한 주택 관리인이 파헤친 도로 옆에 세워놓은 바리케이드를 철거하라! 뒤집어놓은 벤치도 치워라! 그것들을 제자리에 갖다 놓아라! 공원에서는 밤에도 기분 좋게 앉아 있어야 하는 것 아닌가! 밤 공원은 공기도 좋고 기분도 좋아져 좋은 생각이 많이 떠오른다!

그리차추예바 부인은 인민의 집 건물 중간쯤 잠겨 있는 유리문 근처 계단에 앉아, 미망인이 된 자신의 운명에 대해 생각하다 꾸벅꾸벅 졸며 아침이 오기를 기다렸다.

복도 천장에 매달린 희미한 램프 불빛이 유리문을 통해 미망인의 얼굴에 비쳤다. 희미한 새벽 공기가 계단 옆 창문으로 스며들었다.

여명이 채 가시지 않은 조용한 이른 새벽이었다. 이 시간에 그리차추예바 부인은 복도에서 나는 발소리를 들었다. 미망인은 기운차게 일어나서 유리문 쪽으로 다가갔다. 복도 끝에는 하늘색 조끼를 입은 사내의 모습이 보였고, 사내의 갈색 구두는 식회반죽 가루로 더럽혀져 있었다. 터키 국적자의 방탕한 아들은 조끼에 묻은 먼지를 털며 유리문 쪽으로 다가왔다.

"내 사랑스러운 다람쥐!" 미망인이 오스타프를 불렀다. "내 사랑스러운 다람쥐!"

그녀는 유리문에 대고 형용할 수 없이 부드러운 사랑의 숨결을 내뱉었다. 그 숨결로 유리에는 하얀 안개가 꼈고, 안개는 곧 무지갯빛으로 변했다. 안개와 무지개로 인해 유리문에는 하늘색과 갈색이 오묘하게 어우러진 빛깔이 생기기 시작했다.

오스타프는 미망인의 부르짖음을 듣지 못했다. 그는 등을 긁적이며 무슨 걱정이 있는 듯 고개를 가로젓고 있었다. 1초만 지났어도 그가 모퉁이를 돌아 사라질 뻔했다.

"벤데르 동무!"라고 외치는 가련한 미망인의 신음 소리가 유리문을 흔들어놓았다. 위대한 사기꾼이 몸을 돌렸다.

"어." 잠긴 문 뒤편에 있는 미망인을 보고 벤데르가 말했다. "아직 거기 있었습니까?"

"여기 있어요, 여기예요." 미망인은 기쁜 마음에 떨리는 목소리로 말했다.

"오, 내 사랑하는 이여! 날 좀 안아주시오. 우리는 정말 오랫동안 보지 못했구려." 벤데르가 정중하게 말했다.

미망인은 갑자기 바빠졌다. 그녀는 새장 속의 새처럼 문 뒤편에서 팔짝팔짝 뛰었다. 밤새 조용히 있던 빳빳한 치맛자락이 다시금 펄럭거리기 시작했다. 오스타프는 포옹을 하듯 두 팔을 벌렸다.

"왜 이곳으로 못 오고 있는 겁니까? 나의 암탉이여! 태평양 건너에 있는 당신의 수탉은 회의 때문에 너무도 지쳐버렸소."

미망인은 환상에 사로잡히게 되었다.

"내 사랑스러운 다람쥐!" 그녀는 이 말을 다섯 번이나 반복했다. "이 문 좀 열어주세요, 벤데르 동무."

"조용하세요, 아가씨! 여자는 정숙해야 매력이 있는 법이오. 왜 이리 야단법석인 겁니까?"

미망인은 괴로웠다.

"음, 왜 그리 괴로운 표정을 짓고 있지요?" 오스타프가 물었다. "누가 당신을 그렇게 괴롭히고 있습니까?"

"날 떠나서 괴롭게 한 사람은 바로 당신인데, 당신이 그런 말을 하다니!"

미망인은 울기 시작했다.

"눈물을 닦으시오, 부인. 당신의 눈물방울들은 우주를 구성하는 하나의 원자요."

"난 당신을 기다리고, 또 기다렸어요. 그리고 가게 문도 닫고 이렇게 당신을 찾아왔어요, 벤데르 동무."

"음, 그랬군요. 그런데 지금 거기 계단에서는 지낼 만하오? 바람이 불어 춥지는 않소?"

미망인은 수도원에 있는 커다란 물주전자처럼 서서히 끓어오르기 시작했다.

"배신자!" 그녀는 몸을 부르르 떨며 소리쳤다.

오스타프에게는 시간이 별로 없었다. 그는 손가락을 튕기면서 박자를 맞추더니, 리듬에 맞춰 몸을 움직이며 조용히 노래를 부르기 시작했다.

이따금 악마가 찾아와
우리를 가두어버리네
여성의 아름다운 마력이
우리의 가슴에 불을 지르네…….*

"폭삭 망해버려라!" 춤이 끝나자 미망인은 저주의 말을 퍼부었다. "내 남편이 선물해준 브로치를 훔쳐 갔지? 그런데 대체 의자는 왜 훔쳐 간 거야?"

"성품이 좀 변하신 모양이군요?" 오스타프가 냉정하게 말했다.

"도둑놈! 도둑놈!" 미망인이 소리쳤다.

"이봐요, 아가씨. 이거 하나만 명심해두세요. 이 오스타프 벤데르는 절대로 도둑질을 하지 않습니다."

*헝가리 작곡가 칼만의 오페레타 〈실바〉의 한 구절.

90

"그럼 차 거름망은 누가 가져간 거야?"

"아, 차 거름망! 그건 분명 당신의 처분된 재산 중 하나지요. 그런데 당신은 그걸 도둑맞았다고 생각하시는 겁니까? 그렇다면 삶에 대한 우리의 가치관은 완전히 정반대군요."

"훔쳐 갔잖아!" 미망인은 울먹이며 말했다.

"그러니까 당신은 젊고 선량한 사내가 시골에 사는 늙고 병든 할머니에게서 그녀에게 필요 없는 부엌살림을 잠시 빌려간 것을 도둑질이라고 생각하는 모양이군요? 그렇게 이해하고 계시는 겁니까?"

"도둑놈! 도둑놈!"

"그렇다면 우린 이혼을 해야겠군요. 저는 이혼에 동의합니다."

미망인은 문에 몸을 던졌다. 유리가 흔들렸다.

오스타프는 이제 떠나야 할 시간이 되었음을 느꼈다.

"한 번 안아드릴 시간도 없군요." 오스타프가 말했다. "안녕! 내 사랑! 우린 이제 아주 남남이 되는군요."

"살려줘요!" 미망인이 울부짖었다.

그러나 오스타프는 이미 복도 끝에 가 있었다. 그는 창문을 열고 창턱으로 올라가 밤이슬을 흠뻑 맞고 촉촉이 젖은 땅 위로 뛰어내렸다. 그러고는 아침 햇살이 밝아오는 공원 속으로 사라졌다.

미망인의 외침에 잠에서 깬 수위가 달려왔다. 그는 벌금을 물리겠다고 화를 내며 죄수를 풀어주었다.

29장
〈가브릴리아드〉*의 작가

그리차추예바 부인이 손님 접대가 형편없었던 건물에서 나왔을 때는 이미 인민의 집에서 근무하는 사람들이 출근하고 있는 시각이었다. 주로 최하위직에 종사하는 사람들로서 문서 배송꾼, 서류 정리하는 아가씨들, 전화 교환원들, 나이 어린 회계 보조들이었다.

그들 중에는 양털 같은 곱슬머리에 왠지 모르게 건방진 인상을 풍기는 젊은이 니키포르 라피스도 있었다.

배운 것 없고 힘없는 하층 부류의 사람들과 이곳을 처음 방문하는 사람들만 인민의 집 건물의 정문으로 들어간다. 니키포르 라피스는 외래환자 진료소를 지나 건물 안으로 들어갔다.

*1821년에 발표한 푸시킨의 장편 서사시. 예수의 잉태에 관한 성경 내용을 패러디한 것으로, 잉태 소식을 전한 천사 가브리엘과 마리아와의 기묘한 애정관계를 그려 발표 당시 신성모독이라는 이유로 논란을 일으켰다.

이 건물에 대해 훤히 꿰고 있는 랴피스는 건물 안에 있는 많은 잡지사 사무실로 가는 가장 빠른 길을 잘 알고 있었다. 이 관청 잡지사들은 니키포르에게 원고료라는 맑은 샘물을 마시게 해 주는 오아시스 같은 곳이었다.

랴피스는 우선 건물 안 식당으로 들어갔다. 니켈로 도금된 식당 매표소 창구에서는 마시셰*가 흘러나왔고, 니키포르는 식권 세 장을 끊었다. 그런 다음 종이컵에 담긴 우유 한 잔을 마시고, 실타래처럼 생긴 크림 케이크를 먹은 후, 차를 한 잔 마셨다. 그러고는 천천히 자신의 영토를 방문하기 시작했다.

처음으로 들른 곳은 월간 사냥 잡지 《게라심과 무무》** 편집 국이었다. 나페르니코프 동무가 아직 출근을 하지 않아서 그는 제약업자 종사자들과 외부 세계의 연결 고리가 되는 주간지 《탈지면 통보》로 향했다.

"좋은 아침이오." 니키포르가 말했다. "멋진 시 한 편을 써 왔소."

"무슨 시입니까?" 문학 담당 부장이 물었다. "어떤 주제죠? 트루베츠코이 씨, 당신도 알다시피 우리 잡지는……."

문학 담당 부장은 손가락을 열심히 움직이며 의학 잡지로서 《탈지면 통보》의 보다 정확한 본질에 대해 설명했다.

랴피스는 자신의 흰색 바지를 잠시 쳐다보고 나서 몸을 뒤로

*브라질 특유의 리듬을 지닌 춤, 또는 그 음악.
**게라심은 이반 투르게네프의 소설 《무무》에 나오는 벙어리이자 농노이고, 무무는 그가 아끼던 강아지의 이름이다.

젖히며 노래하듯 얘기했다.

"〈괴저병에 관한 발라드〉라는 시요."

"그거 흥미로운데요." 편집부원 한 명이 불쑥 끼어들며 말했다. "예방의학 차원에서 이런 시가 나온 진 꽤 됐지요."

라피스는 천천히 시를 낭송하기 시작했다.

가브리엘은 괴저병으로 고통 받았고,

괴저병으로 가브리엘은 자리에 눕고 말았네…….

4음보 약강세 형태로 지어진 이 시의 내용은 가브리엘이 무지로 인해 자신의 병을 알지 못해 제때에 약국에 가지 못했고, 그때문에 상처에 요오드를 바르지 못해 죽고 말았다는 것이었다.

"정말 멋진 시를 썼군요, 트루베츠코이 씨." 편집국장이 찬사를 보냈다. "원고료는 더 드리고 싶지만…… 이해해주실 수 있으시죠?"

편집장은 손가락으로 이상한 시 원고를 잡아챘고, 원고료는 화요일에 지불하겠다고 약속했다.

《모스 통신원의 일상》이라는 잡지사에서는 라피스를 극진히 환대했다.

"정말 잘 오셨습니다, 트루베츠코이 씨. 그렇지 않아도 우리 잡지에 시가 한 편 필요했던 참이었습니다. 일상생활, 일상을 다룬 시여야만 합니다. 서정시는 안 되고요. 무슨 말인지 아시죠, 트루베츠코이 씨? 통신원의 일상을 다룬 거라면 어떤 거라도 좋습니다. 잘 아시죠?"

"어제 통신원의 일상에 관한 시를 한 편 구상했소. 다음과 같은 서사시인데, 제목은 〈마지막 편지〉요. 들어보시오."

　　가브리엘은 우편배달부였네,
　　가브리엘은 집집마다 편지를 배달하고……

가브리엘의 이야기는 72행으로 이루어져 있었다. 시는 우편 배달부 가브리엘이 파시스트의 총탄에 맞아 쓰러지면서도 편지를 끝까지 전부 배달하는 것으로 끝났다.

"그런데 사건은 어디에서 발생하는 겁니까?" 사람들이 랴피스에게 물어보았다.

질문은 당연한 것이었다. 왜냐하면 소련에는 파시스트가 없었고, 외국에는 가브리엘 같은 노동통신 배달부가 없었기 때문이다.

"무슨 문제라도 있습니까?" 랴피스가 말했다. "사건은 당연히 러시아에서 발생하는 거요. 몰래 숨어 들어온 파시스트에 관한 얘깁니다."

"저기, 트루베츠코이 씨, 라디오 방송국에 관한 시를 써주시는 게 좀 더 낫지 않을까요?"*

*작가들은 랴피스를 마야콥스키의 삶과 연관시켜 풍자하고 있다. 1926년 외교문서 수송열차 습격으로 독일인 외교통신사 네테가 사망한 사건에 대해 마야콥스키는 〈네테 동무에게〉라는 시를 썼고, 1925년에는 라디오 방송국을 위한 시 〈라디오는 선동가〉를 썼다.

"이 우편배달부에 관한 시가 맘에 안 드시오?"

"알겠습니다. 그냥 두고 가시지요. 저희가 어떻게 한번 해보겠습니다."

마음이 울적해진 니키포르 랴피스 트루베츠코이는 다시 《게라심과 무무》로 갔다. 나페르니코프는 이미 출근하여 자리에 앉아 있었다. 벽에는 코안경에 긴 장화를 신고 쌍신총을 앞으로 기울여 찬 엄청나게 큰 투르게네프의 초상화가 걸려 있었다. 나페르니코프 옆에는 랴피스의 경쟁자인 시골 출신의 한 시인이 앉아 있었다.

가브리엘에 관한 낡은 시가 또다시 시작되었는데, 이번에는 사냥꾼의 냄새가 물씬 풍기는 시였다. 창작물은 〈기도하는 밀렵꾼〉이라는 제목으로 탄생되었다.

가브리엘은 숨어서 토끼를 기다리네,
가브리엘은 토끼를 한 방에 명중시켰네.

"정말 좋습니다!" 마음 좋은 나페르니코프가 말했다. "트루베츠코이 씨! 당신은 이 시로 엔티흐*를 능가할 것입니다. 단지 몇 군데만 좀 고치면 되겠습니다. 우선 제목에서 '기도'라는 말을 빼면 좋겠군요."

---

*혁명적이고 애국적인 시를 주로 쓴 소비에트 시인 니콜라예비치 티호노프의 이름을 패러디한 것. '니콜라예비치'의 첫 알파벳과 '티호노프'라는 성을 합성해 만든 가상의 작가다.

"토끼도 빼는 게 좋겠습니다." 라피스의 경쟁자가 말했다.

"토끼는 왜 빼려는 겁니까?" 나페르니코프가 놀라며 물었다.

"지금은 토끼가 활동하는 계절이 아니지 않습니까?"

"들으셨죠, 트루베츠코이 씨? 토끼 대신에 다른 동물을 넣어야겠습니다."

서사시는 그 형태가 바뀌었다. 제목은 〈밀렵꾼에게 주는 교훈〉이 되었고, 토끼는 도요새로 대체되었다. 그런데 도요새 역시 여름에는 사냥할 수 없는 새라는 사실이 밝혀졌다. 결국 시의 최종판은 다음과 같이 수정되었다.

> 가브리엘은 숨어서 새를 기다리네,
> 가브리엘은 새를 한 방에 명중시켰네…….

식당에서 아침을 먹은 가브리엘은 다시금 작업에 착수했다. 그의 하얀 바지가 어두운 복도 여기저기에서 나타났다 사라졌다. 그는 편집국들을 방문하면서 수많은 가브리엘을 팔았다.

《협동조합 플루트》 잡지사에서 가브리엘은 〈아이올로스의 플루트〉라는 제목으로 넘겨졌다.

> 가브리엘은 상점에서 근무하네,
> 가브리엘은 플루트를 팔았네…….

《그 자체로 완전한 숲》이라는 잡지사의 얼간이들은 라피스에게서 〈수풀가에서〉라는 제목의 짧은 서사시를 사들였다. 시는 다음과 같이 시작됐다.

> 가브리엘은 울창한 숲 속을 걷고 있네,
> 가브리엘은 대나무를 잘라버렸네…….

랴피스의 이닐 마지믹 직업은 빵 굽는 일이었다. 그는 잡지 《제빵 기술자들》의 편집국을 방문했다. 이 잡지사에 건넨 시의 제목은 다소 길고 우울한 느낌이 들었다. 〈빵과 빵의 품질, 그리고 연인에 관하여〉.* 이 시에는 "히나 슬레크**에게 바칩니다"라는 정체불명의 여인을 향한 헌사가 적혀 있었다. 이전 시들과 마찬가지로 장중한 어조로 시작되었다.

> 가브리엘은 제빵소에 근무하네,
> 가브리엘은 흰 빵을 굽고 있네…….

헌사는 논란 끝에 삭제하기로 합의했다.
그러나 랴피스를 슬프게 한 것은 이날 어디에서도 돈을 받지

---

*마야콥스키의 시 〈먀스니츠카야와 시골 아낙, 그리고 전 러시아 규모에 관하여〉(1927)를 패러디한 것이다.
**마야콥스키가 자신의 많은 시를 헌정했던 릴리야 브리크에 대한 패러디로 보인다. 마야콥스키는 문학평론가 오시프 브리크와 그의 아내 릴리야 브리크와 매우 친밀했는데, 릴리야와 마야콥스키가 서로 사랑하는 사이로 발전하자, 남편 오시프는 마야콥스키에게 세 사람이 함께 동거하는 기묘한 형태를 제안하기도 했다.

못했다는 것이었다. 한 곳은 화요일에 준다고 했고, 다른 곳들은 목요일이나 금요일, 아니면 2주 후에 준다고 했다. 랴피스는 돈을 얻기 위해 한 번도 출판해본 적 없는 새로운 적진으로 돌진하기로 했다.

랴피스는 5층에서 2층으로 내려와 신문사 〈공작기계〉의 편집국으로 갔다. 불행하게도 그는 들어가자마자 페르시츠키와 몸을 부딪히게 되었다.

"아야!" 페르시츠키가 소리쳤다. "랴피스 씨!"

"저기……." 니키포르 랴피스는 나지막한 목소리로 말했다. "3루블만 좀 빌려주시오. 《게라심과 무무》에서 원고료를 받으면 갚겠소."

"반 루블을 드리지요. 잠시만 기다리시오. 곧 돌아오겠소."

페르시츠키는 10여 명의 동료들을 데리고 돌아왔다.

이러저런 얘기들이 오갔다.

"어떻게, 장사는 좀 되었습니까?" 페르시츠키가 물었다.

"정말 멋진 시를 썼소!"

"가브리엘에 관한 시 말입니까? 이번에는 농부에 관한 건가요? '가브리엘은 이른 아침부터 밭을 갈고 있네, 가브리엘은 자신의 쟁기를 아낀다네……' 뭐 이런 내용이오?"

"가브리엘은 무슨 가브리엘! 가브리엘에 관한 것은 돈을 벌기 위해 그냥 쓴 겁니다!" 랴피스는 자신을 변명했다. "캅카스에 관한 시를 썼소!"

"캅카스에 가본 적은 있습니까?"

"2주 후에 갈 겁니다."

"겁나지 않으십니까, 랴피스 씨? 거긴 들개들이 우글거린다고 하던데."

"괜히 겁주지 마시오. 캅카스의 들개들은 사납지 않소!"

이 대답에 갑자기 사람들은 집중하기 시작했다.

"랴피스 씨, 들개가 어떻게 생겼는지 얘기 좀 해주겠습니까?" 페르시츠키가 물었다.

"어떻게 생겼는지 알고 있지만…… 그만두겠소!"

"아신다면 말씀 좀 해주시오!"

"그러니까…… 일종의 뱀처럼 생겼는데…….."

"그래요, 그래. 당신 말은 언제나 옳지요. 당신 말대로라면 숫양의 안장과 말의 편자도 식탁에 오를 수 있고말고요."

"난 결코 그런 말을 한 적이 없소이다!" 트루베츠코이가 소리쳤다.

"그런 말을 한 적은 없겠지요. 글로 썼으니까. 나페르니코프가 당신이 글 같지도 않은 시를 써가지고 와서 《게라심과 무무》에 그냥 들이민다고 하더군요. 사냥꾼의 일상을 알기라도 한다는 듯이 말이죠. 랴피스 씨, 어디 한번 솔직히 말해보시죠. 대체 왜 당신은 본 적도 없고, 최소한의 개념도 모르는 것들에 대해 다 아는 양 글을 쓰는 겁니까? 왜 〈칸톤〉이라는 시에서는 페뉴아르*를 무도회복이라고 했습니까? 대체 왜 그런 거죠?"

*가벼운 여성용 실내복.

"당신은 속물이오." 랴피스가 거만한 어조로 말했다.

"또 〈부돈니 기념 경마대회〉에서는 기수가 멍에를 잡고 마부석에 앉는 걸로 썼던데, 왜 그런 거죠? 멍에를 한 번이라도 본 적은 있습니까?"

"봤소."

"그럼 어떻게 생겼는지 한번 말해보시죠!"

"날 좀 내버려두시오. 당신은 정말 이상한 사람이군요!"

"마부석은 본 적이 있소? 아니, 경마장은 가봤습니까?"

"모든 곳을 반드시 다 가봐야 된다는 법은 없어요!" 랴피스가 소리쳤다. "푸시킨도 터키에 가본 적은 없지만 터키에 관한 작품을 썼소."*

"오, 그렇군요. 에르주름은 툴랴** 주에 있는 거니까요."

랴피스는 페르시츠키의 빈정대는 말뜻을 이해하지 못했다. 그는 더욱 열을 올리며 말했다.

"푸시킨은 먼저 자료에 의거해 글을 썼소. 그도 푸가초프 반란***에 관한 역사적 자료를 읽고 나서 글을 쓴 거요. 경마에 관한 내 글은 엔티흐가 얘기해준 것을 바탕으로 쓴 것이고."

랴피스가 자신을 방어하자, 페르시츠키는 완강히 버티는 그

---

*실제로 푸시킨은 러시아와 터키 간의 전투에 참여했으며, 특히 전쟁의 중심지였던 터키의 도시 에르주름에 머물며 그곳에서 받은 인상을 토대로 〈에르주름 기행문〉이라는 미완의 글을 남기기도 했다.

**툴랴는 모스크바 남쪽에 위치한 도시이고, 에르주름은 터키의 도시이다.

***푸시킨은 18세기 러시아에서 발생한 농민 반란 푸가초프의 난을 토대로 소설《대위의 딸》을 썼으나, 랴피스는 이 작품의 배경을 터키 전쟁으로 잘못 알고 있다.

를 옆방으로 끌고 갔다. 둘의 싸움을 구경하던 관객들도 그들의 뒤를 따랐다. 그 방 벽에는 가장자리에 테두리를 두른 커다란 신문 조각이 걸려 있었다.

"〈사령 함교〉에 실린 이 글, 당신이 쓴 거죠?"

"내가 썼소."

"그렇다면, 아마도 이 글이 당신의 산문 데뷔작인 모양인데, 축하드립니다! '거센 파도가 방파제를 넘어 기중기 위로 떨어졌다……' 좋은 문장이군요! 당신은 〈사령 함교〉에 정말 좋은 글을 주었소! 〈사령 함교〉는 오랫동안 당신을 잊지 못할 겁니다, 랴피스 씨!"

"무슨 말을 하고 싶은 겁니까?"

"그러니까, 기중기가 뭔지는 알고 썼냐는 겁니다."

"물론, 알고 있소. 제발 날 좀 그냥 내버려두시오……."

"그럼, 뭔지 설명해보겠습니까? 아는 대로 한번 말해보시죠."

"그러니까…… 한마디로…… 아래로 떨어지는 것이오."

"떨어지는 게 기중기다, 이 말입니까? 맹렬하게 떨어지는 게 기중기다! 랴피스 씨, 잠시만 기다려주십시오. 반 루블을 드리겠습니다. 이 사람 가지 못하게 하게나!"

그러나 이번에도 페르시츠키는 그에게 돈을 주지 않았다. 그가 돈 대신 가져온 것은 브로크하우스 백과사전* 21권이었다.

"자, 봅시다. '기중기. 대단히 무거운 물건을 들어 올리는

---

*독일 브로크하우스 출판사에서 1811년부터 간행한, 세계에서 가장 오래된 백과사전 중 하나.

기계 중의 하나. 차량을 들어 올리는 기중기는, 핸들로 회전시키는 기어로 고정되어 있으며, 유동성 톱니로 구성되어 있고…….' 그리고 또 이렇게 써 있군요. 계속 읽어보겠습니다. '1879년에 존 딕슨이 클레오파트라의 바늘*이라는 이름으로 유명한 오벨리스크를 네 대의 기중기를 이용하여 들어 올려 설치하기도 했다.' 당신 말대로라면 기중기는 아래로 맹렬하게 떨어져야 하는 거 아닙니까? 아님 브로크하우스 백과사전이 50년간 인류를 기만한 걸까요? 대체 왜 당신은 제대로 알아보지도 않고 아무렇게나 글을 쓰는 거요? 대답해봐요!"

"돈이 필요해서……."

"언제나 반 루블을 구걸하고 다니면서 왜 당신 주머니에는 돈이 남아나질 않는 겁니까?"

"가구를 사느라 돈을 다 써버렸소."

"대체 무슨 돈으로 가구를 산 겁니까? 당신이 삼류 작품을 넘기고 받는 돈은 기껏해야 몇 푼 되지도 않을 텐데?"

"그 정도면 충분해요! 경매장에서 의자를 샀소……."

"뱀처럼 생긴 의잡니까?"

"아니, 궁정에서 사용하던 의자요. 하지만 내게 불행한 일이 생겼소. 어제 밤늦게 집에 돌아왔는데……."

"히나 츨레크에게 갔다 오는 길이었소?" 그 자리에 있던 사

---

*고대 이집트의 기념비인 오벨리스크 중 투트모세 3세의 오벨리스크를 말한다. 이 오벨리스크는 제국주의 시절 영국이 나폴레옹과의 전투에서 승리한 것을 기념하기 위해 이집트에서 옮겨와 1879년 템스 강 북쪽 둑에 세워졌다.

람들이 한목소리로 외쳤다.

"히나! 히나와 같이 안 산 지는 좀 됐소.* 마야콥스키와 토론회를 마치고 돌아오는 길이었소.** 집에 와보니 창문이 열려 있었고, 난 무슨 일이 생긴 걸 직감했소."

"이런!" 페르시츠키가 손으로 얼굴을 감싸 쥐며 말했다. "여러분! 분명 랴피스의 최고 걸작인 '가브리엘은 수위였다. 가브리엘은 수위로 고용되었다'라는 시를 도둑맞았을 겁니다!"

"제발 끝까지 말 좀 하게 해주시오. 이상한 도둑놈이 들어왔단 말입니다! 내 방에 몰래 기어 들어와서는 의자 방석을 뜯어놓고 가버렸어요. 의자를 수리하게 누가 5루블만 좀 빌려주시오."

"수리비가 필요하면 가브리엘 시를 하나 더 쓰면 되지 않소? 내가 첫 구절을 써드릴까? 잠시만, 잠시만 기다려보시오. 음…… 들어봐요. '가브리엘은 시장에서 의자를 샀네. 의자는 형편없었네.' 빨리 받아 적어요. 이 시는 《장롱의 목소리》 잡지에 팔면 될 거요. 아, 트루베츠코이 씨! 트루베츠코이 씨! 그런데 왜 당신은 트루베츠코이라는 필명을 쓰는 겁니까?*** 더 좋은 필명도 많지 않습니까? 예를 들면, 돌고루키!**** 니키포르 돌고

---

*실제로 마야콥스키는 연인이던 릴리야 브리크와 1925년에서 이듬해까지 잠시 동안 이별했었다.
**이 부분은 실제 마야콥스키의 삶과 일치하지 않는다. 소설의 시간적 배경은 1927년 5월인데, 마야콥스키는 1927년 4월부터 6월까지 외국에 나가 있었다.
***트루베츠코이 가문은 표트르 대제 시절부터 고위 관직에 있었다.
****중세 러시아 수즈달 공국의 유서 깊은 가문.

루키! 아니면 니키포르 발루아?* 아하! 니키로르 수마로코프-
엘스톤이 가장 잘 어울릴 것 같군요. 그러면 《게라심과 무무》
에 시 세 편은 한 번에 갖다 팔아먹을 수 있을 거고, 이 어려운
형편에서 벗어날 수도 있을 겁니다. 당신의 그 헛소리 같은 시
하나는 수마로코프라는 이름으로, 다른 졸작은 엘스톤이라는
이름으로, 세 번째 시는 유수포프라는 이름으로…….** 아! 당
신은 정말 형편없는 삼류 작가요!"

*14~16세기 동안 프랑스를 다스린 발루아 왕조.
**'수마로코프-엘스톤-유수포프'는 수마로코프-엘스톤 가문과 유수포프 가문이 결
합한, 실제로 러시아 역사상 가장 복잡한 가정사와 성을 가진 가문 이름이다. 제정
러시아 시대의 고위 관료직과 군직을 지냈다.

30장
콜럼버스 극장*에서

이폴리트 마트베예비치는 점점 아첨꾼이 되어갔다. 오스타프를 바라볼 때마다 그의 눈에서는 푸른 불꽃이 피어났다.

이바노풀로의 방은 매우 더워서 비싹 말리버린 모로뱌니노프의 의자들은 마치 난로 속의 장작들처럼 쩍쩍 갈라지는 소리를 냈다. 위대한 사기꾼은 하늘색 조끼를 베개 삼아 누어서 휴식을 취하고 있었다.

이폴리트 마트베예비치는 창밖을 바라보았다. 작은 공원을 따라 나 있는 구불구불한 골목길에 사륜마차 한 대가 지나가고

*실제로 콜럼버스 극장은 존재하지 않지만, 이 장에서 다루는 내용으로 미루어보아 1920년대 활동한 유명한 연출가 프세볼로트 메이예르홀트의 극장인 '테이엠'을 말하고 있다. 메이예르홀트는 혁명을 테마로 하는 수많은 선전선동극을 전위적이고 독창적인 연출 기법으로 상연하여 소비에트 연극의 중심이 되었으며, 대담한 무대 구성과 고전의 새로운 해석으로 연극계에 큰 영향을 미쳤고, 실제로 소설의 작가들과도 매우 가까운 사이였다.

있었다. 지나가는 사람들은 검은색 사륜마차를 보며 인사를 건 넸다. 청동 투구를 쓴 마부는 거리의 부인들에게 답례를 보냈 다. 솜털 같은 하얀 구름 아래 마차는 요란한 발말굽 소리를 내 며 이폴리트 마트베예비치를 지나갔다. 그는 실망에 가득 차 돌아섰다.

방금 지나간 마차의 정면에는 '모스크바 공영사업국'이라는 푯말이 달려 있었고, 널빤지로 볼품없이 짜 맞춘 짐칸에는 쓰 레기들이 실려 있었다.

그리고 마부석에는 백발의 턱수염이 덥수룩한 노인이 앉아 있었다. 만일 이폴리트 마트베예비치가 이 노인이 다름 아닌, 예전에 오스타프가 얘기해준 경기병이자 고행사제였던 알렉세 이 블라노프 백작이라는 것을 알았다면, 그는 분명히 노인에게 달려가 화려했던 그의 과거에 대해 얘기를 나누었을 것이다.

알렉세이 블라노프 백작은 수심에 가득 차 있었다. 그는 채 찍으로 말들을 세게 후려치면서 위생관리과의 관료주의에 대 해 애석하게 생각했다. 그 지독한 관료주의 때문에 그는 벌써 반년 동안 기본 계약에 따른 마부복을 지급받지 못했다.

"이봐요." 위대한 사기꾼이 보로뱌니노프에게 갑작스레 말 을 걸었다. "어릴 적 이름이 무엇이었습니까?"

"그건 왜 묻는가?"

"그냥 물어보는 겁니다! 당신을 어떻게 불러야 할지 몰라서. 보로뱌니노프라고 부르는 것은 이제 좀 지겹고, 이폴리트 마트 베예비치라고 부르기에는 너무 기분이 나빠서 말입니다. 어릴

땐 뭐라고 불렀습니까? 이파?"

"키샤라고 불렀네." 이폴리트 마트베예비치가 웃으며 대답했다.

"멋지군요. 이제 그렇게 불러야겠어요. 키샤, 내 등 좀 봐주세요. 이상하게 어깻죽지 사이가 아파서 말입니다."

오스타프는 '카우보이' 루바시카를 머리 위로 벗었다. 키샤 보로뱌니노프의 눈앞에는 악간 불결하긴 했시만 안티노우스*의 등처럼 매력적인 넓은 등판이 나타났다.

"어허!" 이폴리트 마트베예비치가 말했다. "등에 붉은 반점 같은 것이 있네."

위대한 사기꾼의 등에는 이상한 모양으로 피멍이 들어 있었는데, 연보랏빛을 띠던 피멍은 점차 무지갯빛으로 변해가고 있었다.

"솔직히 말하면, 이건 숫자 8이네!" 보로뱌니노프가 소리쳤다. "내 평생에 이런 이상한 멍은 처음 보네."

"다른 숫자는 없습니까?" 오스타프가 침착하게 물었다.

"알파벳 P 모양 같기도 하군."

"더 이상 물어볼 필요도 없겠군요. 뭔지 알겠습니다. 빌어먹을 펜 때문에 생긴 거예요. 키샤, 내가 당신 의자들 때문에 얼마나 고생하고, 얼마나 위험한 일을 당하고 있는지 이제 아시겠습니까? 편집국장실에 있던 바로 그 거대한 86번 펜이 넘어지면

---

*로마제국 황제 하드리아누스가 총애한 미소년.

서 내 등에 숫자를 새긴 겁니다. 내가 편집국장의 의자 속에 손을 집어넣고 보석을 찾고 있을 때, 그 빌어먹을 펜대가 내 등을 덮쳤다는 걸 당신도 똑똑히 알아야 합니다! 내가 이렇게 고생하고 있는데, 당신은 제대로 하는 게 아무것도 없지 않습니까? 이즈누렌코프의 의자를 가져오는 일도 대체 누가 망쳐놓은 겁니까? 그래서 내가 당신 대신 그 일을 수습했지 않습니까? 경매장에서 일어난 일에 대해서는 더 이상 말하지 않겠습니다. 오호! 이제 또 여자 사냥을 하러 가셔야겠군요? 당신 나이에 여자 뒤꽁무니를 너무 쫓아 다니면 몸에 해롭습니다. 건강이나 잘 챙기세요! 난 일을 제대로 하고 있습니다. 과부의 의자도 내가 해결했고, 슈킨의 의자 두 개도 내가 해결했고, 이즈누렌코프의 의자도 결국은 내가 했지 않습니까! 편집국과 랴피스의 집에도 내가 다녀왔고! 당신이 해결한 유일한 의자는, 하긴 그것도 우리의 성스러운 적인 사제가 먼저 찾아낸 것이로군요."

기술부장은 맨발로 방 안을 서성거리며 고분고분해진 키샤에게 훈계를 했다.

10월 역의 물품창고 속으로 사라진 의자는 여전히 동업자들의 빛나는 사업 계획에 어두운 오점으로 남아 있었다. 콜럼버스 극단 의자 네 개는 거의 손에 들어온 거나 마찬가지였다. 그러나 극단은 바로 오늘 이번 시즌의 마지막 공연으로 〈결혼〉*을 초연한 후, 내일이면 기차를 타고 볼가 강으로 가서 유랑공

---

*고골의 희곡 《결혼》(1842)을 말한다.

연선 '스크랴빈' 호로 볼가 강 유역 도시를 돌며 순회공연을 가질 예정이었다. 칼란쵸프 광장의 10월 역에서 사라진 의자를 찾기 위해 모스크바에 남을지, 아니면 극단과 함께 순회공연을 떠날지 결정해야만 했다. 오스타프는 후자 쪽으로 마음이 기울었다.

"우리 서로 갈라지는 게 어떻겠습니까?" 오스타프가 물었다. "난 극단과 함께 떠날 테니, 당신은 여기 남아서 물품창고 속으로 숨어버린 의자를 추적해보세요."

그러나 겁에 질려 하얀 속눈썹을 껌뻑거리고 있는 키샤의 모습을 보자 오스타프는 더 이상 말을 하지 않았다.

"두 마리 토끼를 잡으려다 한 마리도 못 잡는다는 말이 있지요." 오스타프가 말했다. "그렇다면 둘 중에 더 살찐 놈을 고르는 게 현명하겠군요. 같이 움직이도록 하지요. 하지만 경비가 많이 들 것 같습니다. 돈이 필요한데, 지금 난 6루블밖에 없어요. 얼마가 있으시죠? 아참, 깜박했군요! 당신 같은 나이에 젊은 처녀를 쫓아 다니면 돈이 많이 드는 법이지요. 일단 이렇게 하겠습니다. 오늘 극장으로 가서 〈결혼〉의 초연을 관람하는 겁니다. 꼭 연미복을 입고 오세요. 만일 의자가 거기에 있고, 그 사람들이 팔아 넘기지 않았다면, 내일 우리도 떠나는 겁니다. 보로뱌니노프 씨! 반드시 명심하십시오. 희극 〈내 장모의 보석〉의 마지막 장이 시작되는 겁니다. 희극의 피날레가 가까워지고 있습니다. 보로뱌니노프 씨! 방심하지 마십시오. 나의 오랜 친구여! 연극 조명 아래에서는 누구나 평등한 법입니다!

오, 나의 젊음이여! 오, 분장실의 향기여! 얼마나 많은 추억이 서려 있는가! 얼마나 많은 이야기들이 있었는가! 한때 나도 햄릿 역할을 정말 멋지게 한 적이 있었습니다. 한마디로 말하면, 회의는 계속되어야 합니다!"

그들은 돈을 아끼기 위해 극장까지 걸어갔다. 아직 날이 환했지만, 가로등은 레몬 빛을 발하고 있었다. 모든 사람의 눈앞에서 봄은 이미 사라져버렸다. 먼지는 봄을 광장에서 몰아냈고, 뜨거운 열기에 봄은 골목으로 숨어버렸다. 그러나 골목길에서는 노파들이 봄을 떠나보내지 않고 마당에서 봄과 함께 차를 마시고 있었다. 봄의 시간은 끝났지만, 사람들은 봄을 보내주려 하지 않았다. 봄은 알록달록한 모자에 일자바지를 입고, 나비넥타이에 멋진 구두를 신은 젊은이들이 산책을 즐기며 모여 있는 푸시킨 동상 쪽으로 달려가고 싶어 했다.

연보랏빛 분으로 화장한 아가씨들이 모스크바 엘리세예프 거리와 필리포프 거리 사이에 있는 소비자 협의회 건물과 협동조합 '코뮌' 건물 주위를 재잘거리며 오가고 있었다. 이 시간이면 으레 통행인들의 발걸음이 느려지는데, 그건 트베르스카야 거리에 사람들이 붐비기 때문만은 아니었다. 모스크바의 말들이 스타르고로드 시의 말들보다 나은 건 하나도 없었지만 말들은 일부러 요란하게 발말굽 소리를 내며 도로를 질주해서 통행인들의 걸음을 방해하곤 했다. 사이클 선수들은 제1회 도시 대항 사이클 경주의 출발점인 '청년 피오네르' 경기장에서부터 이곳까지 소리 없이 질주하고 있었다. 아이스크림 장수는 아이스크림이 든 녹색 손수레를 끌고 다니며 경찰의 눈치를 살폈다. 그러나 경찰은 교통정리를 하느라 정신이 없어서 아이스크림 장수에게는 신경 쓰지 않았다.

이러한 분주한 움직임 속에서 두 명의 친구가 나타났다. 그들이 걸음을 옮길 때마다 유혹의 손길이 뻗쳤다. 거리에는 지붕 달린 작은 가판대에서 퍼져 나오는 샤실리크* 냄새가 진동했다. 뜨거운 연기가 밝은 하늘로 끝없이 올라가고 있었다. 술집, 레스토랑, 영화관 '위대한 무성영화'에서 현악기 연주 소리가 흘러나왔다. 전차 정거장의 확성기에서는 전차의 도착을 알리는 소리가 울려 퍼지고 있었다.

시간이 없어 서둘러야만 했다. 두 친구는 콜럼버스 극장 현관으로 들어섰다.

보로뱌니노프는 급히 매표소로 가서 좌석에 따른 관람료를 훑어보았다.

"역시, 꽤나 비싸군." 그가 말했다. "16번째 줄이 3루블이나 하네."

"이런 건 정말 맘에 안 듭니다." 오스타프가 말했다. "정말 시골 얼뜨기 같은 짓을 하고 있군요! 대체 거기서 뭘 하는 겁니까? 매표소가 여기 하나밖에 없습니까?"

"무슨 말을 하는 건가? 표를 끊지 않으면 들어갈 수가 없지 않은가!"

---

*닭고기, 돼지고기, 소고기 등을 쇠막대 등에 꽂아 숯불에 익혀 먹는 요리.

"키샤, 당신은 정말 바보 같은 사람이군요. 이렇게 잘 지어진 극장에는 매표창구가 두 개인 법입니다. 이쪽 매표창구는 연인들이나 돈 많은 상속자들이 표를 끊는 곳입니다. 대부분의 사람들은 관리인 창구로 간단 말입니다."

실제로 일반 매표소 앞에는 옷을 잘 차려입은 대여섯 명의 사람들이 서 있었다. 아마 연인들이거나 돈 많은 상속자들일 것이다. 대신 관리인 창구 앞은 사람들로 북적거렸다. 여러 부류의 사람들이 줄지어 서 있었다. 시골 사람들은 꿈에서나 볼 수 있는 멋진 양복을 입은 젊은이들이 친분 있는 연출가, 배우, 편집국장, 극단 분장 담당자, 지역 경찰서장, 그리고 극장과 긴밀한 관계에 있는 단체들, 이를테면 '연극영화비평가 협의회', '가련한 어머니 눈물 협회', '서커스 묘기 클래스 학교 협의회', '움슬로포가스 소속 포틴브라스 협회' 등에서 받은 초대권을 손에 들고 의기양양하게 서 있었다.*

오스타프는 포틴브라스 협회 초대권을 들고 있는 사람들의 줄을 헤치고 창구 앞으로 다가가며 소리쳤다.

"모두 물러서시오! 내 손에 들린 집행서가 보이지 않소? 난 극장에 조사할 것이 있어 나온 사람이오."

---

*러시아 극장에는 대부분 매표소가 두 개 있다. 하나는 일반인들이 돈을 지불하고 표를 사는 일반 매표소이고, 다른 하나는 극장 관리인에게 일종의 초대권을 보여주고 표를 얻는 관리인 매표소이다. 관리인 매표소는 주로 학생들, 연금생활자들이 신분증을 제시하고 무료로 좌석표를 배분받는 곳으로, 극장 관계자들이 발행한 초대권으로 입장을 하기도 한다. 소비에트 시절에는 이런 초대권들이 남발되어 극장 재정에 지장을 주기도 했다.

관리인은 짐꾼처럼 힘들게 일하고 있다. 그의 기름진 얼굴은 맑은 땀방울로 뒤범벅이었다. 끊임없이 울리는 전화벨 소리와 창 밖에서 들려오는 스몰렌스크 시장 옆을 지나가는 전차 소리가 그를 더욱 짜증 나게 했다.

"어서 초대권을 보여주시오!" 그가 오스타프에게 소리쳤다.

"일등석으로 두 자리." 오스타프가 조용히 말했다.

"누구에게 말이오?"

"내게!"

"당신이 누군데 내가 자리를 준단 말이오?"

"날 모른단 말이오? 아실 텐데!"

"모르겠소."

그러나 이 낯선 방문자의 너무나도 맑고 투명한 눈빛에 관리인은 무심결에 11열의 두 자리를 오스타프에게 주었다.

'별의별 사람들이 다 드나드는데, 누가 누군지 알게 뭐야?' 관리인은 어깨를 으쓱이며 생각했다. '교육인민위원회*에서 나온 사람인가? 그곳에서 한번 본 것 같기도 한데…… 어디서 봤더라?'

'연극영화비평가 협의회' 사람들에게 기계적으로 입장권을 나눠주면서 관리인 야코프 메네라예비치는 순수한 눈동자를 가진 그 사람을 어디서 봤을까를 계속 생각하고 있었다.

입장권을 거의 다 배부하고 로비의 불빛이 어두워지기 시작했을 무렵, 야코프 메네라예비치는 그 순수한 눈동자를 어디서

---

*교육부와 유사한 소비에트 시절의 부서로, 이 위원회 산하에 '연극부'를 두어 국가가 체계적으로 연극을 육성, 관리했다.

114

보았는지 확실하게 기억해냈다. 그는 순수한 눈의 그 사내를 자신 역시 사소한 일에 연루되어 감옥살이를 한 1922년 타간카 감옥에서 보았던 것이다.

동업자들이 앉아 있는 11열에서 웃음소리가 들렸다. 오스타프는 오케스트라 단원들이 술병과 에스마르흐* 컵, 색소폰, 큰북 등으로 연주하는 서곡이 무척이나 마음에 들었다. 플루트 소리가 울려 퍼지고, 시원한 바람을 일으키며 막이 열렸다.

〈결혼〉의 고전적 해석에 익숙해 있던 보로뱌니노프는 막이 열리고 포드콜료신의 모습이 보이지 않자 매우 당황했다.** 포드콜료신을 찾기 위해 눈을 이리저리 굴리던 이폴리트 마트베예비치는 천장에 매달려 있는 일곱 가지 무지개 색깔의 직사각형 나무 상자들을 보았다. 무대에는 문도 없고, 창문도 없었다. 일곱 가지 색의 나무 상자 아래에서 검은색 마분지를 잘라 만든 커다란 모자를 쓴 젊은 부인들이 춤을 추었다. 오케스트라에서 술병이 깨지는 소리를 내자 스테판의 등에 올라탄 포드콜료신이 등장하여 춤을 추고 있는 무리 사이로 들어갔다. 포드콜료신은 문관 옷으로 잘 차려입고 등장했다. 포드콜료신은 원작에는 없는 젊은 부인들을 무대 밖으로 쫓아낸 다음 절규하듯

---

*1~3리터 정도를 담을 수 있는 금속 컵으로, 가늘고 긴 고무호스가 달려 있다. 독일인 의사 에스마르흐가 관장을 하기 위한 의료용품으로 개발했다.
**고골의 《결혼》은 실제 메이예르홀트가 상연한 작품은 아니다. 대신 고골의 유명한 풍자 희곡 《감찰관》을 1926년에 상연했는데, 원작의 완전한 재해석으로 인해 엄청난 반향과 논란을 일으켰다. 이 공연은 '고전의 훼손'이라는 혹독한 비평과 '고전의 현대적 재해석'이라는 찬사를 함께 받았으며, 소설에 등장하는 연극 〈결혼〉에 대한 반응은 이를 빗댄 것이다.

소리쳤다.

"스테에판!"

이 말과 동시에 그는 한쪽으로 껑충 뛰더니, 그 자리에서 서 있기 힘든 자세로 멈춰버렸다. 에스마르흐 컵의 진동 소리가 들렸다.

"스테에판!" 포드콜료신은 다시 다른 방향으로 껑충 뛰면서 같은 말을 반복했다.

표범 가죽을 걸쳐 입은 스테판은 그 자리에 가만히 서서 포드콜료신의 말에 아무런 반응도 보이지 않았다. 포드콜료신은 절망적인 어조로 물었다.

"대체 너는 왜 국제 연맹처럼 침묵을 지키고 있는 거야?"

"아마 제가 체임벌린을 무서워해서 그럴 겁니다." 가죽 옷을 긁적거리며 스테판이 대답했다.

현대적으로 재해석된 이 희곡은 스테판이 포드콜료신을 밀어내고 주인공이 될 터였다.

"그런데, 재봉사는 내 프록코트를 만들고 있는 거냐?"

이번에는 스테판이 한 번 껑충 뛰어올랐다. 에스마르흐 컵 소리가 나자 그와 동시에 스테판은 힘들게 물구나무를 서고 그 자세로 대답했다.

"만들고 있습니다!"

오케스트라는 '초초상'* 메들리를 연주했다. 스테판은 노래

---

*푸치니의 오페라 〈나비부인〉(1904)의 주인공인 일본인 게이샤 초초상('초초'는 일본어로 '나비'라는 뜻)의 노래를 말한다.

가 연주되는 내내 물구나무 자세로 서 있었고, 그의 얼굴은 땀
으로 분장이 지워져 엉망이 되었다.

"그러니까 내가 이 좋은 옷감으로 무엇에 필요한 옷을 만드는
지 재봉사가 물어보지 않았단 말이지?" 포드콜료신이 물었다.

그 순간 스테판은 물구나무 자세를 풀고 오케스트라 자리로
가서 지휘자를 한 번 껴안고 난 뒤 대답했다.

"네, 물어보지 않았습니다. 그런데 체임벌린은 정말 영국 국
회의원입니까?"

"그러니까 재봉사가 내 결혼에 필요한 옷인지 물어보지 않
았단 말이지?"

"재봉사는 나리가 양육비를 지불할 것인지 아닌지를 물어보
았습니다."

스테판의 말과 동시에 무대의 조명이 나가버렸다. 관객들은
웅성거렸다. 관객들은 무대 어딘가에서 포드콜료신의 목소리
가 들려올 때까지 아우성을 쳤다.

"관객 여러분! 진정하십시오! 조명은 연극의 진행상 일부러
끈 겁니다. 연극적 장치 중의 하나입니다."

관객들은 잠잠해졌다. 그러나 조명은 1막이 끝날 때까지 들
어오지 않았다. 칠흑 같은 어둠 속에서 북소리가 들렸다. 호텔
수위복 차림의 병사들이 손전등을 들고 지나갔다. 그런 다음,
코치카료프가 낙타를 타고(분명 진짜 낙타였다!) 등장했다. 이
모든 것은 다음의 대화로 짐작할 수 있었다.

"휴우, 자네 또 나를 이렇게 놀라게 하다니! 이번에도 낙타

를 타고 왔는가!"

"아, 자넨 어두운데 잘도 알아채는군! 난 자네에게 맛있는 낙타 고기를 선사하려고 했는데!"

동업자들은 중간 휴식 시간에 연극 팸플릿을 읽었다.

〈결혼〉

원작 니콜라이 바실리예비치 고골

시 M. 체르체즐라페모프

각색 И. 안티오츠키

음악 X. 이바노프

극작가 Ник. 세스트린

무대장치 신비예비치 신디예비치 | 조명 폴라톤 플라슈크

음향 갈킨, 팔킨, 말킨, 찰킨, 잘킨 | 분장 크룰트 미용실

가발 포마 코추라 | 가구 벨사살 움슬로포가스 소속 포틴브라

스 목재소 | 아크로바틱 지도 게오르게타 티라스폴스키흐

수압기 조종 설치기사 메치니코프

팸플릿 구성, 조판, 인쇄 프주 크룰트 부속학교

"연극이 마음에 드는가?" 이폴리트 마트베예비치가 조심스
럽게 물었다.

"당신은요?"

"꽤 흥미롭더구먼. 근데 스테판이 좀 이상한 것 같은데."

"저는 그다지 마음에 들지 않는군요." 오스타프가 말했다. "특히, 여기 있는 포틴브라스인지 뭔지 하는 이 목재소가 마음에 들지 않습니다. 혹시 우리 의자에 손을 댄 건 아닌지 걱정이 되는군요."

이런 걱정은 기우였음을 곧 알게 되었다. 2막이 시작되자 길쭉한 모자를 쓴 네 명의 흑인들이 의자 네 개를 들고 무대로 나왔다.

구혼 장면은 관객들에게 가장 인기가 있었다. 객석 전체를 가로지르는 긴 줄을 타고 아가피야 티호노브나가 무대로 내려오려는 순간, 이바노프의 오케스트라가 괴이한 소음을 냈다. 이 소리에 놀란 아가피야는 객석으로 떨어질듯 아슬아슬했지만 곧 중심을 잡으며 줄을 탔다. 그녀는 남성용 중절모에 몸에 딱 달라붙는 살색 실내복 같은 것을 입고 있었다. 아가피야는 "나는 포드콜료신을 원해요"라고 써 붙인 녹색 우산으로 중심을 잡고 줄을 타며 무대 쪽으로 향했다. 객석에서는 그녀의 더러운 발바닥이 보였다. 아가피야는 줄에서 무대의 의자 위로 뛰어내렸다. 그와 동시에 발레복을 입고 있는 네 명의 흑인들, 포드콜료신, 코치카료프와 전차 운전사 복장을 한 중매쟁이 표클라가 공중제비를 돌았다. 그런 다음, 다시 불을 끄고 5분 동안 모두들 잠시 휴식을 취했다.

구혼자들은 전부 다 우스꽝스러웠는데, 그중에서도 야이츠니츠가 단연 돋보였다. 실제로 무대에는 커다란 프라이팬에 붙어 있는 달걀부침 모습의 한 사람이 야이츠니츠를 대신하여 서 있었다.*

상인 스타리코프는 특허 등록 법률 때문에 숨이 막힌다며 쓸데없이 소리를 지르고 있었다. 스타리코프는 아가피야의 마음에 들지 않았다. 그녀는 스테판에게 시집을 갔다. 두 사람은 하인으로 바뀌어버린 포드콜료신이 가져다준 달걀부침을 맛있게 먹었다. 코치카료프와 표클라는 영국 장관 체임벌린이 독일로부터 받아낸 배상금을 풍자하는 노래를 부르면서 에스마르흐 컵을 두드리고 퇴장했다. 다시 시원한 바람을 일으키며 막이 닫혔다.

"연극이 참 마음에 듭니다." 오스타프가 말했다. "의자들이 별탈 없이 보존되어 있군요. 그렇지만 서둘러야겠습니다. 아가피야 티호노브니가 매일 저렇게 의지 위로 뛰어내린디면 얼마 안 가 의자가 부서지겠어요."

관리인 매표창구에서 표를 기다렸던 멋진 양복 차림의 젊은이들은 공연이 끝난 후 무대로 다가가서 무대장치와 음향장치를 자세히 살펴보고 말을 주고받으며 웃음을 지었다.

"자!" 오스타프가 말했다. "키샤! 이제 그만 가야겠군요. 내일 아침 일찍 표를 끊어야 합니다. 극단은 내일 저녁 7시 특급열차로 니즈니로 간다고 합니다. 그러니 당신은 내일 아침 일찍 니즈니로 가는 좌석을 두 장 끊으세요. 돈이 없으니 앉아서

*러시아어로 '야이츠니츠'는 달걀부침을 의미하므로, 연출가가 그의 성을 본떠 우스꽝스러운 장면을 연출한 것이다.

가는 삼등석 표를 끊어야 할 겁니다. 앉아서 가는 게 힘들겠지만 하룻밤만 가면 되니까요."

다음 날 콜럼버스 극장의 극단 전원은 쿠르스크 역의 간이식당에서 열차를 기다리고 있었다. 심비예비치 신디예비치는 열차에 실을 무대장치들을 모두 준비한 후 간단한 식사를 하고 있었다. 심비예비치 신디예비치는 맥주 거품을 콧수염에 흠뻑 묻힌 채로 불안한 마음에 설치기사에게 이것저것 물어보았다.

"기차 안에서 수압기가 망가지진 않겠지?"

"수압기가 문제긴 합니다." 메치니코프가 대답했다. "실제 우리 공연에서 쓰이는 건 5분 정도밖에 안 되는데, 이걸 운반하려면 한여름을 다 보내야 한다니까요."

"〈시대의 전조등〉에서는 수압기가 괜찮았는데, 〈이데올로기의 화약〉에서는 어땠나?"*

"그때도 물론 괜찮았습니다. 전조등은 크기는 해도, 쉽게 망가지지는 않습니다."

옆 테이블에는 아가피야 티호노브나가 앉아 있었는데, 이 젊은 아가씨의 발은 볼링 핀처럼 매끈하고 단단해 보였다. 그녀의 주변에서는 음향팀인 갈킨, 팔킨, 말킨, 찰킨, 잘킨이 분주하게 움직이고 있었다.

*〈시대의 전조등〉은 1923년 테이엠에서 상연된 〈곤두선 대지〉를 말하는데, 실제 무대에 전쟁용 탐조등과 자동차가 등장했다. 〈이데올로기의 화약〉 역시 1924년 테이엠에서 상연된 〈유럽이여, 물러가라!〉를 말한다.

"어제 저녁 공연에서 왜 내 발을 잡지 않은 거예요?" 아가피야 티호노브나가 불평했다. "하마터면 떨어질 뻔했잖아요!"

음향팀이 웅성거리며 대답했다.

"무슨 소리를 하는 거요! 컵이 두 개나 박살 났는데!"

"이젠 정말 외제 컵인 에스마르흐를 구할 수 없는 건가?" 갈킨이 소리쳤다.

"국영 의료상점에 가보게. 에스마르흐 컵이 문제가 아니라 온도계도 구할 수 없을걸!" 팔킨이 거들었다.

"그럼 당신들은 온도계로도 연주를 하나요?" 아가피야가 놀라며 물었다.

"온도계로 연주를 하진 않소." 잘킨이 대답했다. "대신에 이 빌어먹을 컵 때문에 몸살이 날 지경이지. 그러니 온도계로 체온이라도 재어봐야 될 것 아니겠소?"

극작가이자 수석 연출가인 니콜라이 세스트린은 아내와 함께 플랫폼 주변을 한가로이 거닐고 있었다. 포드콜료신과 코치카료프는 단숨에 맥주 세 잔을 비우고 나서 아크로바틱 지도사인 게오르게타 티라스폴스키흐의 비위를 맞추기 위해 앞을 다투며 그의 뒤를 따라다녔다.

열차가 출발하기 2시간 전에 역에 도착한 두 명의 동업자들은 역 주변에 있는 작은 공원을 벌써 다섯 번이나 둘러보았다.

이폴리트 마트베예비치는 머리가 어지러웠다. 의자 추격 사업은 이제 거의 막바지에 다다랐다. 뜨겁게 달궈진 아스팔트 위로 그림자가 길게 드리워졌다. 땀에 젖은 얼굴 위로 먼지들이 내려앉았다. 이륜마차들이 달려오고 있었다. 코를 찌르는 벤젠 냄새와 함께 임대 버스 차량에서 관광객들이 쏟아져 나왔다. 버스 맞은편에서 짐꾼들이 달려와 태양빛에 비쳐 번쩍거리는 금속 손잡이가 달린 여행용 가방들을 나르기 시작했다. 여행과 방랑의 신 뮤즈가 사람들을 들뜨게 했다.

"자, 이제 우리도 가야겠군요." 오스타프가 말했다.

이폴리트 마트베예비치는 순순히 따랐다. 바로 그 순간 그는 장의사 베젠추크와 정면으로 얼굴을 부딪혔다.

"베젠추크!" 그는 깜짝 놀라며 말했다. "자네가 여긴 어쩐 일인가?"

베젠추크는 모자를 벗어 들고 너무도 기쁜 나머지 그 자리에 얼어붙어버렸다.

"보로뱌니노프 씨!" 그가 소리쳤다. "안녕하십니까? 존경하는 손님!"

"그래, 그동안 잘 지냈는가?"

"별로 좋지 않았습니다." 장의사가 대답했다.

"무슨 일인가?"

"고객들을 찾으러 왔습니다. 고객들이 통 생기지 않아서 말입니다."

"님프가 자네 손님을 다 가져갔는가?"

"무슨 말씀을! 그 따위 가게가 어떻게 저를 이길 수 있겠습니까? 손님 자체가 없습니다. 당신의 장모님이 돌아가신 후 '피예르와 콘스탄틴' 이발소 주인 한 사람만 죽었습니다."

"뭐라고? 정말 그 사람이 죽었단 말인가?"

"네, 죽었습니다. 이발소에서 일을 하다 죽었지요. 레오폴트 약사를 면도해주다가 그만. 사람들은 심장마비라고 하는데 저는 그렇게 생각하지 않습니다. 제 생각으로는 약사를 면도해주다가 약사한테서 나는 약 냄새를 참지 못해 죽은 것 같습니다."

"저런, 저런……." 이폴리트 마트베예비치가 중얼거렸다. "저런, 쯧쯧……. 그럼, 자네가 그 사람을 장사 지냈는가?"

"네, 제가 맡았지요. 제가 아니면 누가 하겠습니까? 님프 놈들이 할 수나 있겠어요?"

"경쟁에서 이긴 게로군, 그렇지?"

"이겼죠. 하지만 그 후에 그놈들에게 엉망으로 두들겨 맞았습니다. 하마터면 죽을 뻔했어요. 그놈들은 경찰서로 잡혀 갔고, 저는 이틀을 누워 있다 도유식*으로 나왔죠."

"자네가 직접 기름을 발랐는가?"

"직접 했죠. 우리 같은 사람에게 누가 와서 해주겠습니까?"

"그런데 여긴 대체 무슨 일로 온 건가?"

"물건을 운반하러 왔습니다."

"무슨 물건 말인가?"

"제 물건이죠. 잘 아는 차장이 있는데 그 사람 도움으로 우편 열차에 공짜로 물건을 싣고 왔습니다. 친분 덕택이죠."

이폴리트 마트베예비치는 그제야 베젠추크로부터 약간 떨어

---

*중병에 걸렸거나 죽어가는 사람의 몸에 기름을 바르고 사제로부터 기도를 받아 병을 낫게 하는 러시아 정교회 의식 중 하나.

진 곳에 관이 쌓여 있는 것을 알아차렸다. 어떤 것들은 술이 달려 있었고, 어떤 것들은 그렇지 않았다. 그중 하나가 이폴리트 마트베예비치의 눈에 들어왔다. 베젠추크의 가게에서 보았던 먼지가 가득 쌓인 참나무 관이었다.

"이것들 중에 여덟 개는." 베젠추크가 자랑스럽게 말했다. "오이처럼 생긴 멋진 관들이죠."

"그런데 누가 여기에서 자네의 관을 필요로 하는가? 여기에도 장례업체들이 넘쳐나는데."

"독감은 어떻게 되었습니까?"

"무슨 독감 말인가?"

"유행성 독감 말입니다. 프루시스가 지금 모스크바에서는 전염병처럼 번진 독감 때문에 사람들이 많이 죽어서 장사를 제대로 지낼 수 없다고 하던데요. 모든 장의용품들이 다 동이 났다고 말입니다. 그래서 제가 이곳 상황을 좀 개선시켜볼까 하고 올라온 겁니다."

이야기를 흥미롭게 듣고 있던 오스타프가 불쑥 끼어들었다.

"이보시오, 지금 파리에도 독감이 퍼져 있다고 합니다."

"파리에요?"

"그렇소. 파리로 한번 가보시오. 거기 가서 망치를 두드려 관을 만들면 좋을 것이오! 비자 얻기가 좀 힘들긴 하겠지만, 그렇다고 너무 낙담은 마시오. 브리앙*이 돌봐준다면, 그곳에서

---

*외무장관과 수상을 지낸 프랑스의 정치가.

도 괜찮게 살아갈 수 있을 거요. 파리 시청 소속의 관 만드는 기술자로 등록을 하면 될 거고. 여긴 관 만드는 기술자가 너무 많소."

베젠추크는 황급히 주변을 둘러보았다. 사실 프루시스의 확언에도 불구하고 광장에는 시체가 널려 있지 않았다. 오히려 사람들은 활기차게 두 다리로 걸어 다녔고, 심지어 웃는 사람들도 있었다.

열차가 두 명의 동업자들과 콜럼버스 극장의 단원들과 다른 승객들을 태우고 이미 오래전에 떠났음에도, 베젠추크는 여전히 홀린 듯 자신의 관 위에 서 있었다. 그의 두 눈은 몰려오는 어둠 속에서도 꺼지지 않는 불꽃처럼 활활 타오르고 있었다.

3부
페투호바 부인의 보석

31장
볼가 강의 매혹적인 밤

위대한 사기꾼은 그의 친구이자 조수인 키샤 보로뱌니노프와 함께 "급류 시 안전 로프를 잡을 것, 배 난간을 조심할 것, 벽에 낙서하지 말 것"이라는 글이 붙어 있는 국립 볼가 강 여객선 사무실 왼편에 서 있었다.

부둣가 위로 깃발이 나부꼈다. 양배추처럼 주름진 연기가 여객선 굴뚝에서 뿜어 나오고 있었다. 제2부둣가에 정박해 있는 '안톤 루빈시테인' 호에서는 하역 작업이 한창이었다. 하역용 수레들에는 철제 항아리, 방부 처리된 가죽, 철사 뭉치, 유리가 달린 상자들, 포장용 노끈, 맷돌, 농업 기계 부품들, 목재 갈퀴, 못 쓰는 헝겊으로 감싼 벚나무 묘목과 청어가 담긴 광주리 등이 놓여 있었다. 인부들은 이 수레들을 쇠갈고리에 걸어 조심스레 배에 옮겨 실었다. 콜럼버스 극단이 탈 유랑공연선 '스크랴빈' 호는 보이지 않았다. 이 사실이 이폴리트 마트베예비치를 매우 불안하게 했다.

"왜 그리 초조해하십니까?" 오스타프가 물었다. "이제 곧 스크랴빈 호가 들어올 겁니다. 그것보다는 어떻게 하면 그 배에 탈 수 있을지를 궁리해보십시오. 우리에게 돈이 있어 표를 산다고 해도, 아무 소용이 없습니다. 이 배는 승객을 태우지 않는 공연 전용 배니까요."

오스티프는 이미 열차 안에서 수압기 설치기사인 메치니코프와 얘기를 나누는 데 성공했고, 그에게서 필요한 모든 정보를 알아냈다. 스크랴빈 호는 재무인민위원회에서 임대한 배로, 니즈니 노브고로드에서 차리치노*까지 항해하면서 각 부두마다 정박하여 그 지역에 발행한 국채를 상환하는 업무를 수행하고 있었다. 그래서 이 배에는 국채발행위원회와 그 직원들, 관악단, 촬영기사, 중앙 일간지 기자들, 그리고 콜럼버스 극장의 단원이 타고 있었다. 콜럼버스 극단은 이 여정에 동행하여 국채발행과 매입에 관한 홍보 희곡을 공연할 예정이었다. 극단은 스탈린그라드까지는 국채발행위원회 소속으로 홍보 공연을 한 후, 그 뒤에는 캅카스와 크림을 거쳐 〈결혼〉을 순회공연하는 위험하고도 과감한 여정을 계획하고 있었다.**

*볼가 강 서안의 도시로, 예카테리나 여제를 기리기 위해 '차리치노(여제)'라 불렸다가 1925~1965년에는 '스탈린그라드로', 현재는 '볼고그라드'로 불린다. 소설에서는 차리치노와 스탈린그라드를 혼용해 쓰고 있다.
**실제로 메이예르홀트는 정부에서 원하는 일정량의 혁명극을 대충 연출하고, 고전을 재해석하는 자신만의 연극에 정열을 쏟았는데, 이 때문에 좌파 연극계로부터 이른바 '연막'을 피운다는 비난을 받기도 했다. 소설에서 '위험하고도 과감한 여정'이라고 표현한 것은 이와 관련이 있다.

스크랴빈 호는 늦었다. 하역 작업이 지연되는 바람에 저녁이 되어서야 출발할 수 있다는 연락이 전해졌다. 모스크바에서 온 모든 기관들은 하는 수 없이 부둣가에 진을 치고 하역 작업이 끝나기만을 기다렸다.

여행용 가방과 침낭 위에 걸터앉아 자신들의 짐을 지키고 있는 극단 여성들은 불안한 마음으로 인부들이 일하는 모습을 지켜보았다. 보랏빛 콧수염을 기른 한 남자가 맷돌 위에 불편한 자세로 앉아 있었다. 그의 무릎 위에는 에나멜 칠이 된 작은 간판이 놓여 있었다. 호기심 많은 사람이라면 그 간판에 쓰인 글씨를 볼 수 있었을 것이다.

> 국채발행 및 상환부서

받침대가 있는 책상과 좀 더 단순한 책상이 서로 차곡차곡 쌓여 있었다. 밀봉된 사무용 금고 옆에는 경비원 한 명이 서 있었다. 〈공작기계〉 신문 대표로 동행한 페르시츠키는 8배율 망원경으로 시장 주변을 살펴보고 있었다.

스크랴빈 호가 물살을 가르며 들어왔다. 배 양편에는 합판 위에 무지개 색으로 그린 대형 국채가 붙어 있었다. 기선은 매머드가 우는 듯한 소리를 냈는데, 어쩌면 그건 선사시대 때부터 뱃고동 소리를 대신한 다른 동물 소리일지도 몰랐다.

배가 들어오자 국채발행위원회와 극단원들이 활기를 되찾았다. 언덕길을 따라 위원회 직원들이 부둣가로 달려왔다. 뚱뚱한 몸집의 플라톤 플라슈크는 먼지가 자욱한 기선 쪽으로 걸어 갔다. 갈킨, 팔킨, 말킨, 찰킨, 잘킨은 선술집 '뗏목'에서 달려 나왔다. 인부들은 이미 금고를 배에 실었다. 아크로바틱 지도 사 게오르게타 티라스폴스키흐는 곡예를 넘는 듯한 걸음걸이 로 배 위에 올랐다. 심비예비치 신디예비치는 무대장치들이 걱 정되는 듯, 발판에 서 있는 선장을 향해 크레믈린에 닿을 만큼 손을 높이 흔들었다. 촬영기사는 자신의 기구들을 사람들 머리 위로 운반하며, 작업을 위해 4인용 객실을 혼자 쓰게 해달라고 요구했다.

이 와중에 이폴리트 마트베예비치는 자신이 무슨 일을 하고 있는지 깨닫지 못한 채 의자 하나를 잡아끌고 가려고 했다.

"그냥 놔둬요!" 벤데르가 소리쳤다. "지금 제정신입니까! 의 자 하나를 가져가면 나머지는 영영 우리와 끝이라는 걸 정말 모르겠어요? 의자는 놔두시고, 어떻게 하면 저 배를 탈 수 있 을지나 궁리해보세요!"

부둣가를 따라 금관 악기를 든 악단이 지나갔다. 이들은 색 소폰과 맥주병, 에스마르흐 컵으로 무장한 음향팀을 혐오스러 운 눈으로 바라보았다.

국채에서 발행된 복권 추첨기가 포드 화물차에 실려 배에 올 랐다. 여섯 개의 회전 원통으로 구성된 이 복잡한 기계는 겉에 장식된 구리와 유리 때문에 번쩍번쩍 빛이 났다. 기계를 아래 갑판에 설치하는 데는 꽤 오랜 시간이 걸렸다.

분주한 발소리와 욕지거리가 밤늦게까지 이어졌다.

채권 복권을 추첨할 아래 갑판에는 무대가 만들어졌다. 벽에 포스터와 플래카드를 붙였고, 방문객들을 위해 나무로 만든 긴 의자를 놓았으며, 복권 추첨기계에 전선을 연결했다. 책상들은 배 후미에 자리 잡았고, 타자수를 위해 만든 임시 사무실에서는 타자 치는 소리와 웃음소리가 들려왔다. 보랏빛 콧수염을 기른 그 창백한 사내는 배 전체를 돌아다니며 각각의 선실 문 앞에 다음과 같은 에나멜 칠이 된 간판을 달고 있었다.

> 국채발행 및 상환부서

> 인사부

> 총무부

> 기술부

콧수염 사내는 위의 큰 간판 밑에 작은 간판들을 덧달았다.

> 면회 사절

> 용무 외 출입금지

관계자 외 출입금지

모든 증명서는 등록부에 문의

　일등실은 각종 화폐와 수표 전시를 위한 방으로 꾸며졌다. 이것이 살킨, 팔킨, 말킨, 찰킨, 그리고 잘킨을 화나게 했다.
　"우리는 대체 어디서 밥을 먹으라는 거야?" 그들이 흥분해서 소리쳤다. "비가 오면 어쩌란 말이야!"
　"허참." 니콜라이 세스트린이 자신의 조수에게 말했다. "도저히 참을 수가 없군! 세료쟈! 자네는 어떻게 생각하는가? 우리가 음향팀 없이 정말 공연을 할 수 없는가?"
　"무슨 말씀을, 니콜리이 콘스탄티노비치! 우리 배우들은 이제 리듬에 익숙해져 있습니다."
　새로운 문제가 또 발생했다. 5인조 음향팀은 연출가가 의자 네 개를 자신의 방으로 가져간 것을 알아차렸다.
　"좋아, 좋아, 그렇게 하라고." 5인조 음향팀이 비꼬듯 말했다. "우린 간이침대에 앉아 연습할 수밖에. 니콜라이 콘스탄티노비치와 그의 아내 구스타야가 의자 네 개를 차지하고 앉아 있으니 별 도리가 없잖나. 그 여자는 우리 극단과는 아무 상관도 없는데 말이야. 좋아, 그렇다면 우리도 앞으로 우리 마누라들을 데리고 공연을 다녀야겠군!"
　그러는 동안 배에 타지 못한 위대한 사기꾼은 부둣가에서 복권 추첨선을 악의에 찬 눈으로 바라보고 있었다.

바로 그 순간 새로운 외침이 동업자들의 귀에 들려왔다.

"왜 그런 일을 진작 말하지 않은 거요!" 위원회 임원 한 명이
버럭 화를 냈다.

"그가 아플 걸 제가 어떻게 미리 알겠습니까?"

"이런 젠장! 그럼 이곳 예술가협회로 가서 화가 한 명을 급
히 보내달라고 하시오!"

"지금 어떻게 간단 말입니까? 벌써 저녁 6시입니다. 예술가
협회는 벌써 문을 닫았습니다. 그리고 배는 30분 후면 출발한
단 말입니다."

"그럼 당신이 직접 그리도록 하시오. 배 장식에 관한 건 당
신 책임이니, 어떻게 되든 당신이 알아서 하시오."

오스타프는 이미 아가씨들과 인부들을 팔꿈치로 밀어제치며
배에 오르고 있었다. 배 위에 거의 다 올라왔을 때, 오스타프의
승선이 제지되었다.

"통행증을 보여주시오!"

"동무!" 벤데르가 소리쳤다. "당신! 그래, 당신! 거기 뚱뚱
한 동무! 당신이 화가가 필요하다고 말하지 않았소?"

5분 후에 위대한 사기꾼은 뚱뚱한 재정부장의 선실에 앉아
작업 조건에 대해 합의하고 있었다.

"그러니까, 동무." 뚱뚱한 재정부장이 말했다. "당신은 우리
를 위해 플래카드와 간판을 제작해주시고, 그리다 만 포스터를
완성해주면 됩니다. 우리 화가가 일을 하다가 갑자기 병이 나

는 바람에 이곳 병원에 입원했습니다. 그리고 당연한 일이겠지만, 우리 일의 미술적인 부분을 전체적으로 다 총괄해주셔야 합니다. 하실 수 있겠습니까? 미리 말씀해드리는데 일이 엄청나게 많습니다."

"좋습니다. 충분히 가능합니다. 예전에도 비슷한 작업을 해본 적이 있습니다."

"그렇다면 지금 당장 우리와 함께 떠날 수 있습니까?"

"그건 좀 쉽지 않은 일인데, 한번 애써보겠습니다."

재정부장은 크고 무거운 짐을 간신히 어깨에서 내려놓은 듯한 기분이 들었다. 어린아이같이 마음이 들뜬 뚱뚱보는 새로운 예술가를 사랑스러운 눈길로 쳐다보았다.

"조건은 어떻게 됩니까?" 오스타프가 퉁명스럽게 물었다. "이시디시피, 저는 단순한 간판장이가 아닙니다."

"조건은 전임자와 똑같습니다. 예술가협회에서 책정한 가격대로 지불될 겁니다."

마음에도 없는 협상 실랑이를 하려니 오스타프로서는 여간 힘든 일이 아니었다.

"아, 그리고 식사는 무료로 제공됩니다." 뚱뚱보는 서둘러 말을 덧붙였다. "선실도 하나 제공되고요."

"음, 좋습니다." 오스타프는 마지못해 수락하는 척했다.

"그렇게 하지요. 아참, 그리고 제가 데리고 다니는 어린 조수가 한 명 있습니다."

"조수에 관해서는 따로 드릴 게 없군요. 예산이 책정되어 있지 않아서 말입니다. 그냥 데리고 계신다면 상관은 없습니다. 선실을 같이 쓰셔도 좋고요."

"그럼 그렇게 하겠습니다. 제 조수는 아주 영특한 아이지요. 스파르타식 환경에도 아주 잘 적응합니다."

오스타프는 자신과 영특한 조수 아이의 통행증과 선실 열쇠를 받아 주머니에 넣고 뜨거운 갑판으로 나왔다. 열쇠를 손으로 만지작거리며 그는 적잖은 만족감을 느꼈다. 이런 일은 그의 험난한 인생 여정에서 처음이었다. 열쇠와 자신의 방이 생긴 것이다. 다만 돈이 없을 뿐이었다. 그러나 돈은 이제 바로 저기, 의자 안에 있지 않은가! 위대한 사기꾼은 아직 부둣가에 보로뱌니노프가 남아 있다는 사실을 깨닫지 못한 채, 주머니에 손을 넣고 갑판을 유유히 거닐기 시작했다.

이폴리트 마트베예비치는 처음에는 오스타프를 향해 말없이 손짓만 하다가 나중에는 대담하게 휘파람을 불었다. 그러나 벤데르는 듣지 못했다. 그는 등을 돌린 채로 위원회 의장 쪽을 바라보면서 수압기를 선실에 집어넣는 과정을 유심히 지켜보고 있었다.

출항을 위한 마지막 점검이 시작됐다. 본명이 '무라'인 아가피야 티호노브나는 자신의 선실에서 뛰어나와 배 후미 쪽으로 달려갔다. 그곳에서 그녀는 발랄라이카 연주자와 함께 일렁이는 물결을 바라보며 환호성을 질렀다. 그들의 행동에 점잖은 국채발행위원들은 당혹감을 감추지 못했다.

두 번째 뱃고동이 울렸다. 기괴한 뱃고동 소리 탓에 구름들이 놀라 흩어졌다. 태양은 자줏빛으로 물들더니 이내 수평선 너머로 떨어졌다. 저 멀리 도시에선 램프와 가로등에 불이 들어오기 시작했다. 포차옙스키 거리의 시장에서는 마지막 손님들을 서로 끌어모으려는 듯 축음기의 쉰 소리가 울려 퍼지고 있었다. 순식간에 혼자 남아 정신이 멍해진 이폴리트 마트베예비치는 뭐라고 소리쳤지만 아무도 그의 말을 듣지 못했다. 시동을 거는 배의 기계 소음 때문에 그의 외침은 허공에 묻혀버렸다.

오스타프 벤데르는 극적인 효과를 좋아했다. 세 번째 뱃고동이 울리기 직전, 그러니까 이폴리트 마트베예비치가 운명의 여신이 자신을 버렸다는 절망에 사로잡힌 바로 그 순간 오스타프는 그에게 소리쳤다.

"서기 서서 내체 뭘 하고 있는 깁니까? 난 이미 당신이 배에 탄 줄 알았는데 말입니다. 지금 통행 다리를 치우고 있잖아요. 빨리 건너와요! 이 사람을 들여보내주시오! 여기 통행증이 있습니다!"

이폴리트 마트베예비치는 울먹이며 간신히 배에 올라왔다.

"이 사람이 당신이 말한 어린 조수입니까?" 재정부장이 의심스러운 눈초리로 말했다.

"네, 어린 소년입니다." 오스타프가 말했다. "뭐 잘못된 게 있습니까? 이 아이를 소녀라고 말하는 사람이 있다면 나를 돌로 쳐 죽여도 좋습니다!"

뚱뚱보는 불쾌한 표정으로 자리를 떴다.

"자, 키샤." 오스타프가 말했다. "우린 아침 일찍부터 작업을 해야 합니다. 당신이라도 붓질을 좀 할 수 있으면 좋겠는데, 뭐 자세한 얘기는 나중에 하겠습니다. 어쨌든 난 국립예술대학을 졸업한 화가고, 당신은 내 조숩니다. 마음에 들지 않으면 지금이라도 당장 내려서 육지로 가시면 됩니다."

검푸른 물결이 배 밑에서 일렁이기 시작했다. 기선이 움직이자 청동 심벌즈의 박자 소리에 맞춰 플루트, 트롬본, 베이스 악기들이 신나는 행진곡을 연주했고, 도시는 어느덧 방향이 바뀌어 좌측 강변에 자리 잡게 되었다. 천천히 움직이던 기선은 물결을 따라 속력을 내며 어둠 속으로 나아갔다. 별들과 램프, 그리고 항구에 걸려 있던 다양한 색깔의 깃발들이 배 뒤로 멀어져 갔다. 어느덧 기선은 도시의 불빛들이 희미하게 보일 만큼 멀리 나왔다.

뱃전에서 일꾼들의 불평이 들려오긴 했지만 볼가 강이 주는 자연의 웅장함에 방해가 되지는 않았다. 스크랴빈 호는 볼가 강의 아늑한 기운에 휩싸인 채 유유히 움직였다. 국채발행위원회 임원들은 한가로이 차를 마셨고, 그들 바로 앞에서는 노조원들이 화기애애한 분위기에서 1차 회의를 진행하고 있었다. 뱃머리를 부드럽게 때리는 물결, 어두운 강물을 가르며 순식간에 지나가는 기선, 활기 넘치는 저녁 집회의 분위기 속에서 평소 매우 긍정적인 성격의 노조위원장은 평소와 다른 작업 환경의 노동 조건에 대해 몇 마디 하려는 듯 일어나더니 갑자기 노래를 부르기 시작했다. 전혀 예기치 못한 상황에 다른 사람들은 물론이고 자신도 놀랐다.

볼가 강을 따라 배가 항해한다.
볼가, 볼가, 어머니의 강이여!

회의석의 나머지 점잖은 참석자들도 갑자기 후렴구를 따라 불렀다.

라일락 꽃이 피어나고…….

노조위원장의 보고서 결의안은 문서화되지 못했다. 어디선가 피아노 소리가 들려왔다. 음악감독 이바노프가 서정적인 가락을 연주하고 있었다. 사랑을 고백할 자신만의 말을 찾지 못한 발랄라이카 연주자는 무라의 뒤를 쫓아 다니며 로망스의 한 구절을 불렀다.

"가지 마오! 그대의 입맞춤은 내 입술에 생생하고, 그대의 포옹은 아직도 나를 사로잡고 있네. 산골짜기의 구름은 아직도 깨어나지 않았고, 진주 같은 별빛은 지평선에서 꺼지지 않고 있네."

심비예비치 신디예비치는 배의 난간을 붙잡고 끝없이 펼쳐진 밤하늘을 바라보았다. 밤하늘의 장관을 바라보고 있노라니, 〈결혼〉의 무대장치 따위는 매우 혐오스럽게 느껴졌다. 그는 고전 희곡의 무대장치를 위해 열심히 애쓴 자신의 손을 부끄러운 마음으로 바라보았다.

심비예비치 신디예비치가 이러한 괴로움에 빠져 있을 때, 갈 킨, 팔킨, 말킨, 찰킨, 그리고 잘킨은 배 뒤편에서 자신들의 악 기를 두드리며 연습을 하고 있었다. 그리고 환상은 즉시 사라 져버렸다. 아가피야 티호노브나는 자신을 쫓아 다니던 발랄라 이카 연주자는 거들떠보지도 않고 하품을 하더니, 잠을 자러 자신의 선실로 가버렸다. 노조위원들은 다시 정신을 차리고 작 업 조건에 대해 검토한 후 결의안을 작성하기 시작했다. 심비 예비치 신디예비치는 고심 끝에, 〈결혼〉의 무대장치를 꾸미는 게 그렇게 나쁜 일은 아니라는 결론을 내렸다. 어둠 속에서 성 난 목소리가 들렸다. 연출가가 게오르게타 티라스폴스키호에 게, 상의할 일이 있으니 자신의 방으로 오라고 하는 소리였다. 멀리 마을에서 개 짖는 소리가 들려왔다. 선선한 날씨였다.

오스타프는 일등석 선실의 가죽 소파에 누워 생각에 잠긴 채, 녹색 면포를 씌워 만든 작업 벨트를 바라보며 이폴리트 마 트베예비치에게 심문하듯 물었다.

"그림을 그릴 줄 아십니까? 이거 큰일 났군요. 유감스럽게도 저 역시 전혀 그림을 그릴 줄 모릅니다."

그는 잠시 생각에 잠기더니 다시 말을 이었다.

"글자 제작은 하실 수 있습니까? 그것도 못 한다고요? 이 거 참 곤란하군요! 우린 화가란 말입니다! 음, 이틀 정도는 어 떻게든 버틸 수 있겠지만 그다음에는 쫓겨날 겁니다. 그러니까 우리는 이 이틀 동안에 우리의 임무를 완수해야 합니다. 힘들게 되었습니다. 하지만 의자들이 연출가 방에 있다는 것을 알아냈으니 어떻게든 해낼 수 있을 겁니다. 중요한 것은 우리가 배를 타고 있다는 겁니다. 배에서 쫓겨나기 전에 서둘러 의자를 살펴봐야만 합니다. 오늘은 이미 늦었군요. 연출가도 자기 방에서 잠을 자고 있으니 말입니다."

32장
불순한 한 쌍

사람들은 이미 잠들었지만 강은 대낮처럼 잠들지 않았다. 수십 개를 이어서 만든, 통나무 위에 작은 오두막을 올린 거대한 뗏목들이 강을 따라 움직였다. 프로펠러 덮개 위에 "폭풍의 지배자"라고 적힌 작고 험악하게 생긴 견인선이 세 대의 전마선을 끌고 있었다. 우편 화물선 '아름다운 라트비아' 호가 이들을 앞질러 빠른 속도로 지나갔다. 스크랴빈 호는 줄무늬 장대로 수심을 측정했고, 아치 모양을 그리며 역행하는 물결을 헤치고 준설 선단을 앞질러 나갔다.

　기선의 사람들이 잠에서 깨기 시작했다. 줄에 매달린 갈고리가 바르미노* 부두 선착장으로 날아갔다. 숲으로 둘러싸인 조그마한 부두는 갈고리 끝으로 배를 끌어당기기 시작했다. 배의

---

*볼가 강 유역에 있는 작은 시골 마을.

프로펠러가 반대 방향으로 돌면서 강물이 거품으로 넘쳐났다. 프로펠러의 강한 움직임으로 스크랴빈 호가 진동하면서 배의 양쪽 측면이 부둣가에 닿게 되었다. 아직 이른 시간이어서 복권 추첨은 10시에 시작하기로 했다.

스크랴빈 호의 일과는 육지와 마찬가지로 정확히 9시부터 시작됐다. 누구도 자신의 습관을 바꾸려 하지 않았다. 근무지와 숙소가 기의 같은 장소였지만 육지에서 지각하는 사람은 이곳에서도 역시나 지각을 했다. 재무인민위원회에서 출장 나온 관료들은 새로운 환경에 재빠르게 적응했다. 선박 청소부들은 모스크바의 사무실에 있는 관리인들처럼 무심하게 선실을 청소했다. 관리인들은 차를 배달해주었고, 등록부에서 서류를 받아 인사부로 전달해주었는데, 그들은 인사부가 배의 후미에 있고, 등록부가 뱃머리 가까이에 있다는 사실에 놀라움을 감추지 못했다. 국채발행 및 상환부서의 선실에서는 캐스터네츠 같이 딸깍대는 주판알 소리와 끽끽대는 계산기 소리가 들려왔다. 선장실에서는 누군가 호되게 꾸중을 듣는 소리가 났다.

위대한 사기꾼은 갑판 위를 맨발로 서성이며 길고 좁은 줄무늬 천 주변을 어슬렁거렸다. 그러고는 자신이 적어 온 종이쪽지를 보며 천 위에 다음과 같은 글귀를 쓰기 시작했다.

"모든 사람들은 국채를! 모든 노동자들은 주머니에 국채 복권을 지녀야 한다."

위대한 사기꾼은 무척이나 애를 썼지만 재능이 부족한 것은 어쩔 수 없는 일이었다. 글자가 점점 밑으로 내려가기 시작하더니 결국 천을 망치고 말았다. 그래서 오스타프는 어린 조수 키샤의 도움을 받아 천을 뒤집은 다음 다시 글자를 적기 시작했다. 이번에는 매우 조심스럽게 써 내려갔다. 오스타프는 못쓰는 천을 대고 백묵으로 두 개의 평행선을 긋고 난 다음, 죄 없는 보로뱌니노프에게 나지막이 욕설을 퍼부어가며 꼼꼼하게 글자들을 써 넣기 시작했다.

이폴리트 마트베예비치는 정성을 다해 조수 역할을 수행했다. 뜨거운 물을 가지러 아래 갑판으로 뛰어갔다 오기도 했고, 풀칠을 하기도 했고, 재채기를 하며 물통에 물감을 풀기도 했고, 까다로운 화가의 눈을 존경하는 마음으로 쳐다보기도 했다. 동업자들은 현수막을 완성하고 말린 다음 뱃전에 붙였다.

오스타프를 고용한 뚱뚱보는 강가로 내려가서 새로운 화가의 작품을 바라보았다. 현수막의 글자들은 두께가 제각각이었고 그중 몇 글자는 약간 비뚤어져 있었다. 그러나 별다른 방법이 없었기에 이 정도로 만족할 수밖에 없었다.

악단은 강가로 내려가서 열정적인 행진곡을 연주하기 시작했다. 음악 소리를 듣고 바르미노 전역에서 아이들이 모여들었고, 그 뒤를 이어 사과나무 과수원에서 일하던 농부들과 아낙들이 모여들기 시작했다. 악단은 연주를 계속했지만 복권 추첨 위원들은 배에서 아직 내려오지 않았다. 우선 집회가 시작되었다. 코로브코프 찻집의 계단을 연단 삼아, 국제 정세에 대한 보고로 집회가 시작되었다.

콜럼버스 극단원들은 배 위에서 집회를 구경했다. 계단에서 조금 떨어진 곳에 하얀 숄을 두른 여인네들, 무리 속에서 미동도 하지 않고 경청하는 농부들, 그리고 때때로 손을 흔들어대는 연설가의 모습이 보였다. 연설이 끝나자 음악이 다시 연주되었다. 악단은 음악을 연주하며 배 위로 올라오기 시작했고, 그 뒤를 군중이 물밀듯이 따라왔다.

복권 추첨기계는 숫자를 체계적으로 섞어 조합을 만들어냈다. 바퀴가 돌면 번호가 적힌 공늘이 소리를 내며 굴렀고, 바르미노 주민들은 신기한 듯 이 소리와 광경을 듣고 보았다.

오스타프는 배 안의 모든 사람들이 복권 추첨 장소에 있는 것을 확인하고 재빨리 갑판 위로 달려갔다.

"보로뱌니노프 씨." 그가 속삭였다. "긴급하게 당신의 예술성을 발휘해야 할 일이 있습니다. 일등 선실의 복도 입구에 가서 서 게세요. 만일 누가 다가오면 큰 소리로 노래를 부르는 겁니다."

보로뱌니노프는 어리둥절했다.

"무슨 노래를 부르란 말인가?"

"〈신이여, 황제를 보호하소서!〉* 같은 노래만 아니면 됩니다. 〈사과〉**나 〈미인의 마음〉*** 같은 뭔가 좀 열정적인 노래를 부르세요. 확실하게 경고하는데, 만일 당신이 제때에 아리아를 부르지 못하면……. 이건 당신을 위한 실험 극장이 아닙니다!

---

*1833년부터 1917년까지 불린 러시아 황실의 공식 국가.
**러시아 구전 가요 중 하나. 특히 내전 시기에 여러 형태로 변형되어 많이 불렸다.
***베르디의 오페라 〈리골레토〉에 나오는 유명한 아리아 〈여자의 마음〉을 말한다.

내가 목을 베어버릴 겁니다!"

위대한 사기꾼은 맨발로 살금살금 걸어가다 벗나무 합판을 깔아놓은 일등석 선실 복도로 달려갔다. 복도 끝에 있는 큰 거울에 오스타프의 모습이 잠시 비쳤다. 그는 문 앞에 쓰인 푯말을 읽었다.

> 니콜라이 세스트린
> 콜럼버스 극단 연출가

거울에 비치던 것이 사라졌다. 잠시 후 거울 속에 다시 위대한 사기꾼의 모습이 보였다. 그는 다리가 곡선인 의자를 들고 있었다. 그는 의자를 들고 복도를 걸어 나와 갑판 위로 올라왔다. 이폴리트 마트베예비치와 아무 말 없이 눈짓을 주고받은 뒤, 의자를 들고 공구실 쪽으로 갔다. 유리 창문이 있는 공구실에는 아무도 없었다. 그러나 오스타프는 의자를 배 뒤편으로 가져간 뒤 보로뱌니노프에게 설교하듯 말했다.

"의자를 밤까지 여기에 놓아둘 겁니다. 제가 생각해둔 게 있습니다. 여기는 우리를 제외하고는 아무도 오지 않는 곳이에요. 이렇게 천으로 덮어두었다가 어두워지면 다시 와서 의자 속 내용물을 천천히 살펴보도록 하지요."

1분이 지나자 의자는 합판과 천으로 덮여 보이지 않게 되었다.

이폴리트 마트베예비치는 다시 황금의 열병에 사로잡히기 시작했다.

"그런데 왜 의자를 우리 선실로 가져가지 않는 건가?" 그가 다급하게 물었다. "거기서 의자를 파헤치고 나서 보석을 찾고, 즉시 배에서 내려……."

"만일 찾지 못하면요? 그때는 어떻게 하시겠습니까? 분해한 의자를 어디에 숨길 겁니까? 아니면 다시 세스트린의 방으로 가지고 가서 '정말 죄송합니다. 우리가 당신의 의자를 훔쳤습니다. 그러나 유감스럽게도 의자 안에 아무것도 없어서 이렇게 망가뜨린 채로 돌려드리게 되었습니다!' 이렇게 말씀하시겠습니까?"

위대한 사기꾼의 말은 늘 옳았다. 이폴리트 마트베예비치는 갑판에서 에스마르흐 컵과 맥주병을 두들기면서 연주하는 소리가 들려오자, 비로소 마음이 진정되기 시작했다.

이날의 추첨 행사는 끝났다. 관객들이 강변 언덕에 자리를 잡고 앉았고, 콜럼버스 극단의 공연이 시작됐다. 사람들은 이상한 조합의 5인조 음향팀의 연주에 의외로 극찬을 아끼지 않았다. 갈킨, 팔킨, 말킨, 찰킨, 그리고 잘킨은 마치 다음과 같이 말하듯 자랑스러운 표정을 지었다. '다들 봤지? 당신들, 대중이 우리 음악을 이해하지 못할 거라고 단언했었지! 하지만 예술은 언제나 감동을 주는 거라고!'

다음은 가설무대 위에서 콜럼버스 극단의 춤과 노래를 곁들인 경쾌한 보드빌* 공연이 펼쳐졌는데, 바빌라**가 5만 루블을

---

*19세기 초중반 러시아에서 유행했던 유쾌하고 가벼운 희극의 한 종류.
**러시아 민담 〈바빌라와 광대〉에 등장하는 주인공.

따는 내용이었다. 배우들은 연출가 세스트린 특유의 엄격한 연기 방식에서 벗어나 흥겹게 연기하고, 정열적으로 춤을 추고, 부드러운 목소리로 노래를 불렀다. 강변에 모인 관객들은 공연에 매우 만족했다.

두 번째 순서는 발랄라이카 연주자 차례였다. 강변은 웃음으로 넘쳐났다.

"마님들, 마님들." 발랄라이카 연주자는 변주를 하기 시작했다. "나리들, 마님들." 발랄라이카가 움직이는가 싶더니, 배우들의 등 뒤로 날아가 등 뒤에서 소리를 냈다.

"만일 나리가 짧은 쇠사슬을 가지고 있다면, 그건 나리에게 시계가 없다는 뜻이지요!"*

발랄라이카는 공중으로 날아올라 그 짧은 순간에 어려운 변주곡을 여러 곡 연주했다.

게오르게타 티라스폴스키흐의 차례가 됐다. 그녀는 사라판**을 입은 처녀들을 데리고 등장했다. 공연은 러시아 춤으로 끝이 났다.

스크랴빈 호가 다음 항해를 준비했다. 선장은 출항을 위해 내선 전화로 기관실에 지시 사항을 전달했고, 기관실 선원들은 땀을 흘리며 기관실의 물을 데우기 시작했다. 그사이 악단은 다시 강변으로 내려가 모두가 즐길 수 있는 춤곡을 연주해주었다. 군중이 음악에 맞춰 춤을 추는 모습은 한 폭의 그림을 연

*러시아 민중이 즐겨 부르던 춤곡. 탐욕스럽고 사치스러운 귀족을 풍자하는 내용이다.
**농가의 아낙네들이 주로 입는 소매가 없고 띠가 달린 긴 의복.

상케 했다. 석양은 이 그림에 연한 살굿빛을 입혀주었다. 촬영을 하기에 가장 이상적인 시간이 됐다. 촬영기사 폴칸이 하품을 하며 선실에서 나왔다. 어린 조수들의 일에 익숙해진 보로뱌니노프는 조심스럽게 촬영 도구들을 들고 폴칸의 뒤를 따랐다. 폴칸은 뱃머리로 다가가 강변 쪽을 바라보았다. 풀밭 위에서 사람들이 군대식 폴카를 추고 있었다. 젊은 청년들은 지구를 박살이라도 내려는 듯 맨발로 땅을 힘차게 굴렀고, 처녀들은 헤엄을 치듯 부드럽게 몸을 움직였다. 강변 언덕의 비탈과 계단에는 구경꾼들이 자리를 잡고 있었다. '아방가르드'* 출신의 프랑스 촬영기사는 이곳에서 사흘치의 일거리를 발견한 것 같았다. 그러나 폴칸은 생쥐 같은 눈으로 강변을 훑어본 다음 몸을 돌려 위원회의 의장에게 천천히 걸어갔다. 그러고는 그를 흰 벽에 세우고 그의 손에 책을 쥐어주며 움직이지 말라고 부탁하고 촬영기의 손잡이를 오랫동안 기분 좋게 돌렸다. 그런 다음 부끄러워하는 의장을 배 뒤편으로 데리고 가서 저녁노을을 배경으로 사진을 찍어주었다.

폴칸은 촬영을 마치고 나자 거만한 모습으로 자신의 선실로 돌아가 문을 닫아버렸다.

다시 뱃고동 소리가 울리자 태양이 놀라 달아나버렸다. 항해의 두 번째 밤이 시작됐고, 기선은 출항했다.

오스타프는 내일 아침 일에 대한 두려움에 사로잡혀 이런저

*실험적이고 초현실주의적인 영화를 추구했던 1920년대 프랑스 영화 그룹.

런 궁리를 하기 시작했다. 정부가 발행한 채권을 사방에 뿌리는 인물을 두꺼운 마분지 위에 그려야 하는 이 예술적인 작업은 위대한 사기꾼에게는 무척이나 힘든 일이었다. 현수막에 들어갈 글자는 어찌어찌 해결할 수 있었다 해도, 사람이 채권을 뿌리고 있는 광경을 그릴 예술적 재능은 아무리 해도 쥐어짜낼 수가 없었다.

"명심하시오." 뚱뚱보가 미리 경고했다. "바슈키*에서부터는 추첨 행사를 저녁에 시작할 겁니다. 그러니 현수막 없이는 아무것도 할 수 없습니다."

"그럼요, 아무 걱정 마십시오. 현수막은 곧 완성될 겁니다." 오스타프는 내일 아침까지도 필요 없이 오늘 밤이면 충분하다고 선언했다.

밤이 되자 별이 뜨고 바람이 불어왔다. '복권의 방주' 거주민들은 모두 잠들었다. 채권위원회의 사자들도 자고 있었다. 인사부의 새끼 양들도, 회계부의 산양들도, 국채발행 및 상환부서의 집토끼들도, 음향팀의 하이에나들과 자칼들도, 기관실의 비둘기들도 모두 잠들었다.

단지 불순한 한 쌍만이 잠들지 못했다. 위대한 사기꾼은 새벽 1시에 자신의 선실을 빠져나왔다. 그 뒤를 충실한 키샤의 그림자가 말없이 따라갔다. 그들은 갑판 위로 올라가서 배 뒤편에 천과 합판으로 덮여 있는 의자 쪽으로 조용히 다가갔다. 조심스

*작가들이 만들어낸 가상의 도시.

럽게 덮개를 걷어낸 오스타프는 의자를 똑바로 세우고, 집게로
의자 방석을 뜯어낸 후 손을 집어넣었다.

갑판 위로 바람이 불어왔다. 하늘에는 별들이 가볍게 흔들렸
다. 발아래, 저 밑 깊은 곳에서는 검은 물결이 일렁였다. 강가
는 보이지 않았다. 이폴리트 마트베예비치는 떨고 있었다.

"있다!" 오스타프가 흥분을 억누르며 말했다.

사제 표도르의 편지

(바쿠의 호텔 '가격'에서 N군의 아내에게)

나의 사랑스럽고 고귀한 카챠에게!

매 시간마다 우리가 행복에 가까워지고 있음을 느끼고 있소.
나는 모든 볼일을 마치고 난 후, 이곳 호텔 '가격'에 와서 당신
에게 편지를 쓰오. 바쿠는 정말 큰 도시요. 이곳에서 석유가 난
다고들 말하지만, 당신이 이곳에 오려면 전기 열차를 타야 하
는데 지금 내겐 돈이 없소. 카스피 해로 둘러싸인 이 도시는 정
말 한 폭의 그림 같소. 카스피 해는 무척이나 넓다오. 여기는
끔찍하리만큼 덥소. 한 손에는 외투를, 다른 손에는 양복 상의
를 들고 다니지만 그래도 덥소. 손은 늘 땀으로 흥건하게 젖어
있다오. 난 요즘 차를 즐겨 마시고 있소. 그런데 지금은 돈이
거의 없소. 그러나 사랑하는 나의 카테리나 이바노브나, 이건
불행한 일이 아니고, 이제 곧 우리는 엄청난 돈을 가지게 될 거
요. 우리는 여기저기를 여행하며 돌아다닌 다음, 사마라에 멋

지게 정착할 것이오. 그리고 우리의 공장에서 잘 익은 과실주를 마시게 될 거요. 그럴 날이 얼마 남지 않았소.

이곳 바쿠의 지리적 정세와 주민 수는 로스토프 시를 훨씬 능가하오. 그러나 역동성에 있어서는 하리코프 시에 미치지 못하는 것 같소. 여기에는 외국인들이 많소. 특히 아르메니아인과 페르시아인이 많이 살고 있소. 그리고 여보, 여기서 터키까지는 얼마 걸리지 않소. 시장에도 가봤는데, 거기서 많은 터키 물건과 숄을 봤소. 무슬림 숄을 하나 사서 당신에게 선물하고 싶었지만 돈이 없었소. 그래서 나는 우리가 부자가 되면(그날은 이제 손으로 꼽을 수 있을 만큼 가까워졌소) 그걸 사야겠다고 생각했소.

참, 이곳 바쿠에서 내게 일어난 두 가지 무서운 사건에 대해 얘기한다는 것을 잊을 뻔했소. 첫 번째는 제빵 기술자인 당신 매형이 준 양복 상의를 카스피 해에서 잃어버렸다는 것이고, 두 번째는 시장에서 등에 혹이 하나인 낙타가 내게 침을 뱉었다는 것이오. 이 두 가지 사건으로 나는 매우 놀랐소. 왜 당국은 여행객들이 당하는 그런 무례한 행동들을 묵인하고 있는지 모르겠소. 게다가 난 낙타를 만지지도 않았고, 오히려 그놈을 기분 좋게 해주려고 나뭇가지로 콧구멍을 살짝 간질여주었단 말이오. 양복은 누군가가 훔쳐 갔거나, 카스피 해의 석유 속에 파묻혔는지도 모를 일이오. 매형에게 뭐라고 얘기해야 할지 모르겠소. 사랑하는 여보, 매형에게는 제발 아무 말도 하지 말아주시오. 예브스틱네예프는 아직 우리 집에 있소?

편지를 다시 읽어보면서 내가 당신에게 우리 사업에 관해 아무 말도 하지 못했다는 것을 알았소. 기술자 브룬스는 실제로 아제르바이잔 석유국의 안전기술분과에서 일하고 있었소. 그런데 지금 그는 도시에 없소. 가족들이 살고 있는 바투미로 휴가를 떠났다고 하오. 이곳 사람들에게 정보를 얻었는데, 실제로 바투미에 있는 브룬스의 집에는 가구가 많다고 합디다. 그는 지금 젤료니 미스* 지역의 별장촌에서 지내고 있다고 하오. (그곳은 부자들이 많이 사는 곳이라 하오.) 여기서 바투미까지는 15루블과 몇 코페이카 정도면 갈 수 있는 거리요. 여기에서 전보를 치면 20루블이 드니 바투미에 가서 전보로 모든 것을 알려주겠소. 사람들에게는 내가 아직도 보로네시에 있는 숙모님 병상을 지키고 있다고 전해주시오.

당신의 영원한 남편 페쟈로부터

추신: 편지를 부치러 우체국에 간 사이 누가 내 호텔 방에 들어와 당신 오빠가 준 외투를 훔쳐 갔소! 난 지금 절망에 빠져 있소! 지금은 여름이니 그나마 다행이오만! 매형에게는 절대로 말하지 마시오.

---

*'녹색 만'이라는 뜻의, 아조프 해에 위치한 휴양지. 소비에트 시절 신혼 여행지와 휴양지로 인기가 있었다.

33장
낙원으로부터의 추방

소설의 어떤 주인공들은 시간이 기다려준다고 확신하는 반면,
다른 주인공들은 시간은 기다리지 않고 자신의 보편적인 규칙
대로 흘러간다고 생각한다. 먼지투성이인 모스크바의 5월이
지나가고 먼지 가득한 6월이 왔다. N군의 군청소재지에선 '국
영 1호' 자동차가 스타로판스카야 광장과 구베르니스키 거리
가 교차하는 골목길에 2주째 파손된 채로 내버려져 있었고, 시
간이 지날수록 더러운 먼지가 가득 쌓여갔다. 검과 낫 연합에
가담했던 사람들은 스타르고로드의 도프르에서 차례대로 풀려
나왔지만 거주에 제한을 받게 되었다. 미망인 그리차추예바 부
인은(시인의 꿈인 정열적인 여인) 자신의 식료품 상점으로 다
시 돌아와 일을 하기 시작했는데, 비누, 후추, 소금과 그 밖의
소소한 물건들의 가격표를 잘 보이지 않는 곳에 붙였다는 이유
로 15루블의 벌금을 물었다.

"있다!" 오스타프는 저도 모르게 같은 말을 반복했다. "받으세요!"

이폴리트 마트베예비치는 떨리는 손으로 나무로 만든 평평한 작은 상자를 받았다. 오스타프는 어둠 속에서 의자 속을 계속 뒤졌다. 강가에 있는 등대에서 불빛이 비쳤다. 수면 위로 금빛 기둥이 드리워졌고, 금빛 기둥은 기선까지 이어졌다.

"빌어먹을!" 오스타프가 소리쳤다. "더는 없군!"

"그, 그럴 리가⋯⋯." 이폴리트 마트베예비치가 중얼거렸다.

"그럼, 당신이 직접 보세요!"

보로뱌니노프는 숨 한 번 들이마실 틈도 없이 재빨리 무릎을 꿇고 의자 속으로 팔꿈치까지 쑥 집어넣었다. 단단한 물건은 더 이상 잡히지 않았다. 의자 속에서 더럽고 불쾌한 먼지 냄새가 났다.

"없죠?" 오스타프가 물었다.

"없군."

오스타프는 의자를 들어 멀리 강물로 던져버렸다. 의자가 첨벙 소리를 내며 물속으로 빠졌다. 밤의 습기에 한기를 느낀 동업자들은 낙담한 채로 자신들의 선실로 돌아왔다.

"그래도⋯⋯." 벤데르가 말했다. "이번에는 뭔가를 찾았군요."

이폴리트 마트베예비치는 주머니 속에서 작은 상자를 꺼내어 멍하니 바라보았다.

"이리 주세요! 어서! 뭘 그렇게 멍청하게 쳐다보고 있습니까!"

상자를 열었다. 상자 바닥에는 푸르스름하게 빛이 바랜 구리로 만든 작은 명판이 있었다.

> 이 의자를 시작으로
> 명인 감브스가
> 새로운 가구 세트를 제작함
> 1865년, 상트페테르부르크

오스타프는 이 명판을 큰 소리로 읽었다.

"보석은 어디 있나?" 이폴리트 마트베예비치가 물었다.

"정말 예리하시군요, 위대한 의자 추격자여! 보시다시피 보석은 없습니다!"

보로뱌니노프는 한눈에도 정말 애처로워 보였다. 콧수염이 조금씩 실룩거리더니 코안경의 유리가 흐릿해졌다. 절망감에 사로잡혀 스스로의 뺨을 때린 사람 같아 보였다.

위대한 사기꾼의 냉정하고 신중한 목소리가 신비로운 힘을 발휘했다. 보로뱌니노프는 손으로 닳아빠진 바지 솔기를 펴며 입을 다물었다.

"침묵하시고, 슬퍼하세요. 아무 말도 하지 마세요, 키샤! 언젠가는 쓸모없는 상자가 들어 있는 이 바보 같은 여덟 번째 의자를 생각하며 웃을 날이 올 겁니다. 정신 차려요. 아직 우리에겐 세 개의 의자가 더 남아 있습니다. 이제는 확률이 99퍼센트로 높아진 겁니다!"

괴로움이 극에 달한 이폴리트 마트베예비치의 뺨에 밤새 화산 폭발로 생긴 듯한 종기가 솟아났다. 조개 속에서 오랜 시간 진주가 엉그는 것처럼 종기는 보석을 추격하며 생긴 수많은 고통과 실패와 괴로움을 받아들여 푸른빛과 불그스름한 석양빛을 띠고 있었다.

"종기는 일부러 만든 겁니까?" 오스타프가 물었다.

이폴리트 마트베예비치는 한숨을 깊게 내쉬고는 큰 키를 휜 낚싯대처럼 구부정하게 숙인 채 물감들을 가지러 갔다. 현수막 채색 작업을 해야 했다. 동업자들은 갑판 위에서 작업을 시작했다.

항해의 세 번째 날이 시작되었다.

셋째 날은 관악단과 음향팀의 연습 장소를 둘러싼 충돌로 시작됐다.

아침 식사를 마치자마자, 금관 악기를 든 건장한 사내들과 에스마르흐 컵을 든 홀쭉한 기사들이 서로 다른 방향에서 동시에 배 뒤편으로 달려갔다. 제일 먼저 배 뒤편의 긴 벤치를 차지한 것은 갈킨이었다. 두 번째로 달려온 사람은 악단의 클라리넷 연주자였다.

"자리가 다 찼소." 갈킨이 인상을 쓰며 말했다.

"누구 자리요?" 클라리넷 연주자가 퉁명스럽게 말했다.

"내 자리요. 나 갈킨의 자리요."

"그럼 옆에 비어 있는 자리는 뭐요?"

"팔킨, 말킨, 찰킨, 그리고 잘킨의 자리요."

"옐킨은 없소? 여긴 우리 자리요."

양쪽의 증원 부대들이 도착했다. 관악단에서 가장 저음을 내는 악기인 헬리콘이 세 번 말린 구리뱀을 달고 나타났다. 귀처럼 생긴 프렌치 호른도 뛰어왔다. 트롬본들은 완전 무장을 한 채 자리를 잡았다. 태양빛을 받은 금관 악기들은 늠름한 자태를 뽐냈다. 이에 반해 음향팀은 왜소하고 어두침침한 분위기였다. 음향팀에서는 기껏해야 맥주병의 유리 정도가 반짝거렸고, 에스마르흐 컵들이 희미하게 빛을 발하고 있을 뿐이었다. 게다가 정통 악단에서 분가해 나온, 관악기의 패러디처럼 보이는 색소폰은 짧은 담배 파이프처럼 볼품없어 보였다.

"관장 부대 따위가 자리를 차지하려고 하다니!"* 싸움꾼인 클라리넷이 말했다.

"당신들은……" 잘킨이 가장 모욕적인 표현을 찾으려고 애쓰면서 말했다. "꽉 막힌 음악가들이야!"

"우리의 연습을 방해하지 마시오!"

"당신들이 우리를 방해하고 있소!"

"당신들이 연습을 적게 하면 할수록 배 위에선 더 아름다운 음악이 흘러나올 거요."

"당신들은 주전자로 연습이나 하시지. 연습을 하나 안 하나 별 차이가 없을 테지만!"

어떠한 합의도 이끌어내지 못한 채 양측은 그 자리에서 계속

*에스마르흐 컵은 애초 관장용으로 개발된 컵이다.

자신들의 입장만 고집했다. 전차가 깨진 유리 위를 천천히 기어가는 듯한 소리들이 강을 따라 울려 퍼졌다. 관악단은 켁스홀름 친위대* 행진곡을 연주했고, 음향팀은 흑인 춤곡인 〈잠베지 강의 산양〉을 연주했다. 이러한 소란은 국채발행위원회 의장의 중재로 일단락되었다.

밤 10시가 되어서야 거대한 작업은 끝이 났다. 오스타프와 보로뱌니노프는 뒷걸음질을 치면서 현수막을 위층 갑판의 사령 선교 쪽으로 끌고 갔다. 그들 앞에는 뚱뚱보 재정부장이 별을 향해 기도를 하듯 두 손을 쳐들고 뛰어오고 있었다. 모두가 힘을 합쳐 현수막을 난간에 걸었다. 현수막은 승객들이 아래 갑판에서 볼 수 있는 영사막 같았다. 전기기사가 현수막 뒤에 전기를 설치하여 30분 동안 세 개의 전구를 달았다. 이제는 전원을 켜는 일민 님있다.

뱃머리 바로 오른편으로 바슈키 시의 불빛들이 보이기 시작했다.

재정부장은 현수막 제등 행사를 위해 배에 있는 모든 사람들을 불러 모았다. 이폴리트 마트베예비치와 위대한 사기꾼은 불이 켜지지 않아 아직 어두운 갑판 측면에 서서 아래 모인 사람들을 바라보았다.

기선 위에서 행해지는 모든 행사들은 사실 움직이는 물 위에서 벌어지는 일이기에 한편으로는 사람들의 마음을 쉽게 끌 수

*1710년부터 결성된 러시아 궁정의 정예부대.

160

있었다. 타자수들, 관리인들, 콜럼버스 극단원들, 기선 승무원들이 승객용 갑판 위로 모여들어 위층 갑판을 향해 고개를 쳐들었다.

"시작하겠습니다!" 뚱뚱보가 명령을 내렸다.

현수막에 불이 켜졌다.

오스타프는 군중을 내려다보았다. 그들의 얼굴 위로 검붉은 불빛이 드리워졌다.

관객들은 웃음보를 터뜨렸다. 그런 다음 침묵이 흘렀다. 승객용인 아래 갑판에서 준엄한 목소리가 들려왔다.

"재정부장은 어디에 있는 거요?"

재정부장이 계단을 아랑곳하지 않고 한달음에 아래로 뛰어내려갈 만큼 위엄 있는 목소리였다.

"보시오!" 목소리가 말했다. "당신의 작품이 얼마나 우스꽝스러운지!"

"이제 우리는 쫓겨날 겁니다!" 오스타프가 이폴리트 마트베예비치에게 속삭였다.

그리고 뚱뚱보는 사나운 매처럼 정확하게 위층 갑판으로 날아왔다.

"어떻습니까?" 오스타프는 뻔뻔하게 물어보았다. "감동스럽지 않습니까?"

"당장 짐을 싸시오!" 재정부장이 소리쳤다.

"왜 그렇게 서두르시는 겁니까?"

"짐을 싸란 말이오! 꺼져버려! 당신들을 재판에 회부하겠소! 우리 의장님은 장난을 좋아하지 않는단 말이오!"

"그자를 쫓아버리게!" 아래 갑판에서 위엄 있는 목소리가 들려왔다.

"아니, 잠시만요. 현수막이 별로 마음에 들지 않으십니까? 사실, 이건 그다지 중요한 현수막은 아니지 않습니까?"

장난을 계속 이어가는 것은 무의미했다. 스크랴빈 호는 이미 바슈키 시의 부두에 다다랐고, 기선에서는 부두에 모여 있는 바슈키 시민들의 놀란 얼굴들을 볼 수 있었다.

임금 지불은 당연히 거절되었다. 짐을 꾸리는 시간으로 5분이 주어졌다.

"바보 같은 놈들!" 동업자들이 배에서 내리는 모습을 보고 심비예비치 신디예비치가 말했다. "현수막 만드는 일을 나한테 맡겼더라면, 메이예르홀트 따위는 상대도 안 됐을 텐데."

부두에 내린 동업자들은 잠시 멈춰 서서 배 위를 바라보았다. 어두운 하늘 속에서 현수막이 빛나고 있었다.

"음." 오스타프가 말했다. "현수막이 형편없긴 하군요. 아주 조잡하기도 하고."

만일 오스타프가 그린 그림을 미쳐 날뛰는 망아지의 꼬리털로 그린 그림과 비교한다면, 그래도 망아지 꼬리털로 그린 그림이 박물관에 소장될 가능성이 더 있었을 것이다. 오스타프의 장난스러운 손은 국채를 뿌리는 사람을 각설탕 같은 머리에 팔 대신 가느다란 채찍이 달려 있는 모습으로 그렸다.

동업자들 뒤로 기선의 불빛이 비춰지며 음악 소리가 들려왔다. 앞쪽으로는 어두운 시골 강변 언덕의 모습이 펼쳐졌고, 멀리서 개 짖는 소리와 아코디언 소리가 들려왔다.

"상황을 정리해봐야겠군요." 오스타프가 생기를 되찾은 목소리로 말했다. "부정적인 면은 우선 돈이 한 푼도 없다는 것, 의자 세 개가 강 아래로 내려가고 있다는 것, 그리고 밤을 지새울 곳이 없다는 겁니다. 긍정적인 면은 1927년에 발행된 볼가 강 여행 안내서를 가지고 있다는 거고요. 심비예비치 선실에서 잠시 빌렸습니다. 이 두 측면의 균형을 맞추는 것이 쉽지 않군요. 우선은 이곳 부두에서 밤을 지내야겠습니다."

동업자들은 부두의 벤치에서 밤을 보낼 준비를 했다. 오스타프는 낡고 더러운 가로등 불빛 아래에서 여행 안내서를 읽기 시작했다.

강가 높은 곳에 바슈키 시가 위치해 있다. 이곳에서 목재, 수지, 내피, 보리수 멍석을 보내고, 철도역으로부터 50킬로미터 이상 떨어진 근처의 지역을 위해 이곳으로 각종 생필품을 들여온다. 도시에는 8천 명의 주민이 거주하며, 320명의 노동자가 일하고 있는 국영 종이 공장이 있고, 소규모의 주물, 맥주, 피혁 공장이 있다. 교육기관으로는 일반 보통학교 외에 산림기술 전문학교가 있다.

"생각했던 것보다 상황이 훨씬 더 심각하군요." 오스타프가 말했다. "바슈키 시민들한테서 돈을 짜내는 일은 나로서도 정말 힘든 과제일 것 같습니다. 그렇지만 우리에겐 지금 적어도 30루블 이상의 돈이 필요합니다. 우선 그 돈으로 뭘 좀 먹어야 해요. 그런 다음 채권 추첨선을 앞질러 가서 육지에서, 그러니까 스탈린그라드에서 콜럼버스 단원들을 만나는 겁니다."

이폴리트 마트베예비치는 지붕과 다락을 점령해버린 젊은 고양이와 싸우다 지쳐버린 늙고 야윈 고양이처럼 맥없이 웅크리고 있었다.

오스타프는 이런저런 계획들을 궁리하며 벤치 주변을 서성거렸다. 새벽 1시쯤 되자 위대한 계획이 세워졌다. 벤데르는 동업자 옆에 누워 편안한 마음으로 잠자리에 들었다.

34장
전 우주 체스 대회

코안경을 쓰고 물감으로 더럽혀진 짧은 부츠를 신은 키 크고 깡마른 노인이 아침부터 바슈키 시를 돌아다니고 있었다. 그는 벽마다 손으로 쓴 이런 포스터를 붙였다.

> 1927년 6월 22일
> '종이 세공' 클럽에서 다음과 같은 강연을 개최합니다
>
> "체스에서 이상적인 첫 수를 두는 방법"
> &
> 강연 후 그랜드마스터 오스타프 벤데르와
> 160명의 체스 기사가 160개의 체스 판에서 동시 게임
>
> 참가비 50코페이카
> 입장비 50코페이카

> 참가자들은 자신의 체스 판을 지참 바랍니다
> 대회는 정각 저녁 6시에 시작합니다
>
> 책임주관자 K. 미헬손

체스의 명인 또한 자신의 시간을 허비하지 않았다. 3루블에 클럽을 임대한 오스타프는 무슨 까닭인지 경마장 건물에 위치한 체스분과위원회를 방문했다.

위원회 사무실에는 애꾸눈인 남자가 앉아서 판텔레예프가 펴낸 슈필하겐의 소설을 읽고 있었다.[*]

"그랜드마스터 오스타프 벤데르요!" 오스타프는 책상에 걸터앉으며 자신을 소개했다. "내가 당신네 도시에서 동시 체스 대회를 개최하기로 했소이다!"

바슈키 체스 기사의 하나밖에 없는 눈이 휘둥그레졌다.

"잠시만요, 그랜드마스터 동무!" 애꾸눈이 소리쳤다. "우선 이리로 앉으세요, 이리로 오십시오. 금방 돌아오겠습니다."

애꾸눈은 어디론가 쏜살같이 달려갔다. 오스타프는 체스분과위원회 사무실을 둘러보았다. 벽에는 경마용 말들의 사진이 걸려 있었고, 책상 위에는 "바슈키 체스분과위원회의 1925년 활동사항"이라고 적힌 먼지투성이 장부가 놓여 있었다.

애꾸눈은 열댓 명 정도 되는 다양한 연령층의 사람들과 함께

---

[*]독일 소설가 프리드리히 슈필하겐의 전집을 출간한 당시 러시아 출판사 대표가 로긴 판텔레예프였다.

돌아왔다. 그들은 차례대로 다가와 정중하게 인사하며 그랜드 마스터에게 악수를 청했다.

"카잔으로 가던 길이었는데⋯⋯." 오스타프는 교묘하게 말을 끊어가면서 얘기했다. "그래, 그래요. 대회가 오늘 저녁에 개최되니 많이들 참석 바랍니다. 그리고 미리 양해 말씀을 드리면, 이번 대회는 공식 대회가 아닙니다. 카를로 비바리* 대회를 마치고 나니 좀 피곤해서 말입니다."

바슈키의 체스 기사들은 사랑스러운 눈길로 자식의 말을 듣는 부모처럼 오스타프의 말을 경청했다. 오스타프는 체스에 대한 생각으로 새로운 힘이 넘쳐나기 시작했다.

"당신들은 믿지 못할 겁니다." 오스타프가 말했다. "체스의 수가 얼마나 교묘하게 발전되고 있는지 말입니다. 당신들도 아시다시피, 라스커**는 저속한 꼼수에 능한 사람입니다. 그래서 그와 제대로 경기하는 건 거의 불가능하지요. 그는 게임할 때 시가를 피워대서 상대를 찌들게 합니다. 그리고 때로는 값싼 담배를 피워 일부러 독한 연기를 만들기도 하지요. 체스계가 정말 걱정됩니다."

그랜드마스터는 지방 체스계의 실정에 대한 얘기로 화제를 바꾸었다.

"지방에는 대체 왜 의미 있는 체스 대회가 열리지 못하는 걸까요? 예를 들면, 바로 이곳에는 체스분과위원회가 있습니다.

---

*국제 체스 대회를 여러 번 개최한 체코의 도시. 1927년에는 대회가 열리지 않았다.
**체스 세계 챔피언을 지낸 독일의 체스 명인.

그런데 꼭 체스분과위원회라고 불러야 합니까? 얼마나 따분한 이름입니까? 진짜 체스와 연관된 멋진 이름을 왜 짓지 못하는 거죠? 그러면 사람들이 체스분과위원회에 더 많이 가입할 텐데요. 예를 들면, '네 마리 말 체스 클럽'이나 '멋진 종반전', 혹은 '템포를 얻었을 때 상대의 손실' 같은 거 말입니다. 얼마나 좋습니까! 부르기도 좋고!"

아이디어는 성공석이었다.

"그러게 말일세." 바슈키 체스 기사들이 서로 말했다. "그럼 우리 분과를 '네 마리 말 체스 클럽'으로 바꾸는 게 어떨까?"

체스분과위원회 사무실에서 이 얘기들이 오가는 틈을 타 오스타프는 자신이 명예 의장이 되어 임시 회의를 열고, 이 분과의 이름을 '네 마리 말 체스 클럽'으로 개명하는 것을 만장일치로 통과시켰다. 그랜드마스터는 스크랴빈 호에서 배운 개인적인 경험을 활용해서 두꺼운 종이에 클럽 이름을 쓰고 말 네 마리를 예술적으로 그려 넣었다.

장차 바슈키 시에서 체스 게임이 번성할 것만 같았다.

"체스!" 오스타프가 말했다. "여러분은 정말 체스가 무엇인지 아십니까? 체스는 문화를 선도해나갈 뿐만 아니라 경제를 이끌어가는 원동력입니다! 만일 여러분이 제대로 일만 해나간다면 이 '네 마리 말 체스 클럽'이 바슈키 시를 완전히 바꾸어 놓을 수 있다는 사실을 아십니까?"

오스타프는 어제 저녁부터 아무것도 먹지 못했다. 그래서 그의 연설은 평소와 달랐다.

"그렇습니다!" 그가 외쳤다. "체스는 국가를 부유하게 해줍니다! 만일 여러분이 저의 계획에 동참해준다면, 여러분은 대리석으로 깔린 계단을 밟고 부두로 내려가게 될 겁니다. 그리고 바슈키 시는 인근 10여 개 소도시들의 중심이 될 겁니다! 혹시 제메링이라는 곳에 대해 들어본 적 있습니까? 정말 하찮은 도시였습니다! 그런데 지금은 부자 도시가 되었습니다. 이유는 단 한 가지, 그곳에서 체스 국제 대회를 열었기 때문입니다. 그래서 제가 여러분에게 한 가지 제안을 하겠습니다! 바로 바슈키에서 국제 체스 대회를 개최하는 겁니다."

"어떻게 말입니까?" 모두가 소리쳤다.

"충분히 실현 가능한 계획입니다." 그랜드마스터가 대답했다. "저의 개인적인 친분과 여러분의 자발적인 활동만 있다면 바슈키에서 국제 대회를 개최하는 것은 충분히 가능합니다. 1927년 바슈키 시 국제 체스 대회! 한번 상상해보십시오! 얼마나 근사합니까? 호세 카파블랑카, 에마누엘 라스커, 알료힌, 님초비치, 레티, 루빈시테인, 마로치, 타라시, 비드마르,* 그리고리예프 박사까지, 이들의 참가는 제가 보장합니다. 그리고 물론, 저의 참가도 보장하고요!"

"하지만 돈은!" 바슈키 사람들이 신음하듯 소리쳤다. "그들 모두에게 돈을 지불해야 되지 않습니까! 몇천 루블은 필요할 텐데, 어디서 그 돈을 구한단 말이오!"

*모두 체스 올림픽에 출전했던 챔피언들이다.

"그건 이미 충분히 생각해봤습니다." 오스타프가 말했다. "돈은 모금을 하면 됩니다."

"누가 이 엄청난 돈을 낸단 말이오? 바슈키 사람들은……."

"바슈키 사람들은 필요 없습니다! 바슈키 사람들은 돈을 낼 필요가 없습니다. 그들은 그저 돈을 받기만 하면 됩니다! 이건 정말 간단한 일입니다. 앞서 말씀드린 그런 체스의 명인들이 줄전하는 대회라고 하면, 전 세계에서 체스 애호가들이 앞다투어 몰려들 겁니다. 먹고사는 데 아무 지장 없는 수십만 명의 부자들이 바슈키로 온다는 얘깁니다. 그렇게 되면 우선, 그 많은 인원을 수송할 배가 부족하게 될 겁니다. 그래서 통신교통 인민위원회는 모스크바에서 바슈키까지 이르는 철도를 부설할 겁니다. 이것이 첫 번째입니다. 두 번째는 손님들이 묵을 숙박 시설 증축입니다. 세 번째는 주변 1천 킬로미터 이내 지역의 농업 경제가 활성화됩니다. 대회 기간 동안 방문객들에게 야채, 과일, 상어알, 초콜릿, 사탕 등을 공급해야 하니까요. 네 번째는 실제 대회가 열리는 회관이 필요합니다. 다섯 번째는 방문객들이 타고 오는 차량을 위한 주차 공간과 차고를 지어야 합니다. 그리고 대회 결과를 신속하게 알리기 위해 최대 출력을 가진 라디오 방송국을 지어야 합니다. 이것이 여섯 번째입니다. 그리고 이쯤 되면 모스크바에서도 바슈키 철도에 대해 다시 생각해보게 될 겁니다. 지금의 철도 노선만으로는 바슈키로 오고 싶어 하는 그 많은 사람들을 수송하기가 분명 어려워질 테니까요. 그래서 바로 '대(大)바슈키 공항' 건설이 진행될 겁니다. 로스앤젤레스와 멜버른 노선을 포함하여 전 세계로 우편 항공기와 여객기를 정기적으로 취항하게 될 거란 말입니다!"

찬란하게 눈부신 미래의 영상이 바슈키의 체스 애호가들 눈앞에 펼쳐졌다. 사무실은 대규모로 확장됐다. 경마장의 썩은 벽은 허물어지고 그 자리에 푸른 하늘을 향해 높이 솟아오른 유리로 된 33층짜리 체스 센터가 세워졌다. 각 홀마다, 방방마다, 심지어 엘리베이터 안에서도 사람들이 공작석(孔雀石)으로 만든 체스 판을 가지고 체스를 두느라 여념이 없을 것이다……

대리석 계단이 볼가 강 쪽으로 뻗어 있었다. 볼가 강에는 수많은 대형 여객선들이 떠다니고 있었다. 기선에서 내리면 부두에서 도시로 올라가는 케이블카가 설치되어 있었다. 케이블카에는 얼굴이 큰 외국인들, 여성 체스 애호가들, 인도식 방어술을 선호하는 오스트리아인들, 흰 터번을 두른 힌두교 신자들, 스페인식 체스 지지자들, 독일인들, 프랑스인들, 뉴질랜드인들, 아마존 강 유역의 주민들, 그리고 바슈키 주민들을 부러워하는 모스크바, 레닌그라드, 키예프, 시베리아, 오데사 시민들이 타고 있었다.

자동차 행렬이 대리석으로 지어진 호텔들 사이에 늘어서 있었다. 그러나 바로 그 순간 모든 차들이 멈춰 섰다. 최고급 호텔 '체스 폰'에서 체스 세계 챔피언 호세 라울 카파블랑카가 나오고 있었던 것이다. 수많은 여성들이 그를 에워쌌다. (체스 판 모양의 바지와 체스 비숍으로 단추를 만든) 특별한 체스 형태의 제복을 입은 경찰이 챔피언에게 정중하게 거수경례를 했다. 바슈키의 '네 마리 말 체스 클럽' 의장인 애꾸눈이 챔피언에게 품위 있게 다가갔다.

영어로 이어진 두 사람의 대화는 그리고리예프 박사와 유력한 세계 챔피언 후보인 알료힌의 도착으로 중지되었다.

도시는 그들을 환호하는 소리로 떠나갈 듯했다. 호세 라울 카파블랑카는 인상을 찌푸렸다. 애꾸눈이 손짓을 하자 헬기에서부터 대리석 계단이 놓였다. 그리고리예프 박사는 계단을 따라 내려왔다. 그는 새로 산 모자를 흔들며 대중에게 인사를 건넸고, 앞으로 있을 카파블랑카와 알료힌의 경기에서 카파블랑카의 실수 가능성을 언급했다.

갑자기 하늘에서 검은 점 하나가 보이기 시작했다. 점은 커다란 에메랄드색 낙하산으로 변하며 빠르게 내려왔다. 작은 가방을 멘 남자가 마치 무처럼 낙하산 고리에 매달려 있었다.

"그 사람이야!" 애꾸눈이 소리쳤다. "만세! 만세! 만세! 저 사람은 위대한 철학자이자 체스 선수인 라스커야! 전 세계에서 저런 녹색 양말을 신고 다니는 사람은 저 사람밖에 없지."

호세 라울 카파블랑카는 다시 인상을 찌푸렸다.

라스커에게도 역시 대리석 계단이 놓였고, 활기가 넘쳐 보이는 전(前) 세계 챔피언은 슐레지엔 상공을 비행할 때 왼팔 소맷자락에 묻은 먼지를 털어내며 애꾸눈과 격렬한 포옹을 나눴다. 애꾸눈은 라스커의 허리를 잡고 현 세계 챔피언에게 데리고 가서 인사를 시켰다.

"화해를 부탁드립니다! 바슈키 시민들의 열망을 담아 두 분께 부탁드립니다. 화해하시지요!"

호세 라울은 숨을 거칠게 몰아쉰 다음 노장에게 악수를 청하며 말했다.

"스페인식 체스 대회에서 비숍을 b5에서 c4로 이동시킨 당신의 그 한 수에 대해서는 늘 감탄을 금치 못하고 있었습니다."

"만세!" 애꾸눈이 소리쳤다. "겸손하고 믿음직스러운 모습이 역시 챔피언답습니다!"

그러자 수많은 군중이 이 말을 따라했다.

"만세! 비바! 반자이!* 겸손하고 믿음직스러운 모습이 역시 챔피언답습니다!"

특급열차들이 바슈키에 있는 열두 개의 역에 도착하여 끊임없이 새로운 체스 애호가들을 쏟아냈다.

번쩍거리는 네온사인 광고판으로 하늘이 붉게 타오르고 있을 때, 도시 거리를 따라 백마 한 마리가 지나갔다. 바슈키 시의 운송 수단이 모두 기계로 전환된 뒤 살아남은 유일한 말이었다. 사실 이 말은 암말이었지만 특별 개정법에 의해 종마로 전환됐다. 극성스러운 체스 애호가들은 종려나무 가지와 체스판을 흔들며 이 말을 환영했다.

"걱정 마십시오!" 오스타프가 말했다. "제 계획대로라면 여러분의 도시는 유례없이 엄청난 발전을 맞을 것입니다. 대회가

*각각 '만세'를 뜻하는 프랑스어와 일본어.

끝나고 나서 모든 방문객들이 이곳을 떠나고 난 뒤를 생각해보십시오. 주택난에 허덕이고 있는 모스크바 주민들은 여러분의 위대한 도시로 몰려들 겁니다. 그렇게 되면 이 나라의 수도는 자연스럽게 바슈키로 바뀌고, 정부 청사도 이곳으로 이주하겠지요. 바슈키는 '뉴 모스크바'로, 모스크바는 '올드 바슈키'로 이름이 바뀔 겁니다. 레닌그라드와 하리코프의 주민들이 이를 갈겠지만, 그들이 할 수 있는 건 아무것도 없습니다. 뉴 모스크바는 유럽에서 가장 우아한 중심지가 될 것이고, 곧 전 세계의 중심지가 될 것입니다!"

"전 세계의!" 정신이 나가버린 바슈키 시민들이 소리쳤다.

"그렇습니다! 그리고 바슈키는 전 우주의 중심이 될 것입니다. 체스는 바로 이 시골 도시를 지구의 수도로 만들고, 응용과학으로 변환되어 행성 간의 통신 수단을 개발하게 될 겁니다. 즉 이곳 바슈키에서 화성, 목성, 해왕성으로 신호를 보내는 겁니다. 금성과 연락을 주고받는 것은 리빈스크에서 야로슬라블*로 가는 것만큼 쉬운 일이 될 겁니다. 그럼 혹시 압니까! 8년쯤 후에는 이곳 바슈키에서 인류 역사상 최초로 전 우주 체스 대회가 개최될지 말입니다!"

오스타프는 자신의 멋진 이마에 흐르는 땀을 닦았다. 그는 체스 판의 말을 구워 먹고 싶을 정도로 배가 고팠다.

"그, 그렇군요." 애꾸눈은 이미 정신이 나간 시선으로 먼지

---

*두 곳 모두 볼가 강 유역의 도시로, 기차로 1시간 정도 걸리는 가까운 거리다.

가 가득한 낡아빠진 사무실을 둘러보며 말을 꺼냈다. "그렇지만 현실적으로 그 계획들을 어떻게 실행에 옮길 수 있는지요? 다시 말하자면, 어떻게 그 기반을 마련할 수 있습니까?"

참석자들은 긴장된 시선으로 그랜드마스터를 바라보았다.

"다시 한 번 말씀드리지만, 현실적인 일들은 전적으로 여러분의 자발적인 참여에 달려 있습니다. 말씀드렸다시피, 모든 조직은 제가 책임지고 운영하겠습니다. 전보를 보내는 데 드는 비용을 제외하면 재정 지출도 거의 없습니다."

애꾸눈이 동료들의 옆구리를 슬쩍 쳤다.

"이보게! 자네들은 어떤가?"

"합시다! 해봅시다!" 바슈키 시민들이 큰 소리로 외쳤다.

"그런데…… 전보를 보내는 데는…… 얼마나 듭니까?"

"가소로운 돈이지요." 오스타프가 말했다. "100루블이면 충분합니다."

"우리 장부에는 21루블 16코페이카밖에 없습니다. 이걸로는, 우리도 이해합니다만, 물론 어림없겠지요?"

그러나 그랜드마스터는 융통성이 매우 뛰어난 사람이었다.

"좋습니다." 그가 말했다. "우선 20루블만 주십시오."

"충분합니까?" 애꾸눈이 물었다.

"1차 전보를 보내기에는 충분합니다. 나중에 모금이 시작되면 돈은 쌓을 곳이 없을 정도로 넘쳐날 겁니다."

녹색 양복에 돈을 챙겨 넣은 그랜드마스터는 그 자리에 모인 사람들에게 저녁에 있을 자신의 강연과 160명과의 동시 체스 게임을 상기시켜준 뒤에, 친절하게 인사를 나누고는 이폴리트 마트베예비치를 만나러 '종이 세공' 클럽으로 갔다.

"배고파 미칠 것 같네." 보로뱌니노프가 신경질적인 목소리로 말했다.

그는 오랫동안 매표소 앞에 앉아 있었으나 단 1코페이카도 모으지 못했기에 빵 한 조각도 살 수 없었다. 그의 앞에는 모금을 위한 녹색 칠제 바구니가 놓여 있었다. 보통 가정집에서 나이프와 포크를 놓아두는 바구니였다.

"이보세요, 보로뱌니노프 씨." 오스타프가 말했다. "1시간 반 정도는 모금 활동을 중지하세요! 인민 식당으로 점심을 먹으로 갑시다. 가면서 자세히 얘기해드리지요. 그리고 당장 면도와 세수를 좀 하셔야겠습니다. 정말 노숙자 같은 몰골이군요. 그랜드마스터 곁에 이런 미심쩍은 몰골을 한 사람이 있어서야 되겠습니까?"

"표를 한 장도 못 팔았네." 이폴리트 마트베예비치가 보고했다.

"괜찮습니다. 저녁이 되면 사람들이 모여들 겁니다. 이 도시가 벌써 국제 체스 대회를 조직하라고 제게 20루블을 기부해주었습니다."

"그렇다면 동시 체스 게임은 할 필요가 없지 않은가?" 보로뱌니노프가 속삭였다. "모든 게임에서 패할 게 뻔한데. 20루블이면 지금 당장 배를 탈 수 있네. 마침 '카를 리프크네히트' 호가 도착했다고 하니, 그걸 타고 스탈린그라드로 가서 극단이 오길 기다리세. 분명 거기서는 의자를 열어볼 수 있을 거야. 그러면 우린 부자가 될 거고 세상 모든 것이 우리 것이 되겠지."

"배가 이렇게 고픈데 어떻게 그런 멍청한 소리를 할 수 있습니까? 하긴 배가 고프면 뇌에 안 좋은 영향을 주기 마련이지만……. 20루블이면 스탈린그라드까지는 갈 수 있겠죠. 그럼다음은요? 무슨 돈으로 식사를 한단 말입니까? 친애하는 귀족단장 나리, 누구도 비타민을 거저 주지 않습니다. 그러나 이 열정적인 바슈키 사람들에게서는 강연과 시합을 통해 30루블쯤은 쉽게 뜯어낼 수 있단 말입니다."

"우린 맞아 죽을 걸세!" 보로뱌니노프가 고통스럽게 말했다.

"물론 위험은 따르는 법입니다. 어쩌면 당신의 그 수염이 다 뽑힐지도 모르지요. 하지만 어떤 경우에도 당신을 위험에 처하지 않게 할 계획이 하나 있습니다. 그건 나중에 말씀드리지요. 대신 이 지방 요리나 맛보러 갑시다."

저녁 6시쯤 되자 배도 부르고 깨끗하게 면도도 하고 향수도 뿌린 그랜드마스터가 '종이 세공' 클럽 매표소로 들어왔다.

배도 부르고 깨끗하게 면도도 한 보로뱌니노프는 민첩하게 표를 팔기 시작했다.

"어떻습니까?" 그랜드마스터가 조용히 물었다.

"입장객은 서른 명이고, 시합 참가자는 현재까지 스무 명이네." 매표 관리인이 대답했다.

"16루블이군요. 부족한데, 부족해!"

"이보게, 벤데르, 저기 서 있는 줄을 좀 보게. 틀림없이 저들에게 얻어맞을 거야."

"제발 그런 생각은 그만둬요. 얻어맞는다 해도 그때 가서 맞고 울면 될 일입니다. 지금은 그런 생각 말고 장사에 집중하세요! 장사하는 방법 좀 배우세요!*"

1시간 후 매표소에는 35루블이 모였다. 홀 안에 들어온 사람들은 기대감으로 잔뜩 흥분해 있었다.

"이제 창구를 닫고 돈을 이리 주세요!" 오스타프가 말했다. "지금부터 내 말 잘 들으세요. 여기 5루블을 드릴 테니 지금 즉시 부두로 가서 작은 배 한 척을 2시간 정도 빌려놓으세요. 그리고 강변 아래쪽 창고에서 날 기다려요. 오늘 밤 우린 멋진 뱃놀이를 할 겁니다. 내 걱정은 마시고요. 오늘은 뭔가 되는 날이거든요."

그랜드마스터는 홀 안으로 들어갔다. 그는 오늘 왠지 모르게 자신감이 넘쳤고, 게다가 첫수를 e2에서 e4로 옮기면 아무런 문제가 없다는 것을 분명히 알고 있었다. 그 뒤의 수에 대해서는 사실 아무 생각이 없었지만, 위대한 사기꾼은 전혀 걱정하지 않았다. 그에게는 가장 절망적인 게임에서도 이길 수 있는 누구도 예상치 못한 탈출구가 이미 준비되어 있었다.

홀에서는 그랜드마스터를 엄청난 박수로 맞이했다. 그리 크지 않은 클럽의 홀에는 갖가지 색깔로 채색된 현수막들이 여기저기 걸려 있었다.

일주일 전에 이곳에서 '수상 구조회'의 모임이 있었고, 벽에

---

*'장사 방법을 배우자'는 레닌이 신경제정책 시기에 제시한 유명한 슬로건이다.

걸린 다음과 같은 현수막이 그것을 증명해주었다.

> 물에 빠진 사람을 구조하는 일은
> 물에 빠진 사람 자신의 과업이다*

오스타프는 공손히 인사를 하고 나서 마치 자신은 쏟아지는 갈채를 받을 자격이 없다는 듯이 두 손으로 손사래를 치며 연단 위로 올라갔다.

"동무들!" 오스타프가 우렁찬 목소리로 말했다. "친애하는 동무들, 그리고 체스 애호가 형제 여러분! 솔직히 말씀드리면, 오늘 제가 여러분에게 하고자 하는 강연은 이미 일주일 전에 니즈니 노브고로드에서 엄청난 성공을 거둔 강연입니다. 제 강의의 주제는 이상적인 첫 수를 두는 방법입니다. 동무 여러분! 대체 첫 수란 무엇입니까? 그것은 '쿠아지 우나 판타지아'** 입니다. 그러면 동무 여러분! 이상적이란 말은 무엇입니까? 이상, 그것은 논리적인 체스의 형태로 구현된 인간의 사상입니다. 그래서 약간 노력만 하면 체스 판의 모든 것을 지배할 수 있습니다. 이 모든 것은 각 개인의 역량에 달려 있습니다. 예를 들어볼까요? 저기 세 번째 열에 앉아 계시는 금발의 남성분! 자, 저분이 체스를 잘 둔다고 가정해봅시다……."

세 번째 열의 금발 남자가 얼굴을 붉혔다.

---

*'노동 계급의 해방은 노동 계급 자신의 과업이다'라는 마르크스의 유명한 말이 있다.
**이탈리아어로 '이것은 환상이다'라는 뜻이다.

"그리고 그 옆의 갈색머리 남성은 체스를 잘 못한다고 가정해봅시다."

모든 사람들이 몸을 돌려 갈색머리 남자를 바라보았다.

"동무 여러분, 우리가 알고 있는 것은 무엇입니까? 우리는 금발 남성은 체스를 잘 두고, 갈색 남성은 체스를 잘 못 둔다는 것을 알고 있습니다. 제가 말씀드리고 싶은 것은, 만일 각 개개인이 끊임없이 바둑을, 아니 제가 말하려는 건 체스인데…… 그것을 연습하지 않는다면, 두 사람의 이러한 관계는 강연을 아무리 많이 들어도 바뀌지 않는다는 것입니다. 동무 여러분, 지금부터 제가 여러분에게 우리의 존경하는 초모더니스트들인 카파블랑카, 라스커, 그리고리예프 박사의 실전 중에 몇 가지 교훈적인 얘기를 해드리겠습니다."*

오스타프는 어린 시절《푸른 잡지》에서 읽은 낡고 낡은 옛날 이야기들을 관중에게 해주었고, 그것으로 막간극을 끝냈다.

생각보다 강연이 짧게 끝나버리자 사람들은 약간 놀란 눈치였다. 그리고 애꾸눈은 자신의 하나밖에 없는 눈을 그랜드마스터의 이상한 신발에서 떼지 못했다.

그러나 동시 체스 게임이 시작되자 애꾸눈의 의심스러운 눈초리는 잠시 사라졌다. 애꾸눈 기사는 사람들과 함께 탁자를 'ㄷ'자 형태로 배열했다. 그랜드마스터의 맞은편에는 30명의

---

*초모더니즘이라는 용어는 1차 세계대전 이후에 형성된 체스의 중앙 다툼에 대한 새로운 개념인데, 벤데르가 언급하고 있는 카파블랑카, 라스커, 그리고리예프는 초모더니즘과는 아무런 연관이 없는 체스 기사들이다.

체스 애호가들이 그와 경기를 하기 위해 앉았다. 그들 중 대부분은 당황했고, 비록 그랜드마스터에게는 패하겠지만 적어도 스물두 수 정도는 겨루어보고 싶은 마음에 계속해서 체스 교본을 들여다보며 복잡한 수를 복습하고 있었다.

오스타프는 사방에서 그를 둘러싼 체스 판의 말들과, 클럽의 닫혀 있는 출입문들을 한번 훑어본 뒤, 주저 없이 게임을 시작했다. 그는 첫 번째 체스 판에 앉아 있는 애꾸눈에게 다가가 비숍을 e2에서 e4로 옮겼다.

애꾸눈은 즉시 손으로 귀를 감싸 쥐고 진지하게 생각하기 시작했다. 관중석에서 술렁이는 목소리들이 들려왔다.

"그랜드마스터가 첫 수를 e2에서 e4로 뒀어."

오스타프는 자신의 적수들에게 다양한 수를 선보이지 않았다. 남아 있는 29개의 체스판에서도 그는 똑같이 비숍을 e2에서 e4로 옮기는 수를 시행했다. 아마추어 기사들은 한 사람씩 차례대로 머리칼을 움켜쥐고 열광적인 토론들을 하기 시작했다. 경기를 하고 있지 않은 사람들은 그랜드마스터의 일거수일투족을 살펴보았다. 도시의 유일한 사진기사가 책상 위로 올라가 사진을 찍으려는 순간, 오스타프는 손을 흔들어 경기를 중단시키고 크게 화를 내며 말했다.

"사진사를 쫓아내시오! 그가 지금 내 수를 방해하고 있소!"

'이 하찮은 시골 도시에 굳이 내 사진을 남겨둘 필요는 없지. 나중에 경찰이 개입하면 복잡해질 거야.' 그는 속으로 생각했다.

화가 난 체스 애호가들이 사진사에게 달려들어 사진 찍는 것을 제지시켰다. 그들의 엄청난 분노로 사진사는 결국 홀에서 쫓겨났다.

세 번째 차례에서 그랜드마스터가 18명과의 게임에서 스페인식 체스를 두고 있음이 밝혀졌다. 그리고 나머지 12명과의 게임에서는 비록 고전적인 방법이긴 하지만 방어에는 여전히 효과적인 필리도르 방어술*을 선보였다. 만일 자신이 정말 훌륭한 전략을 펼쳤고, 효과적인 방어술을 펼쳤다는 것을 알았다면, 오스타프는 아마 엄청나게 놀랐을 것이다. 그러나 문제는 이 위대한 사기꾼이 두고 있는 오늘의 체스 게임은 그의 평생에 두 번째라는 것이다.

우선 아마추어 기사들, 특히 그중에서도 애꾸눈은 경외감에 사로잡히기 시작했다. 그랜드마스터의 탁월한 전략은 이제 의심의 여지가 없었다.

그랜드마스터는 너무나도 쉽게, 그리고 당연하게 바슈키의 아마추어 기사들의 미숙함에 대해 독설을 퍼부으며 게임을 했지만, 정작 자신은 체스 기물들의 경중에 상관없이 좌우로 마구 움직이며 기물을 희생시켰다. 심지어 강연 중에 무안을 준 갈색머리 남자에게는 퀸을 내주기도 했다. 갈색머리 남자는 흥분에 휩싸여 즉시 항복을 받아내려고 했지만, 알 수 없는 힘에 사로잡혀 게임을 바로 끝낼 수 없었다.

그러나 5분이 지나자 그랜드마스터에게 맑은 하늘의 벼락과

*18세기 프랑스의 작곡자이자 체스 기사인 프랑수아 다니칸 필리도르가 선보인 전략.

같은 소리가 들려왔다.

"체크메이트!" 극도로 흥분한 갈색머리 남자가 흥분을 가까스로 억누르며 중얼거렸다. "체크메이트! 그랜드마스터 동무!"

오스타프는 상황을 분석해주면서 창피하게도 '퀸' 말을 '왕비'라고 불렀고, 갈색머리 남자의 승리를 지나치리만큼 축하해주었다. 참석한 기사들 사이에서 웅성거리는 소리가 들려왔다.

'도망쳐야 할 때가 왔군.' 오스타프는 체스 판 사이를 오가면서 기물들을 아무렇게나 옮기며 생각했다.

"그랜드마스터 동무, 나이트를 잘못 놓으셨습니다." 애꾸눈이 아첨하듯 말했다 "나이트는 그렇게 움직일 수 없지 않습니까?"

"아이고, 이거 미안합니다." 그랜드마스터가 대답했다. "강연을 하고 나니 좀 피곤해서 제가 착각했군요."

그리고 10분 동안 그랜드마스터는 열 게임에서 패했다.

홀 안에서는 여기저기서 탄성이 퍼졌다. 파국의 시간이 다가오고 있었다. 오스타프는 그 뒤 열다섯 게임에서 내리 졌고, 다시 세 게임을 잃었다. 이제 애꾸눈과의 한 게임만 남게 되었다. 애꾸눈은 게임을 시작할 때는 그랜드마스터에 대한 두려움으로 어이없는 실수를 저질렀지만, 이제는 거의 승리를 눈앞에 두고 있었다. 오스타프는 주변 사람들이 눈치채지 못하게 체스 판에서 검은색 룩을 하나 훔쳐 자신의 주머니에 넣었다.

사람들이 마지막 체스 판 주변을 빽빽이 둘러쌌다.

"방금 이 자리에 내 룩이 하나 있었는데!" 애꾸눈이 주변을 둘러보며 외쳤다. "그런데 지금 없어졌소!"

"아니! 없었습니다!" 오스타프가 거칠게 대답했다.

"어떻게 없었단 말입니까? 제가 분명히 기억하고 있습니다!"

"없었으니까 없었다고 말하는 겁니다!"

"그럼 대체 어디로 사라진 겁니까? 당신이 물리친 겁니까?"

"그렇소, 내가 땄소."

"언제 말입니까? 몇 번째 수에서 따신 겁니까?"

"지금 당신의 룩으로 내 머리를 혼란스럽게 하는 겁니까? 졌으면 깨끗하게 항복하시오!"

"동무들, 이 게임의 기보가 모두 적혀 있습니다!"

"게임을 기록하고 있었단 말이오?" 오스타프가 말했다.

"이건 정말 말도 안 되는 일입니다!" 애꾸눈이 울부짖었다. "제 룩을 돌려주십시오!"

"졌으면 그냥 항복하세요, 항복하란 말입니다. 이런 말도 안 되는 장난일랑 그만 집어치우세요!"

"제 룩을 돌려주십시오!"

그랜드마스터는 애꾸눈의 이 말 속에 죽음의 전조 같은 것이 깔려 있음을 감지했다. 오스타프는 체스 판 위에 있는 기물 몇 개를 집어 들어 애꾸눈의 얼굴을 향해 힘차게 던졌다.

"동무들!" 애꾸눈이 울기 시작했다. "여기 보시오! 아마추어 기사를 때리고 있소!"

바슈키 시의 체스 기사들은 정신이 멍해졌다.

오스타프는 귀중한 시간을 허비하지 않기 위해 체스 판을 들어 램프를 향해 던졌다. 컴컴해진 실내 속에서 그는 누군가의 턱과 이마에 부딪히며 거리로 빠져나왔다. 바슈키 시민들은 서로 부딪혀 넘어지면서 오스타프의 뒤를 쫓기 시작했다.

달이 뜬 밤이었다. 오스타프는 죄악의 땅을 떠나는 천사처럼 은빛 찬란한 거리를 따라 가볍게 질주했다. 바슈키 시가 아직은 세계의 중심 도시로 변하지 않은 탓에 오스타프는 유리로 된 33층 건물을 빠져나오는 대신 덧문이 달린 낡은 통나무집을 빠져나와야만 했다.

뒤에서 바슈키 체스 기사들의 목소리가 들렸다.

"그랜드마스터를 잡아라!" 애꾸눈이 소리쳤다.

"사기꾼!" 나머지 사람들도 소리쳤다.

"풋내기들!" 그랜드마스터는 그들을 비웃으며 전속력으로 달리기 시작했다.

"저놈 잡아라!" 모욕당한 체스 기사들이 소리쳤다.

오스타프는 부두를 향해 나 있는 계단을 따라 뛰어 내려갔다. 그는 400개의 계단을 통과해야만 했다. 언덕 아래 지름길을 통해 미리 도착한 두 명의 체스 기사가 층계참 중간에서 그를 기다리고 있었다. 오스타프는 주변을 둘러보았다. 위에는 흥분한 필리도르 방어술 애호가 무리가 사나운 개처럼 달려 내려오고 있었다. 물러설 수는 없었다. 오스타프는 정면 돌파를 시도했다.

"자, 내가 간다! 이 더러운 놈들아!" 그는 층계참을 향해 질주하며 용감한 정찰병들에게 소리쳤다.

갑작스러운 소리에 놀란 체스 기사 정찰병들은 계단 난간 뒤로 넘어져 어두운 비탈 아래로 굴러 떨어졌다. 길이 뚫렸다.

"그랜드마스터를 잡아라!" 위에서 소리가 들려왔다.

볼링 핀이 일제히 넘어지듯 추격자 무리들이 나무로 만든 계단을 우르르 몰려 내려오고 있었다.

강가로 내려온 오스타프는 그의 충실한 조수가 기다리고 있는 직은 배를 찾으며 오른쪽으로 방향을 틀어 딜리기 시작했다.

이폴리트 마트베예비치는 한가롭게 배 위에 누워 있었다. 오스타프는 배 위로 뛰어들자마자 맹렬히 노를 젓기 시작했다. 잠시 후 배 안으로 돌멩이들이 날아왔다. 이폴리트 마트베예비치가 얼굴에 돌멩이를 맞았다. 검붉은 종기보다 약간 더 높게 혹이 솟아났다. 이폴리트 마트베예비치는 어깨에 머리를 처박고 울기 시작했다.

"바보 같은 놈들! 하마터면 머리가 날아갈 뻔했지만, 난 괜찮습니다. 정말 기분 좋고 유쾌하군요! 순수하게 벌어들인 이익금이 50루블이니, 당신의 얼굴에 난 혹 하나의 값치곤 괜찮지 않습니까?"

그사이 추격자들은 이제야 바슈키 시를 뉴 모스크바로 바꾸려는 계획이 수포로 돌아갔다는 것과 그랜드마스터가 바슈키 시민들의 피 같은 50루블을 훔쳐 달아났다는 사실을 깨닫고, 큰 배를 타고 소리를 지르며 노를 저어 강 한가운데로 진격해 왔다. 배에는 30명의 사람들이 타고 있었다. 그들 모두가 그랜드마스터의 처형을 원해 자발적으로 지원했고, 그들을 이끄는 대장은 애꾸눈이었다. 애꾸눈의 유일한 한쪽 눈이 어둠 속에서 등대처럼 번쩍였다.

"그랜드마스터를 잡아라!" 사람으로 가득 찬 배에서 절규가 터져 나왔다.

"계속 저어요, 키샤!" 오스타프가 말했다. "만일 저들이 우리를 따라잡는다면 이번엔 당신 코안경의 안전을 책임지지 못합니다."

두 대의 배가 물결을 따라 아래로 내려갔다. 두 배 사이의 거리가 점점 좁혀졌다. 오스타프는 죽을힘을 다해 노를 저었다.

"거기 서! 이 불한당들아!" 뒤따라오는 배에서 소리쳤다.

오스타프는 대답하지 않았다. 대답할 시간조차 없었다. 노가 물 아래에서 요동쳤다. 강물은 사나운 노를 따라 하늘 위로 올라갔다가 배에 부딪혀 흩어졌다.

"힘을 내라고!" 오스타프는 자기 자신에게 말했다.

이폴리트 마트베예비치는 기진맥진했다. 추격해 온 배가 승리를 거두었다. 추격대의 큰 배는 그랜드마스터를 강변으로 몰고 가기 위해 동업자들의 배를 추월하여 왼편으로 압박했다. 슬픈 운명이 동업자들을 기다리고 있었다. 큰 배에 탄 사람들의 기쁨은 이루 말할 수 없었다. 작은 배 옆에 바싹 다가간 체스 기사들은 악당 그랜드마스터를 벌주기 위해 배의 오른편으로 몰려들었다.

"코안경 조심해요, 키샤!" 오스타프는 노를 집어던지며 절망에 찬 목소리로 말했다. "자, 이제 시작입니다!"

"여러분!" 갑자기 이폴리트 마트베예비치가 울먹이며 말했다. "정말 우릴 때릴 겁니까?"

"그걸 말이라고 해!" 작은 배로 뛰어오르려던 바슈키 체스 기사들이 소리쳤다.

그러나 바로 그 순간 전 세계의 정직한 체스 기사들에게 매우 모욕적인 사건이 일어났다. 갑자기 큰 배가 한쪽으로 기울어지면서 오른쪽 뱃머리에 물이 들어오기 시작한 것이있다.

"조심해!" 애꾸눈 선장이 소리쳤다.

그러나 때는 늦었다. 너무 많은 사람들이 한꺼번에 바슈키 대전투함의 오른쪽으로 몰려들었던 것이다. 가까스로 무게중심을 잡은 큰 배는 흔들림을 멈추었지만, 물리법칙에 따라 배가 뒤집혔다.

사람들의 비명 소리가 강의 평온을 깨뜨렸다.

"으악!" 체스 기사들의 신음 소리가 이어졌다.

30명의 아마추어 체스 기사들이 전부 물에 빠졌다. 그들은 재빨리 헤엄을 쳐서 전복된 배로 향했고, 한 사람씩 차례대로 뒤집힌 배에 매달렸다. 애꾸눈은 마지막에 도착했다.

"바보 같은 놈들!" 오스타프가 환호성을 질렀다. "왜 당신들은 그랜드마스터를 두들겨 패지 못한 거요? 내가 알기론 몹시 두들겨 패고 싶어 했던 것 같은데, 그렇지 않소?"

오스타프는 뒤집힌 배 주위를 곡선을 그리며 돌았다.

"바슈키 시민들이여! 당신들은 지금 내가 마음만 먹으면 당신들 모두를 물에 빠져 죽게 할 수도 있다는 걸 알 거요. 그러나 나는 당신들을 살려주겠소. 잘 사시오, 바슈키 시민들이여! 그러나 앞으로는 제발, 체스는 두지 마시오! 당신들은 정말 체스를 둘 줄 모르는 사람들이오! 아이고, 정말 한심하고 바보 같은 사람들, 정말 바보들……. 이폴리트 마트베예비치, 우린 이제 갑시다! 안녕히 계시오, 애꾸눈 양반! 바슈키가 세계의 중심 도시가 될 수 있을까 걱정이오. 그리고 내가 아무리 부탁한다고 하더라도 체스의 명인들은 당신 같은 바보들에게는 절대로 오지 않을 것이오. 잘들 계시오! 탁월한 체스 실력을 가진 체스 기사들이여! '네 마리 말 체스 클럽'이여, 영원하라!"

35장
그리고 그 밖의 것들

동업자들이 체복사리*의 모습을 본 것은 아침이었다. 오스타프는 뱃머리에서 졸고 있었고, 이폴리트 마트베예비치는 비몽사몽간에 노를 젓고 있었다. 밤의 한기로 두 사람은 밤새 떨었다. 동쪽에서는 장미꽃 봉오리들이 움트고 있었다. 이폴리트 마트베예비치의 코안경에 빛이 비쳐 번쩍거리더니, 안경 렌즈 속에 두 개의 강변이 반사되어 보였다. 왼쪽 강변에 있는 신호기가 오목렌즈 속에 굽어 비쳤고, 체복사리의 푸른색 교회 첨탑이 흡사 기선처럼 물 위를 항해하는 듯 보였다. 동쪽에 있는 정원의 꽃봉오리들이 점점 벌어지더니 화산에서 용암을 분출하는 것처럼 붉은 색채를 뿜냈다. 왼쪽 강변을 날아다니는 새들은 커다란 목소리로 노래했다. 코안경의 금색 줄에 반사된 빛

*볼가 강 동안에 위치한 온화한 대륙성 기후의 항구 도시이며, 추바시 공화국의 행정 중심지다.

190

이 그랜드마스터의 눈을 부시게 했다. 태양이 떠올랐다.

오스타프는 눈을 뜨고 배를 한쪽으로 기울인 다음 뼈마디 소리를 내며 기지개를 폈다.

"좋은 아침입니다, 키샤!" 하품을 하며 오스타프가 말했다. "난 당신에게 인사를 하러 왔소. 태양이 떠올랐다고, 뜨거운 빛 때문에 왠지 모르게 저 멀리서 흔들리고 있다고 말해주러……."*

"부두가 보이는군." 이폴리트 마트베예비치가 보고했다.

오스타프는 심비예비치 신디예비치의 여행 안내서를 꺼내어 뒤적거렸다.

"여러 정황으로 보아, 여긴 체복사리인 것 같군요. 어디 보자, 그러니까……."

매우 아름다운 곳에 위치한 체복사리 시로 주의를 돌려보자.

"키샤, 여기가 정말 그렇게 아름다운 곳에 위치한 겁니까?"

체복사리의 현재 인구는 7702명이다.

"키샤, 우리가 보석을 추적하면서 이곳 인구를 7704명으로 늘려봅시다. 어떻습니까? 꽤 괜찮지 않겠습니까? '프티 슈발'**

*러시아 시인 아파나시 페트의 시 〈나는 당신에게 인사하러 왔소〉(1843)의 첫 구절.
**'작은 말'이라는 뜻의 프랑스어로, 장난감 말로 도박을 하는 기계를 말한다.

이라는 이름으로 빵 가게를 하나 차려볼까요? 그럼 평생 빵 걱정은 안 해도 되지 않겠습니까? 음, 계속 보지요."

1555년에 건설된 이 도시에는 대단히 흥미로운 교회들이 있다. 추바시 공화국에는 행정기관들 외에 다음과 같은 기관들이 있다. 노동자 대학, 당 소속 시콜라, 기술 사범대학, 두 개의 중등 교육기관, 박물관, 학술협회와 도서관. 제복사리 부두와 시장에서는 외모로 구별 가능한 추바시인과 체레미스인*들을 볼 수 있다……

그러나 동업자들이 육안으로 구별 가능한 추바시인들과 체레미스인들이 있다는 부두에 가까이 가기도 전에, 물결을 따라 내려오는 어떤 물건이 그들의 주의를 끌었다.

"의자다!" 오스타프가 소리쳤다. "보로뱌니노프 씨! 우리의 의자가 떠내려오고 있습니다."

동업자들은 의자 가까이로 노를 저어 갔다. 배가 다가가자 의자는 그 자리에서 빙빙 돌더니 물에 잠겼다가 동업자들의 배에 부딪혀 다시 떠올랐다. 물이 찢긴 의자 속으로 자연스럽게 스며 들어갔다.

동업자들이 스크랴빈 호에서 파헤친 의자가 지금은 천천히 카스피 해로 흘러가고 있는 중이었다.

*볼가 강 상류 지역에 거주하는 소수 민족.

"잘 지냈느냐, 친구여!" 오스타프가 인사했다. "오랜만이구나. 보로뱌니노프 씨, 이 의자가 우리의 인생을 생각나게 하는군요. 우리 역시 물결을 따라 흘러가고 있지 않습니까? 우리도 이 의자처럼 물에 빠졌다가 다시 떠올라 헤엄치며 돌아다니고 있고…… 비록 아무도 우리의 이런 모습을 반겨 하진 않지만 말입니다. 아무도 우릴 좋아하지 않아요, 경찰들만 빼면 말입니다. 하긴 엄밀하게 말하면 경찰들도 우릴 좋아하는 건 아니죠. 아무도 우리 일에 관심이 없어요. 만일, 어제 바슈키 체스 기사들이 우릴 물에 빠뜨렸다면 우리에게 남은 건 시체 검시 보고서 한 장뿐이었을 겁니다. '시체 두 구가 발은 남동쪽으로, 머리는 북서쪽으로 누워 있음. 시체는 손상되고 상처의 흔적이 많이 보임. 둔탁한 흉기로 맞은 것으로 추정됨.' 뭐 이런 식이겠죠. 체스 기사들이 분명 우릴 체스 판으로 때렸을 테니까요. 둔탁한 흉기라고 적혀 있지 않습니까? '첫 번째 시신은 낡은 바지에 낡은 구두, 다 떨어진 양복 상의를 입고 있는 55세가량의 남성. 주머니에는 콘라트 카를로비치 미헬손 백작이라는 신분증이 있음.' 키샤, 당신에 대해서는 아마 이렇게 적었을 겁니다."

"그럼 자네에 대해서는 어떻게 적었을 것 같나?" 보로뱌니노프가 다소 화난 목소리로 물었다.

"오호! 물론 저에 대해서는 완전히 다르게 적었을 겁니다. '두 번째 시신은 27세가량의 남성. 그는 사랑을 했고, 고통스러운 삶을 살았다. 돈을 사랑했으며, 돈이 없어 고통스러워했다.

그의 넓은 이마는 검푸른 고수머리로 덮여 있었고, 큰 키에 달려 있는 머리는 늘 태양을 바라보고 있었다. 42호 신발을 신고 있는 멋진 두 다리는 언제나 북극의 오로라를 향해 있다. 몸에는 난 하나의 오점도 없는 순백색의 옷을 걸치고, 가슴에는 황금색 하프 장식과 〈그대, 새로운 마을이여, 이젠 안녕〉이라는 로망스 악보가 새겨 있다. 죽은 청년은 달군 쇠로 나무에 그림을 그리는 일에 종사한 것으로 보인다. 이것은 그의 연미복 주머니에서 발견된 수공업 조합 '페가스와 파르나스'가 1924년 8월 23일자로 발급한 증명서 86-1562호로 미루어볼 때 틀림없는 사실로 보인다.' 키샤, 사람들은 오케스트라를 동원하고 연설을 하며 제 장례를 성대하게 치를 겁니다. 그리고 제 묘비에는 다음과 같은 글을 적을 겁니다. '여기에 유명한 열 공학자이자 비행사였던 '오스타프-술레이만-베르타-마리야 벤데르-베이'가 잠든다. 부친은 터키 국적이었고, 아들인 오스타프 술레이만에게 단 한 푼의 유산도 남기지 않고 사망했다. 모친은 백작의 딸이었고, 일하지 않고 살아갈 만큼의 수입이 있었다.'"

이런 식의 이야기를 하면서 동업자들은 체복사리의 부두에 다다랐다.

저녁에 바슈키에서 타고 온 배를 팔아서 자본을 5루블 더 늘린 동업자들은 기선 '우리츠키' 호에 몸을 싣고 스탈린그라드로 향했다. 그들은 복권 추첨선의 속도가 느린 것을 감안하여 스탈린그라드에서 콜럼버스 단원들을 충분히 만날 수 있으리라 기대했다.

스크랴빈 호가 스탈린그라드에 도착한 것은 7월 초였다. 동업자들은 부두의 하역 상자들을 쌓아놓은 곳에서 몸을 숨기고는 배를 맞이했다. 스크랴빈 1호는 짐을 내리기 전 배 위에서 복권을 추첨했는데 엄청난 당첨표가 쏟아졌다.

의자를 보기 위해서는 4시간을 더 기다려야 했다. 배에서 콜럼버스 단원들과 채권 관계자들이 먼저 내리기 시작했다. 그중 유난히 환한 표정을 짓고 있는 페르시츠키의 얼굴이 보였다.

숨어 있는 동업자들의 귀에 페르시츠키의 외침이 들려왔다.

"그래요! 지금 즉시 모스크바로 갈 겁니다! 전보는 이미 보냈소! 뭐라고 보냈냐고요? '당신과 함께 이 기쁨을!'이라고 보냈지요! 그 사람이 누구냐고요? 한번 맞혀보세요!"

그런 다음, 페르시츠키는 자동차 임대 사무실에 들러 자동차를 꼼꼼히 살펴본 뒤, 차를 타고 떠났다. 주변 사람들은 무슨 이유인지는 몰라도 "만세!"라는 외침으로 그를 배웅했다.

배에서 수압기를 내린 다음에야 콜럼버스 극단의 무대용품들을 내리기 시작했다. 의자가 나왔을 때는 이미 날이 어두워졌다. 콜럼버스 극단원들은 각각 두 마리 말이 끄는 다섯 대의 대형 짐마차에 짐을 나눠 싣고는 즐겁게 노래를 부르며 곧장 기차역으로 향했다.

"스탈린그라드에서는 공연을 하지 않을 모양이네." 이폴리트 마트베예비치가 말했다.

오스타프는 당황했다.

"우리도 가야겠습니다." 그가 결정했다. "그런데 무슨 돈으로 가야 할까요? 음, 일단 역으로 가서 생각해보도록 하죠."

역에서 극단이 티호레츠와 미네랄네 보디*를 거쳐 퍄티고르스크로 간다는 사실을 알아냈다. 동업자들에게는 한 사람의 표를 구할 수 있는 돈밖에 없었다.

"무임승차하실 수 있겠습니까?" 오스타프가 보로뱌니노프에게 물었다.

"시, 시도해보겠네." 이폴리트 마트베예비치는 소심하게 말했다.

"이런 젠장! 차라리 시도하지 않는 게 낫겠습니다! 한 번 더 당신과 헤어져야겠군요. 좋습니다. 제가 무임승차를 하지요."

이폴리트 마트베예비치는 침대칸이 아닌 딱딱한 삼등석 열차표를 구입했다. 푸른색 나무통에 협죽도(夾竹桃)를 가득 심어놓은, 북캅카스 철도 노선 중 하나인 미네랄네 보디 역에 도착한 예전의 귀족단장은 열차에서 짐을 내리는 콜럼버스 단원들의 눈을 피해 오스타프를 찾기 시작했다.

극단원들이 퍄티고르스크로 향하는 교외선 열차로 갈아타고 떠난 지가 한참이 되었는데도 오스타프는 보이지 않았다. 저녁이 되어서야 도착한 오스타프는, 잔뜩 화가 나 있는 보로뱌니노프를 만났다.

"대체 어디 있었는가?" 귀족단장이 소리쳤다. "자네를 기다리다 지쳐 죽을 뻔했단 말일세!"

---

*러시아어로 '탄산수'라는 뜻이며, 풍부한 수자원으로 유명한 지역이다.

"주머니에 열차표를 가진 사람이 누군데 지친단 말입니까? 정말 지친 사람은 나란 말입니다! 당신이 편안하게 식당칸 열차를 타고 있는 동안 티호레츠 역에서 쫓겨난 사람이 누군지 아십니까? 그렇지 않았으면, 내가 거기서 할 일 없이 3시간을 기다렸다가 빈 탄산수 병을 싣고 가는 화물열차를 타고 왔겠습니까? 당신은 정말 비열한 귀족단장입니다! 극단은 어디 있습니까?"

"퍄티고르스크로 갔네."

"갑시다! 오는 길에 이런저런 방법으로 3루블 정도를 벌었습니다. 많은 돈은 아니지만 탄산수와 열차표를 사기에는 충분할 겁니다."

교외선 열차는 짐마차처럼 덜커덩거리며 여행객들을 50분 만에 퍄티고르스크로 데려다줬다. 동업자들은 즈메이카와 베시타우를 지나 마슈크 산기슭에 도착했다.

36장
공작석 웅덩이 관광

일요일 저녁이었다. 모든 것이 깨끗하게 씻겨 있었다. 울창한 관목 숲으로 뒤덮인 마슈크마저도 세밀하게 다듬어져 싱그러운 향기를 뿜어내고 있었다.

장난감처럼 생긴 작은 플랫폼에서는 무명, 세마, 황마, 모직 등 다양한 천으로 만든 흰 바지를 입은 사람들이 드문드문 보였다. 이곳 사람들은 샌들에 목이 훤히 드러난 반팔 셔츠를 입고 다녔다. 더러운 부츠를 신고, 먼지 낀 두꺼운 바지에 더워 보이는 조끼와 양복 상의를 입고 있던 동업자들은 마치 딴 세상에 온 기분이 들었다. 이곳 휴양지의 처녀들은 알록달록하고 화려한 색깔의 사라사 천으로 멋을 내고 있었는데, 그중에서도 가장 눈에 띄고 우아한 차림을 한 여성은 여자 역장이었다.

이곳에 처음으로 도착한 사람들은 우선 역장이 여자라는 점에 매우 놀란다. 두 줄의 은색 테두리로 장식된 붉은 차양 모자

아래로 붉은 곱슬머리가 삐져나와 있는 그녀는 흰색 제복 상의에 흰색 치마를 입고 있었다.

동업자들은 사랑스러운 눈길로 여자 역장을 바라본 뒤, 붙인 지 얼마 되지 않은 듯한 콜럼버스 극단의 퍄티고르스크 순회공연 포스터를 훑어보았다. 그런 다음 5코페이카짜리 탄산수 두 병을 마신 뒤, 시내를 통과하여 츠베트니크* 역까지 가는 전차를 탔다. 요금은 10코페이카였다.

츠베트니크 역 근처에는 여기저기서 음악 소리가 들렸고 많은 사람들이 즐겁게 오가고 있었지만 꽃은 별로 보이지 않았다. 하얀 조개처럼 생긴 건물에서 오케스트라가 〈모기들의 춤〉이라는 곡을 연주하고 있었고, 레르몬토프 갤러리**에서는 탄산수를 팔고 있었다. 노점상에서도 역시 탄산수를 팔고 있었다.

어느 누구도 이 더러운 보석 추격꾼들에게 관심을 기울이지 않았다.

"키샤." 오스타프가 말했다. "우리는 삶의 축제의 이방인이군요."***

동업자들은 휴양 도시인 퍄티고르스크에서의 첫날밤을 탄산수 샘 근처에서 지새웠다.

콜럼버스 극단의 〈결혼〉 공연에 매우 놀란 퍄티고르스크 시민들이 극단의 공연을 세 번이나 보았을 때, 비로소 동업자들

---

*러시아어로 '꽃집, 화원'이라는 뜻.
**19세기 러시아의 시인이자 소설가인 미하일 레르몬토프의 이름을 딴 갤러리.
***레르몬토프의 시 〈격정〉의 한 구절.

은 보석을 찾는 것이 얼마나 어려운 일인가를 깨닫게 되었다. 그들이 예전에 했던 것처럼 극장 안으로 숨어 들어가는 것은 불가능했다. 호텔 음식이 입에 맞지 않았던 갈킨, 팔킨, 말킨, 찰킨, 그리고 잘킨이 호텔에서 나와 극장에서 숙식을 하고 있었던 것이다.

레르몬토프의 결투 장소*에서 밤을 보내고, 관광객들의 짐을 옮겨주고 끼니를 때우며 며칠을 보낸 동업자들은 힘이 쭉 빠져 버렸다.

엿새째 되던 날, 오스타프는 수압기 책임 설치기사 메치니코프를 만나는 데 성공했다. 이 당시 메치니코프는 돈이 없어서 매일 아침마다 탄산수 샘에서 물을 마시며 간밤의 숙취를 달래고 있었다. 오스타프가 관찰한 바에 의하면, 그는 돈이 없어서 무대용품을 닥치는 대로 시장에 내다 파는 최악의 상황이었다. 최종 합의 역시 탄산수 샘에서 아침에 물을 마시며 이루어졌다. 설치기사 메치니코프는 오스타프를 진실한 친구라고 불렀고, 그의 계획에 동의했다.

"가능한 일이오." 그가 말했다. "이런 일이라면 언제나 가능하오, 진실한 친구여. 내 기꺼이 도와주겠소."

오스타프는 이 설치기사가 대단한 능구렁이임을 한눈에 알아챘다.

합의를 본 양측은 서로의 눈을 바라본 뒤, 포옹을 하고 등을

*레르몬토프는 퍄티고르스크에서 자신의 친구였던 마르티노프 소령과 결투를 벌여 27세의 젊은 나이로 사망했다.

가볍게 두드리며 정중하게 미소를 지었다.

"그렇다면." 오스타프가 말했다. "이 모든 일에 10루블을 드리겠습니다."

"진실한 친구여!" 설치기사가 놀라며 말했다. "당신은 나를 나쁜 사람으로 만드는군요. 난 탄산수 마시는 데 정말 지쳐버린 사람이오."

"그럼 얼마를 원하십니까?"

"50루블로 합시다. 어차피 다 국가의 재산 아니겠소. 난 탄산수에 지쳐버린 사람이오."

"좋습니다! 그럼 20루블을 드리지요! 동의하십니까? 눈을 보아하니 동의하신 것 같군요."

"동의라는 것은 양방의 완전한 합의에 의해 도출되는 결과 아니오?"

"개자식! 입만 살아 있군!" 오스타프가 이폴리트 마트베예비치의 귀에 대고 속삭였다. "당신도 이런 것을 좀 배우세요!"

"그럼 의자를 언제 갖다주시겠습니까?"

"돈만 되면 의자는 언제든지 가능합니다."

"좋습니다." 오스타프는 별생각 없이 일단 말했다.

"돈을 먼저 주시지요." 설치기사가 선포했다. "아침에 돈을 주면 저녁에 의자를 드리든지, 아니면 저녁에 돈을 주면 그다음 날 아침에 의자를 주겠소."

"그럼, 오늘 의자를 주시고, 돈을 내일 드리면 안 되겠습니까?" 오스타프가 말했다.

"진실한 친구여! 난 탄산수에 지친 사람이오. 그런 조건이라면 받아들일 수 없소."

"그렇지만 나는……." 오스타프가 말했다. "내일이 돼야 전보로 돈을 받을 수 있습니다."

"그럼 그때 가서 다시 얘기하도록 합시다." 고집 센 설치기사가 말했다. "진실한 친구여! 샘 옆에서 편히 쉬시오. 나는 가겠소. 수압기 때문에 할 일이 많아서. 심비예비치가 억지로 일을 시키는데 힘이 달려 죽겠소. 매일 탄산수만 먹고 사니 어떻게 일을 할 수 있겠소?"

햇빛을 듬뿍 받아 찬란하게 빛나는 메치니코프는 동업자들을 남겨두고 가버렸다.

오스타프는 이폴리트 마트베예비치를 단호한 눈길로 쳐다봤다.

"시간은……." 오스타프가 말했다. "우리가 갖고 있는 시간은, 바로 우리가 갖고 있지 않은 돈입니다. 키샤, 우린 출세를 해야 합니다. 15만 루블이 바로 우리 눈앞에 있습니다. 15만 루블을 우리 것으로 만드는 데는 고작 20루블만 있으면 됩니다. 이젠 수단과 방법을 가릴 처지가 아닙니다. 성공 아니면 실패입니다. 난 성공을 택하겠습니다. 설사 거기에 독이 들어 있다 해도 말입니다."

오스타프는 깊은 생각에 잠겨 보로바니노프 주변을 맴돌았다.

"양복 상의를 벗으세요, 귀족단장님. 어서요!" 그가 갑자기 말했다.

오스타프는 놀란 이폴리트 마트베예비치의 손에서 양복을

받아 들고는 땅바닥에 내동댕이친 후 더러운 구둣발로 마구 짓밟기 시작했다.

"자네 지금 대체 무슨 짓을 하는 건가?" 보로뱌니노프가 절규했다. "이건 내가 15년째 입고 있는 옷이란 말일세. 아직도 거의 새 것이나 다름없는 옷이야!"

"흥분하지 마세요! 어차피 이 옷도 곧 헌 옷이 될 거 아닙니까! 모자도 이리 주세요! 그리고 바지에 먼지를 좀 묻히고, 탄산수에 흠뻑 적시세요! 어서요!"

몇 분 후, 이폴리트 마트베예비치는 보기에도 민망할 정도로 더러워졌다.

"이제 당신은 순수한 노동만으로 돈을 벌 수 있는 완벽한 기회를 얻게 될 겁니다."

"대체 내가 어떻게 돈을 번단 말인가?" 눈물을 글썽이며 보로뱌니노프가 말했다.

"프랑스어는 하실 수 있으시죠?"

"형편없는 수준이네. 학교 다닐 때 배운 게 전부야."

"음…… 그럼 그 정도 수준에서 써먹어야겠군요. '나리, 저는 엿새 동안 먹지 못했습니다'를 프랑스어로 하실 수 있습니까?"

"무슈." 이폴리트 마트베예비치가 더듬거리며 말했다. "무슈, 음, 음…… 주 느…… 그러니까…… 망주 파…… 숫자 6이니까…… 욍, 두, 트루아, 카트르, 생, 시스…… 시스…… 주르. 그래. 주 느 망주 파 시스 주르."

"키샤! 그걸 지금 발음이라고 하고 있는 겁니까! 그렇게 해서 어떻게 구걸을 할 수 있겠습니까! 물론 유럽적이면서도 러시아적인 거지가 밀랑*보다 프랑스어를 못하는 게 당연하긴 하지만 말입니다. 키샤, 독일어는 할 수 있습니까?"

"대체 내게 왜 이런 짓을 시키는 건가?" 이폴리트 마트베예비치가 소리쳤다.

"왜냐하면 말이시요." 오스타프가 무게를 삽고 말했다. "낭신은 지금 츠베트니크 역의 그늘진 곳으로 가서 프랑스어, 독일어, 러시아어로 동냥을 할 겁니다. 전직 입헌민주당원 출신의 국회의원이라고 하면서 말입니다. 그렇게 해서 당신이 모은 돈은 전부 메치니코프에게 갈 겁니다. 무슨 말인지 알겠습니까?"

순간 이폴리트 마트베예비치의 모습이 돌변했다. 레닌그라드에 있는 궁전 다리처럼 등이 굽고, 눈에는 불꽃이 타올랐으며, 콧김이 오스타프에게까지 전해지면서 콧수염이 천천히 위로 올라가기 시작했다.

"이런, 이런." 위대한 사기꾼은 전혀 위협을 느끼지 못하며 말했다. "이 사람 좀 보세요! 사람이 아니라 무슨 등이 굽은 망아지 같아요!"

"절대로!" 이폴리트 마트베예비치는 입술을 거의 움직이지 않고 말했다. "절대로 이 보로뱌니노프는 손을 내밀어 구걸하

*프랑스의 11대 대통령 알렉상드르 밀랑.

204

지 않을 걸세!"

"그럼 발을 내밀어 구걸을 하시든지요, 이 늙어빠진 멍청한 양반아!" 오스타프가 소리쳤다. "절대로 구걸하지 않겠다고요?"

"절대로 구걸하지 않겠네."

"알퐁시즘*에 푹 빠져 계시는군요. 3개월간 제 신세를 지지 않았습니까? 3개월 동안 먹여주고, 재워주고, 교육까지 시켜주었으면, 이제 알퐁스도 제 역할을 할 때가 되지 않나요? 그런데 당신은……. 음! 좋습니다, 동무! 둘 중 하나를 택하세요! 지금 당장 츠베트니크 역으로 가서 저녁까지 10루블을 가지고 오든지, 아니면 당신을 우리 사업 명부에서 자동으로 제외시키도록 하겠습니다. 다섯까지 세겠습니다. 하시겠습니까, 안 하시겠습니까? 하나, 둘……."

"하겠네." 귀족단장이 웅얼거리며 말했다.

"그렇다면 아까 그 주문을 다시 해보세요."

"무슈, 주 느 망주 파 시스 주르. 게벤 지 미어 비테 에트바스 코페이카 아우프 뎀 슈튀크 브로트. 전직 국회의원에게 한 푼 줍쇼."

"다시 한 번! 더 불쌍하게!"

이폴리트 마트베예비치는 반복했다.

"음, 좋습니다. 구걸하는 재능은 타고난 것 같군요. 이제 가

*알렉상드르 뒤마 피스의 희곡 《무슈 알퐁스》(1873)에서 여자에게 빌붙어 기둥서방 노릇을 하며 살아가는 알퐁스의 태도를 의미한다.

세요. 탄산수 샘 근처에서 자정에 만나도록 하죠. 낭만을 찾기 위해 자정에 만나는 것이 아니라, 더 많은 돈을 벌기 위해서라는 것을 명심하세요."

"그럼 자네는?" 이폴리트 마트베예비치가 말했다. "자네는 어디로 갈 건가?"

"저는 걱정하지 마십시오. 언제나처럼, 가장 힘든 장소에서 일할 거니까요."

동업자들은 헤어졌다.

오스타프는 문구점으로 달려가서 마지막 남은 10코페이카 은화로 영수증 장부를 샀다. 그리고 1시간 정도 돌 의자에 앉아 영수증 한 장마다 일련번호를 매기고 서명을 했다.

"어쨌든 형식이 제일 중요하지." 그가 중얼거렸다. "모든 국영 재산에는 1코페이카라도 영수증을 발부해야 하는 법이니까."

위대한 사기꾼은 마슈크 근처의 레르몬토프와 마르티노프의 결투 장소 쪽으로 나 있는 산길을 빠른 걸음으로 걸어 요양소와 휴양소를 지나갔다.

오스타프가 절벽 근처로 걸어가고 있는 동안 수많은 버스와 이륜마차가 그를 앞질러 갔다.

절벽을 따라 좁게 파인 통로가 원추형으로 생긴 낭떠러지로 이어져 있었다. 통로 끝에는 발코니가 설치되어 있는데, 이곳에서 퀴퀴한 냄새가 나는, 공작석이 가득한 기묘한 웅덩이를 내려다볼 수 있었다. 이 낭떠러지는 퍄티고르스크 최고의 관광

명소였다. 하루에도 수많은 단체 관광객과 개인 여행자들이 이곳을 보러 왔다.

오스타프는 이 낭떠러지가 자신과 같이 사리사욕에 밝은 사람에겐 훌륭한 돈벌이 수단이 될 수 있다는 것을 당장에 알아차렸다.

'정말 놀라운 일이군.' 그는 생각했다. '대체 왜 이 도시에서는 이 낭떠러지를 보러 오는 사람들에게 입장료로 10코페이카 정도도 받을 생각을 하지 않았을까? 아마 퍄티고르스크에서 돈 없이 관광할 수 있는 유일한 장소인 것 같군. 이 도시의 명성을 위해서라도 내가 수치스러운 오점을 없애야겠어. 잘못된 것은 바로잡아야지.'

오스타프는 그의 이성과 건강한 본능, 즉 주어진 상황이 그에게 시키는 대로 행동하기 시작했다.

그는 낭떠러지 입구에 서서 손에 영수증 장부를 들고 소리치기 시작했다.

"여러분! 표를 끊으십시오! 입장료 10코페이카입니다! 어린이와 군인은 무료입니다! 학생들은 5코페이카! 노동조합원이 아니신 분은 30코페이카입니다!"

오스타프의 생각은 명중했다. 퍄티고르스크 시민들은 사실 이곳 낭떠러지를 거의 찾지 않았기 때문에, 외부에서 온 소비에트 여행객들로부터 어딘가에 대한 입장료로 10코페이카 정도 뜯어내는 일은 그다지 어려운 게 아니었다. 5시쯤 되자 벌써 5루블이 모였다. 퍄티고르스크에 온 대다수의 관광객들은 비조합원이어서 그들의 도움이 매우 컸다. 모두가 별다른 의심 없이 오히려 당연하다는 듯 10코페이카를 냈고, 특히 루마니아에서 온 관광객 한 명은 오스타프를 보자, 자기 아내에게 의기 양양하게 말했다.

"이것 봐, 타뉴샤! 어젯밤 내가 말했지? 그런데 당신은 이곳 낭떠러지에는 입장료가 없을 거라고 했잖아. 보라고, 입장료가 이렇게 있는데! 그렇지요, 동무?"

"지당하신 말씀입니다." 오스타프가 확인해주었다. "입장료가 없다는 게 어디 말이 되는 얘기입니까? 조합원은 10코페이카, 비조합원은 30코페이카입니다."

저녁이 되자 하리코프에서 온 경찰 견학단이 낭떠러지에 두 줄로 서서 들어왔다. 오스타프는 깜짝 놀라 평범한 관광객 행세를 하려고 했으나, 경찰들이 순순히 위대한 사기꾼의 주변으로 몰려들어서 빠져나갈 길이 없게 되었다. 오스타프는 오히려 더 당당하게 소리쳤다.

"조합원은 10코페이카입니다. 그러나 경찰은 어린이와 학생들에 준한다고 볼 수 있으니, 5코페이카입니다!"

경찰들은 돈을 지불했고, 무슨 목적으로 입장료를 받는지 상냥하게 물어봤다.

"낭떠러지를 대대적으로 수리할 계획입니다." 오스타프가 뻔뻔하게 대답했다. "통로가 약간 기울어져 있어서 말입니다."

위대한 사기꾼이 공작석 웅덩이로 교묘한 장사를 하고 있는 동안, 이폴리트 마트베예비치는 허리를 숙이고 수치심에 사로

잡힌 채, 아카시아 나무 밑에 서서 행인들을 쳐다보지도 않고 그에게 주어진 세 가지 주문을 우물쭈물 외고 있었다.

"무슈, 주 느 망주 파……. 게벤 지 미어 비테……. 전직 국회의원에게 한 푼 줍쇼……."

구걸 받은 돈이 적지 않게 모였지만, 이폴리트 마트베예비치는 왠지 기쁘지 않았다. 그러나 '망주'를 거의 파리 사람들처럼 발음하는 전직 국회의원의 불쌍한 행색이 사람들의 마음을 움직였고, 동전으로만 거의 3루블 정도가 모였다.

사람들이 자갈을 밟으며 산책을 즐기고 있었다. 잠시 휴식을 취한 오케스트라는 슈트라우스, 브람스, 그리그의 음악을 연주했다. 유쾌하게 떠들며 산책을 즐기던 사람들은 늙은 귀족단장 곁을 그냥 지나쳐 갔다가 다시 돌아와서 돈을 주곤 했다. 식당 베란다에서 산유(酸乳)를 마시고 있는 시민들 위로 레르몬토프 동상의 그림자가 길게 드리워졌다. 향수와 탄산수 냄새가 사방에 가득했다.

"전직 국회의원에게 한 푼 줍쇼." 귀족단장이 중얼거렸다.

"당신 정말 전직 국회의원이었소?" 이폴리트 마트베예비치의 귀에 웬 목소리가 들려왔다. "그럼 당신이 실제로 회의에 참석을 했단 말이오? 오호! 오호! 고위층이었구먼!"

이폴리트 마트베예비치는 얼굴을 들었다가 깜짝 놀라고 말았다. 눈앞에 서 있는 사람은 다름 아닌 껑충거리며 뛰어다니던 뚱뚱한 압살롬 블라디미로비치 이즈누렌코프였던 것이다. 그는 예전에 입고 있던 갈색 양복 대신 밝은 회색 무늬 바지를 입고 있었다. 매우 활기차 보였고, 가끔씩 땅 위에서 20센티미터가량을 껑충껑충 뛰며 말했다. 이즈누렌코프는 이폴리트 마트베예비치를 알아보지 못하고 계속해서 질문을 이어갔다.

"실제로 로드잔코*를 본 적이 있소? 푸리시케비치**는 정말 대머리요? 오호! 오호! 세상에 이런 일이! 이런 고위층 인사가!"

주변을 계속 껑충거리던 이즈누렌코프는 3루블을 꺼내 딩황해하는 귀족단장에게 주고 가버렸다. 그러나 츠베트니크 역 주변에서는 오랫동안 껑충거리는 그의 뚱뚱한 다리가 보였고, 나뭇가지를 타고 계속해서 이런 소리들이 들려왔다.

"아아! 아름다운 여인이여, 내 곁에서 슬픈 그루지야 노래를 부르지 마오. 아아! 그 노래는 내게 다른 삶과 저 먼 바닷가를 기억나게 하오. 아아! 이른 아침부터 그녀는 다시 내게 미소를 짓네! 고위층 인사가!"

이폴리트 마트베예비치는 땅바닥을 바라보며 계속 서 있었다. 일부러 그렇게 서 있었다. 그는 많은 것을 보지 못했다.

퍄티고르스크의 매혹적인 밤에 공원 산책로를 따라 식인종 옐로치카 슈키나가 그녀와 화해한 순종적인 남편 에르네스트 파블로비치를 데리고 산책을 하고 있었다. 미네랄네 보디로의 여행은 밴더빌트 딸과의 힘겨운 싸움 끝에 내린 마지막 협상안

---

*10월당의 지도자 중 한 명이었던 미하일 로드잔코.
**시인이자 급진우파적 평론가였던 블라디미르 푸리시케비치. 대머리로 유명하여 자주 풍자의 대상이 되었다.

이었다. 콧대 높은 미국 여자는 얼마 전 기분 전환을 위해 개인 요트를 타고 샌드위치 군도로 떠났던 것이다.

"호호!" 밤의 적막 가운데 그녀의 목소리가 울려 퍼졌다. "멋져요! 에르네스툴랴! 아름다워요!"

램프로 어둠을 밝히고 있는 식당에서는 수줍은 좀도둑 알리헨과 그의 아내 사시헨이 앉아 있었다. 아내의 뺨은 여전히 니콜라이 황제처럼 구레나룻 털로 장식되어 있었다. 알리헨은 여전히 불고기 요리에 그루지야산 포도주 '카티헨 2번'을 마시고 있었으며, 사시헨은 구레나룻을 만지며 철갑상어알 요리를 기다리고 있었다.

사회보장국 소속 제2양로원이 폐쇄된 후(모든 물건을 팔아치운 후, 심지어는 요리사의 모자와 "음식물을 천천히 씹어 먹는 것이 애국하는 길이다"라는 표어까지도), 알리헨은 휴식과 요양을 즐기기로 결정했다. 운명은 신기하게도 이 배부른 도둑을 지켜주었다. 알리헨은 오늘 낭떠러지를 관광할 계획이었으나 내일로 미루었다. 이것이 그를 구원해주었다. 오스타프가 만일 이 수줍은 좀도둑을 보았으면 적어도 그에게서 30루블은 뜯어냈을 것이다.

오케스트라가 연주를 마친 뒤 악보대를 정리하고, 흥겨운 군중이 뿔뿔이 흩어지고, 한 쌍의 연인이 츠베트니크 역 근처의 한적한 오솔길에서 거친 숨소리를 내고 있을 때, 이폴리트 마트베예비치는 자신의 장사를 마치고 탄산수 샘 근처로 돌아갔다.

"얼마나 벌었습니까?" 귀족단장의 구부정한 모습이 샘 근처에 나타나자 오스타프가 물었다.

"7루블 29코페이카. 3루블은 지폐고, 나머지는 동전일세."

"첫 번째 순회공연치곤 놀랍군요. 노동 간부의 일당과 맞먹는 금액이에요! 정말 저를 감동시키는군요, 키샤! 그런데 대체 어떤 멍청한 놈이 3루블이나 주었는지 궁금하네요. 혹시 거스름돈을 달라고 한 건 아니겠죠?"

"이즈누렌코프가 주었네."

"그럴 리가! 압살롬 이즈누렌코프 말입니까? 이런 일이! 도망가지 그랬습니까? 그와 얘기도 했습니까? 아하! 당신을 알아보지 못했군요!"

"국회에 대해 이것저것 묻더군. 비웃기도 하고 말이야."

"보십시오, 귀족단장 나리. 거지 행세가 그다지 나쁜 게 아니지 않습니까? 게다가 당신처럼 약간의 교양과 불쌍한 목소리를 가지고 있으면 말입니다! 하지만 여전히 귀족의 습성을 버리지 못하고 계시는군요! 뭐, 좋습니다. 저도 오늘 놀고먹지는 않았습니다. 15루블을 벌었죠. 둘이 합치면 이젠 충분할 겁니다."

다음 날 아침, 설치기사는 돈을 받고 저녁에 의자 두 개를 가져다주었다. 세 번째 의자는 그의 말에 의하면 가져오는 게 불가능했다. 음향팀이 의자 위에서 카드놀이를 하고 있었기 때문이다.

최대한의 안전을 보장하기 위해 동업자는 의자 두 개를 들고 마슈크 지역의 가장 높은 산으로 올라갔다.

산 아래로 퍄티고르스크 시를 밝혀주는 불빛들이 빛나고 있었다. 퍄티고르스크 아래로는 가랴치보드스카야 역을 밝혀주는 불빛이 희미하게 빛나고 있었고, 저 멀리 지평선 위로 키슬로보드스크 산맥이 두 줄 평행선처럼 펼쳐져 있었다.

오스타프는 별이 가득한 밤하늘을 한 번 쳐다본 후, 주머니 속에서 우리에게 익숙한 집게를 꺼내 들었다.

37장
젤료니 미스

기술자 브룬스는 종려나무 가지가 드리워진 별장의 석조 베란다에 앉아 있었다. 풀을 먹인 듯 뻣뻣한 나뭇잎들이 말끔히 면도된 브룬스의 뒷덜미와 흰색 루바시카, 그리고 포포바 장군 부인의 감브스 의자 위에 좁고 기다란 그림자를 드리웠다. 브룬스는 지금 점심을 기다리다 지쳐가고 있었다.

브룬스는 두툼하고 윤기 흐르는 입술을 나팔 모양으로 길게 내밀어 장난꾸러기 아이 같은 목소리로 소리를 질렀다.

"무우시크!"

별장 안에서는 아무 대답도 없었다.

열대식물들이 브룬스에게 애교를 부리고 있었다. 선인장은 뭉툭한 자신의 몸을 브룬스에게 뻗으려 했고, 드라세나는 잎을 살랑거렸다. 바나나와 대추야자는 브룬스의 대머리 위를 맴돌고 있는 파리 한 마리를 쫓아냈다. 베란다를 뒤덮은 넝쿨 장미는 브룬스의 샌들 아래까지 뻗어 있었다.

그러나 모두 다 부질없었다. 브룬스는 점심을 먹고 싶었다. 그는 화난 표정으로 저 멀리 보이는 산호섬과 바투미 만을 바라보다 다시 노래를 부르듯 소리쳤다.

"무우시크! 무우시크!"

다습한 아열대 공기 속에서 소리는 멀리 뻗어가지 못했다. 브룬스는 불판에 구워지고 있는 기름이 흐르는 커다란 거위를 상상했다. 그러자 더 이상 참을 수가 없어 크게 소리를 질렀다.

"무시크! 거위는 아직 준비 안 됐소?"

"안드레이 미하일로비치!" 방 안에서 여자의 목소리가 들려왔다. "좀 참으세요!"

기술자는 또다시 입술을 나팔 모양으로 말아서 즉시 대답했다.

"무시크! 이 어린애가 불쌍하지도 않소?"

"그만 좀 해요! 돼지 같은 양반아!" 방에서 소리가 들렸다.

그러나 기술자는 순종하지 않았다. 벌써 2시간째 거위를 외치고 있었는데 아무 소용이 없었던 것이다. 그가 부엌으로 달려가려는 순간 예기치 않게 바스락거리는 소리가 들려와 걸음을 멈추었다.

검푸른 대나무 숲에서 낡아빠진 푸른색 셔츠에 다 해진 줄무늬 바지를 입고 촘촘한 술이 달린 허리띠를 한 사나이가 불쑥 나타났다. 선량하게 생긴 낯선 사람의 얼굴에는 수염이 무성하게 자라 있었다. 그는 한 손에 양복 상의를 들고 있었다.

낯선 사람이 가까이 다가와서 상냥한 목소리로 물었다.

"기술자 브룬스 씨가 어디에 사는지 아십니까?"

"내가 기술자 브룬스입니다." 거위 애호가는 뜻밖의 중후한 목소리로 대답했다. "무슨 일입니까?"

낯선 사람은 아무 말 없이 무릎을 꿇었다. 그는 사제 표도르였다.

"갑자기 왜 이러는 겁니까?" 브룬스는 자리에서 벌떡 일어나 소리쳤다. "성신 나간 겁니까?"

"일어나지 않을 겁니다." 표도르 사제는 머리를 들고 영롱한 눈빛으로 기술자 브룬스를 쳐다보며 말했다.

"일어나세요!"

"일어나지 않을 겁니다!"

표도르 사제는 바닥에 깔린 자갈에 아프지 않을 정도로 조심스럽게 머리를 찧어대기 시작했다.

"무시크! 이리 와봐!" 놀란 기술자가 소리쳤다. "이리 와서 무슨 일이 일어나고 있는지 보라고! 일어나시오! 제발 부탁드립니다!"

"일어나지 않을 겁니다." 표도르 사제는 같은 말을 반복했다.

무시크는 남편이 말하는 억양의 차이를 분명히 구별하고 있었기에 베란다로 즉각 달려왔다.

부인을 본 표도르 사제는 일어나지 않고 무릎으로 기어서 그녀에게 다가갔다. 그러고는 그녀의 발에 절을 하며 빠르게 말하기 시작했다.

"부인, 사랑하는 부인, 존경하는 부인, 당신에게 기대를 걸고 있습니다."

순간 브룬스의 얼굴이 붉어졌다. 그는 탄원자의 겨드랑이를 잡고 힘을 잔뜩 주어 그를 일으켜 세우려고 했지만, 표도르 사제는 발에 힘을 주고 버티면서 꿈쩍도 하지 않았다. 화가 난 브룬스는 이 이상한 손님을 억지로 끌고 가다시피 해서 구석에 있는 의자에 앉혔다(감브스 의자였지만, 보로뱌니노프의 저택에서 나온 의자가 아니라 포포바 장군 부인의 의자였다).

"이럴 순 없습니다." 석유 냄새가 가득 밴 제빵 기술자 매형의 양복을 무릎에 올려놓으면서 표도르 사제가 중얼거렸다. "이렇게 지체 높으신 분들 앞에서 감히 앉아 있을 순 없습니다."

그러면서 표도르 사제는 다시 무릎을 꿇으려고 했다.

브룬스는 구슬프게 소리를 지르며 표도르 사제의 어깨를 잡고 막았다.

"무시크." 그가 거친 숨을 몰아쉬며 말했다. "당신이 이 사람과 얘기를 좀 해보오. 뭔가 오해가 있는 것 같아."

무시크는 즉시 사무적인 어조로 말투를 바꾸었다.

"제 집에서는." 그녀가 단호하게 말했다. "절대로 무릎을 꿇고 앉아 있는 일이 없도록 하세요!"

"오, 사랑하는 부인!" 감격에 찬 목소리로 표도르 사제가 말했다. "존경하는 부인!"

"저는 결코 당신의 존경하는 부인이 아닙니다! 대체 무슨 일이시죠?"

사제는 이해할 수 없는 말들을 잔뜩 늘어놓았다. 그러나 뭔가 부탁을 하고 있는 것은 분명해 보였다. 오랜 시간의 심문이 오간 후에야 그가 특별한 부탁을 하고 있다는 것을 이해했다. 그는 자신이 지금 앉아 있는 의자를 포함하여 열두 개의 의자 한 세트를 자신에게 팔라고 부탁하고 있었다.

기술자가 깜짝 놀라 표도르 사제의 어깨에서 손을 떼자마자, 사제는 다시 무릎을 꿇고 거북이처럼 기어서 기술자의 뒤를 쫓았다.

"대체 왜?" 기술자는 애원하는 사제의 긴 팔을 뿌리치며 소리쳤다. "왜 내가 의자를 당신에게 팔아야 합니까? 당신이 아무리 무릎을 꿇고 이렇게 애원한다고 해도, 나는 도무지 이해할 수 없습니다!"

"사실 이 의자들은 원래 제 것이었습니다." 표도르 사제는 신음하듯 말했다.

"이게 어떻게 당신 의자란 말입니까! 말도 안 되는 소리를 하고 있군요! 당신 정말 미친 거 아닙니까? 무시크! 이제 알겠어! 이 사람은 정신병자야!"

"제 의자였습니다." 표도르 사제는 힘주어 다시 말했다.

"그럼, 뭡니까? 당신 말대로라면, 내가 당신 의자를 훔쳤다는 겁니까?" 기술자가 화를 내며 소리쳤다. "훔쳤다고요? 무시크, 들었지? 이건 완전 공갈 협박이군!"

"오, 주여." 표도르 사제가 나직이 중얼거렸다.

"내가 만일 의자들을 훔쳤다면 내 집에서 이렇게 소란을 피우지 말고, 가서 재판을 청구하시오! 들었지? 무시크! 세상에 이렇게 뻔뻔한 경우가 어디 있나! 오늘 기분 좋게 식사하긴 글 렀군!"

아니, 표도르 사제는 '자신의' 의자를 재판으로 가지고 갈 생각이 전혀 없었다. 절대로! 그는 브룬스의 의자가 훔친 것이 아니라는 걸 너무나도 잘 알고 있었다. 결코 아니다! 그는 결코 그럴 생각이 없었다. 그러나 어쨌든, 혁명 전까지는 그에게, 즉 표도르 사제에게 속한 물건이었다. 의자들은 그에게, 특히 지금 보로네시에서 다 죽어가고 있는 그의 아내에게 매우 소중한 것이었다. 개인적인 욕심은 조금도 없었다. 그저 죽기 전에 의자들을 한번 보고 싶다는 아내의 소원을 이루어주기 위해 사제는 의자의 소재를 파악했고, 여기 브룬스의 집에까지 오게 된 것이었다. 표도르 사제는 의자를 거저 달라는 것이 아니었다. 오! 절대 아니다! 그는 예전의 의자들을 사서 죽어가는 아내를 기쁘게 해줄 수 있을 만큼 주머니 사정도 넉넉했다(그는 지금 사마라에서 작은 양초 공장을 경영하고 있다). 그는 열두 개의 의자 한 세트에 기꺼이 20루블을 지불할 마음이 있었다.

"뭐라고요?" 브룬스가 얼굴이 벌개져서 소리쳤다. "20루블? 이렇게 훌륭한 가구 한 세트가 20루블이라고요? 무시크! 당신도 들었지? 정말 이 사람은 정신병자야! 정신병자라고!"

"저는 정신병자가 아닙니다. 아내의 소원을 이뤄주기 위해……."

"이런, 제길!" 기술자가 말했다. "또 무릎으로 기기 시작했어! 무시크! 이 사람이 또 기기 시작했다고!"

"그럼 생각하시는 가격을 말씀해주십시오." 표도르 사제는 삼나무 줄기에 다시 조심스럽게 머리를 찧어대며 말했다.

"나무 부러져요! 제발 좀 그러지 마시오. 정말 희한한 사람이군. 무시크, 보아하니 정신병자는 아닌 것 같소. 아픈 아내 때문에 정신이 나간 사람 같아. 그냥 의자를 팔아버릴까? 귀찮지 않소? 또 이마를 찧어대고 있잖소!"

"그럼 우린 어디에 앉나요?" 무시크가 말했다.

"다른 것을 사면 되지 않소."

"20루블로요?"

"20루블에는 팔 수 없지. 200루블 이하로는 팔지 않을 거요…… 250루블에 팔도록 합시다."

그러나 아내의 대답 대신 들려온 것은 나무를 찧어대는 이상한 소리였다.

"무시크, 이제 정말 넌덜머리가 나는군."

기술자는 결심을 하고 표도르 사제에게 다가가서 선언문을 낭독했다.

"첫째, 나무에서 세 걸음 이상 떨어지시오. 둘째, 즉시 일어나시오. 셋째, 당신에게 의자들을 250루블에 팔겠소. 그 이하는 안 되오."

"제 욕심을 채우기 위한 것이 아닙니다." 표도르 사제가 신음하듯 말했다. "오로지 죽어가는 아내의 소원을 이뤄주기 위해……."

"이보시오, 착한 양반. 내 아내 역시 지금 병들어 있소. 무시크, 그렇지 않소? 당신도 폐가 좀 아프지 않소? 음, 그런데 이 상황 때문에 하는 말은 아니지만…… 당신 혹시…… 그러니까, 그 양복을 내게 30코페이카에 팔지 않겠소?"

"그냥 드리겠습니다!" 표도르 사제가 소리쳤다.

기술자는 화를 내며 손을 흔들고는 냉정하게 말했다.

"농담은 이제 그만둡시다. 이런 식의 대화를 더 이상 지속할 순 없어요. 의자는 250루블입니다. 1코페이카도 깎을 수 없습니다."

"50루블!" 표도르 사제가 제안했다.

"무시크!" 기술자가 말했다. "바그라티온을 불러! 이 사람 좀 끌어내라고 해!"

"제 욕심을 위한 것이 아니라……."

"바그라티온!"

표도르 사제는 겁이 나서 도망갔고, 브룬스는 식탁으로 가서 거위 요리 앞에 앉았다. 사랑스러운 새가 브룬스의 마음을 기쁘게 해주었다. 그는 평안을 찾기 시작했다.

브룬스가 냅킨으로 거위 다리를 싸서 두툼한 자신의 입술로 가져가려는 바로 그 순간, 창문에 애원하는 표도르 사제의 얼굴이 나타났다.

"제 욕심을 위한 것이 아니라……." 부드러운 목소리로 사제가 말했다. "55루블을 드리겠습니다."

기술자는 쳐다보지도 않고 소리를 질렀다. 표도르 사제는 사라졌다.

그다음 날, 표도르 사제의 모습이 하루 종일 별장 온 구석구석에서 나타났다 사라졌다. 삼나무 그늘 밑에서 불쑥 튀어나오기도 했고, 귤나무 숲에서 나오기도 했고, 뒷마당을 가로질러 식물원 쪽으로 달려가기도 했다.

브룬스는 종일 무시크를 불러서 정신병자에 대해 불평을 늘어놓기도 하고, 두통을 호소하기도 했다. 저녁이 되어서도 표도르 사제의 목소리는 이따금씩 들려왔다.

"138루블!" 하늘 어디에선가 그의 목소리가 들려왔다.

몇 분 후에 그 목소리는 이웃 둠바소프 씨네 별장 쪽에서 들려왔다.

"141루블!" 표도르 사제가 다시 제안했다. "제 욕심을 위한 것이 아닙니다. 브룬스 씨, 제 아내가……."

마침내 브룬스는 더 이상 참지 못하고, 베란다 중앙으로 달려 나가서 어둠 속에 대고 분명한 목소리로 소리쳤다.

"제기랄! 200루블! 더 이상은 정말 양보할 수 없소!"

대나무 숲 속에서 바스락거리는 소리와 나지막한 신음 소리가 들린 후, 발소리가 멀어졌다. 그 후 소리는 더 이상 들려오지 않았다.

별들이 해변으로 쏟아지는 밤이었다. 개똥벌레들이 표도르 사제의 뒤를 쫓아갔다. 벌레들은 사제의 머리 위를 맴돌며 얼굴에 푸른빛을 비춰주었다.

"이젠 거위들도 가버렸군." 브룬스는 방 안으로 들어오며 중얼거렸다.

그러는 사이 표도르 사제는 해변도로를 따라 바투미로 가는 버스에 몸을 실었다. 넘실대는 파도 소리와 함께 바로 옆자리에서 책장을 넘기는 소리가 들렸고, 바람이 그의 뺨을 가볍게 어루만졌다. 버스 경적 소리에 들개들이 으르렁거리며 화답해 주었다.

이날 저녁 표도르 사제는 N군에 있는 자신의 아내 카테리나 알렉산드로브나에게 다음과 같은 전보를 보냈다.

물건을 찾았음 230루블이 필요함
원하는 것을 팔아서 전보로 보내주시오 페쟈

표도르 사제는 이틀 동안 환희에 가득 찬 채 브룬스의 별장 주변에 머물렀다. 때때로 무시크와 인사를 나누기도 했고 열대 지방이 울릴 만큼 소리를 치기도 했다.

"제 욕심을 위한 것이 아니라, 오로지 병든 아내의 소원을 들어주기 위해서입니다!"

사흘째 되던 날, 절망적인 내용의 전보와 함께 돈이 도착했다.

남아 있는 걸 전부을 팔아서 한 푼도 남지 않음
입맞춤을 보내며 기다리겠음
예브스틱네예프는 여전히 기식 중 카챠

표도르 사제는 돈을 세어보고는 열심히 성호를 그었다. 그런 다음 마차를 빌려 젤료니 미스로 출발했다.

흐린 날씨였다. 터키 국경에서부터 바람이 먹구름을 몰아오
고 있었다. 초루 강*이 요동쳤다. 하늘의 푸른색이 점점 옅어지
면서 7바르**에 달하는 태풍이 불어닥치기 시작했다. 수영을 하
거나 배를 타고 바다에 나가는 일이 금지되었다. 천둥소리가
바투미 전체를 뒤덮었고 폭풍우에 해안이 진동했다.

브룬스의 별장에 도착한 표도르 사제는 터번을 쓴 아자리야
인*** 마부에게 잠시 기다려달라고 한 뒤 가구를 가지러 들어갔다.

"돈을 가져왔습니다." 표도르 사제가 말했다. "조금이라도
깎아주시면 좋겠습니다."

"무시크!" 브룬스는 신음하듯 소리쳤다. "난 이제 더 이상
못 하겠어!"

"그런 게 아닙니다. 돈을 가져왔습니다." 표도르 사제는 서
둘러 말했다. "당신이 말한 대로 200루블입니다."

"무시크! 이 사람에게 돈을 받고 의자를 내줘. 되도록 빨리
끝내도록 해. 골치 아파 죽겠어!"

삶의 목표가 이루어지려는 순간이었다. 사마라에 있는 양초
공장이 그의 손에 들어오기 시작했다. 보석들이 해바라기 씨앗
처럼 그의 손으로 들어온 것이다.

열두 개의 의자들이 하나씩 차례대로 마차에 실렸다. 의자들

---

*터키와 그루지야 경계에 있는 강.
**태풍의 세기를 나누는 단위. 0에서 12까지로, 7바르 태풍은 초속 13~17미터에
이르는 강력한 태풍이다.
***그루지야 남서쪽 국경지대에 위치한 아자리야 지역 사람들.

은 보로뱌니노프의 의자와 매우 닮았다. 한 가지 차이가 있다면, 의자 덮개가 밝은 빛깔의 꽃무늬 사라사 천이 아닌 푸른 바탕에 붉은 줄이 쳐진 격자무늬 천이었다.

표도르 사제는 초조함에 사로잡혔다. 그의 옷자락 안에는 조그마한 손도끼가 노끈에 매여 있었다. 마부 옆좌석에 앉은 표도르 사제는 의자에서 한시도 눈을 떼지 않고 바투미로 떠났다. 건장한 말들이 표도르 사제와 그의 보물들을 싣고 포장된 도로를 힘차게 달리기 시작했다. 마차는 대나무 테이블 사이로 바람이 휘몰아치는 작은 레스토랑 '피날레'를 지나고, 석유 운송 열차의 마지막 차량을 집어삼킨 터널 옆을 지난 후, 음산한 날씨 때문에 손님들을 놓쳐버린 사진사와 '바투미 식물원'이라 쓰인 간판 옆을 지나쳐 파도가 휘몰아치고 있는 해안가에 천천히 다다랐다. 도로와 암벽이 교차하는 지점에서 표도르 사제는 소금기 가득한 물보라 세례를 받았다. 암벽 때문에 바닷가로 밀려들지 못한 파도가 암벽을 타고 물기둥으로 변해 하늘로 올랐다가 다시 떨어졌기 때문이다.

암벽에 밀려들어 부딪히는 파도 소리에 표도르 사제의 마음이 더욱 심란해졌다. 바람과 싸우며 달리던 말들이 속도를 줄인 채 마힌자우리 역 근처를 지나갔다. 사방에서 검푸른 물결이 거센 소리를 내며 넘실거렸다. 바투미 해변에 이르자 파도가 소용돌이치며 흰색 거품을 만들어냈는데, 그 모습이 마치 단정치 못한 부인의 치마 아래로 삐져나온 속치마 자락 같았다.

"멈추시오!" 표도르 사제가 갑자기 마부에게 소리쳤다. "회

교도 양반, 여기서 세워주시게!"

그는 떨리는 몸과 마음을 진정시키면서 텅 빈 해안가에 의자들을 내려놓았다. 무심한 아자리야인은 5루블을 삯으로 받고 말을 몰고 떠났다. 주변에 아무도 없는 것을 확인한 표도르 사제는 의자들을 물기 없는 작은 백사장 쪽으로 끌고 갔다. 그런 다음 옷자락 안에 묶어놓았던 손도끼를 풀어 손에 쥐었다.

그는 어느 의자부터 시작해야 할지 잠시 망설였다. 그러나 곧 몽유병 환자처럼 세 번째 의자로 다가가서 손도끼로 의자 등받이 부분을 내려쳤다. 의자는 갈라지지 않고 뒤집어졌다.

"이런!" 표도르 사제가 소리쳤다. "좋아! 본때를 보여주지!"

그는 의자가 살아 있는 동물이라도 되는 듯 의자를 향해 달려들었다. 의자는 순식간에 양배추처럼 갈라졌다. 표도르 사제는 도끼가 나무와 격자무늬 천, 그리고 용수철을 쪼개버리는 소리를 듣지 못했다. 거세게 울부짖는 사나운 파도 소리가 모든 소리를 삼켰기 때문이다.

"어! 어! 이런! 이런!" 의자들을 쪼개며 표도르 사제가 말했다.

의자들은 하나씩 하나씩 대열에서 제외되기 시작했다. 표도르 사제의 분노는 점점 커져만 갔다. 폭풍도 점점 거세졌다. 파도가 표도르 사제의 발밑까지 밀려들었다.

바투미에서 시노프까지 무서운 폭풍 소리로 요란했다. 바다는 자신의 야성을 드러내며 모든 배들을 삼킬 기세였다. 기선 '레닌' 호는 두 개의 기관 굴뚝으로 연기를 내뿜으며, 파도에 심하게 흔들리는 선체로 노보로시스크 항구를 향해 다가가고 있었다. 흑해에서 시작된 사나운 폭풍은 트라브존, 얄타, 오데사, 콘스탄차 해안으로 1천 톤이 넘을 듯한 거대한 파도를 퍼부었다. 고요한 보스포루스와 다르다넬스 해협 너머로는 지중해가 울부짖었고, 지브롤터 해협 건너편에는 대서양의 파도가 유럽을 사정없이 때렸다. 성난 파도가 지구 전체를 위협하고 있는 듯했다.

그리고 바투미 해안가에서는 땀에 흠뻑 젖은 표도르 사제가 손도끼로 마지막 의자를 내려치고 있었다. 잠시 후 모든 것이 끝났다. 절망감이 표도르 사제를 감쌌다. 표도르 사제는 멍한 눈길로 눈앞에 산더미처럼 쌓여 있는 의자 다리, 등받이, 용수철 등을 바라보고는 돌아섰다. 파도가 그의 발을 적셨다. 그는 갑자기 바닷속으로 달려들어 온몸을 적신 뒤, 도로를 따라 정신없이 뛰기 시작했다. 거대한 파도가 방금 전까지 표도르 사제가 서 있던 곳을 덮치더니 조각난 포포바 부인의 가구들을 모조리 휩쓸어 가버렸다. 표도르 사제는 이 장면을 보지 못했다. 고개를 떨구고 젖어버린 가슴을 주먹으로 치며 도로를 따라 비틀비틀 걸어갔다.

그는 바투미 시내로 들어갔다. 그러나 눈이 멀어버려 주변의 아무것도 보이지 않았다. 그가 처한 상황은 너무나도 끔찍했다. 집에서 5천 킬로미터나 떨어진 이곳에서 주머니 속에 남은 돈은 고작 20루블이었다. 그리고 이 돈으로 집에 돌아가기란 절대 불가능했다.

표도르 사제가 터키 시장 근처를 지나갈 때, 화장분과 실크 양말, 수후미*산 담배를 사라는 장사꾼들의 부드러운 속삭임이 들렸다. 사제는 지친 몸을 이끌고 역으로 향했고, 짐꾼들 무리 속으로 사라져버렸다.

*흑해 연안의 도시. 기후가 온난하여 휴양지로 유명하다.

38장
구름 아래에서

동업자들이 설치기사 메치니코프와 계약을 맺고 난 사흘 뒤에, 콜럼버스 극단은 마하치칼라를 거쳐 바쿠로 기차를 타고 떠났다. 마슈크 산에서 뜯어본 두 개의 의자에 실망한 동업자들은 사흘 내내 메치니코프가 콜럼버스 극단의 세 번째 의자를 가지고 오기만을 기다렸다. 그러나 탄산수에 지쳐버린 설치기사는 20루블을 전부 싸구려 보드카를 사는 데 써버리고 완전히 취해서 소도구실에서 나오질 않았다.

"탄산수나 다 처먹어라!" 극단이 떠난 것을 알고 오스타프는 화가 나서 소리쳤다. "이런 빌어먹을 설치기사 놈! 내 다시는 극장 놈들과는 상종하지 않겠어!"

오스타프는 이전보다 더 흥분하기 시작했다. 보석을 찾을 확률이 점점 높아졌기 때문이다.

"블라디캅카스로 갈 돈이 좀 필요하군요." 오스타프가 말했

다. "거기서부터는 트빌리시까지 자동차를 타고 그루지야 군용
도로를 따라가면 됩니다. 길이 정말 장관입니다! 기가 막힌 경
치죠! 산에서 나오는 공기도 좋고요! 그리고 마지막에는 15만
루블을 갖게 되는 겁니다. 역시 회의는 계속되어야 합니다."

그러나 퍄티고르스크를 떠나는 일은 쉽지 않았다. 보로뱌니
노프가 기차에 무임승차하는 재주가 없어서 기차를 타고 가려
는 오스타프의 계획은 실패로 돌아갔다. 할 수 없이 보로뱌니
노프는 이전에 배운 기술을 쓰기 위해 다시 츠베트니크 역으로
가게 되었다. 그러나 이것도 그다지 성공적이지 못했다. 12시
간의 힘들고 수치스러운 노동의 대가로 고작 2루블을 벌었던
것이다. 그러나 어쨌든, 이 돈이면 일단 블라디캅카스까지는
갈 수 있었다.

표 없이 기차를 탄 오스타프는 베슬란 역에서 쫓겨났다. 위
대한 사기꾼은 아무 죄 없는 이폴리트 마트베예비치에게 주먹
을 쥐어 보이고는 기차를 따라잡기 위해 전속력으로 3킬로미
터쯤 뛰었다.

얼마 후 오스타프는 블라디캅카스 산맥 쪽으로 진입하느라
속력을 늦추고 있는 기차로 다시 올라탈 수 있었다. 그리고 이
지점부터 자신의 눈앞에 펼쳐진 캅카스 산맥의 장관을 흥미진
진하게 감상하기 시작했다.

새벽 3시가 되었다. 산 정상이 태양빛으로 검붉게 물들기 시
작했다. 이 광경은 오스타프의 마음에 들지 않았다.

"지나친 사치처럼 보이는군." 그가 말했다. "야생의 아름다

움. 백치의 상상력. 아무 짝에도 쓸모없는 것이지."*

블라디캅카스 역에는 자카프카지예** 자동차 대여 회사의 대형 버스들이 손님을 맞이하고 있었다. 그들은 상냥한 목소리로 사람들에게 말을 건넸다.

"그루지야 군용도로를 타실 분 계십니까? 시내까지는 무료로 모셔다 드립니다."

"어디 가는 겁니까, 키샤?" 오스타프가 말했다. "버스가 저기 있잖습니까? 시내까지는 공짜로 태워준답니다."

버스를 타고 시내로 들어온 오스타프는 그루지야 군용도로를 따라 트빌리시로 가는 버스의 좌석을 서둘러 예약하지 않았다. 그는 이폴리트 마트베예비치와 흥겹게 얘기를 나누면서 구름에 덮여 있는 진짜 의자처럼 생긴 의자 산***을 보며 탄성을 질렀다.

동업자들은 블라디캅카스에서 며칠을 보내야만 했다. 그러나 그루지야 군용도로를 타고 가는 버스비를 마련하기 위한 모든 돈벌이 수단은 별다른 소득을 얻지 못했고, 겨우 하루하루 먹을 음식 정도의 수입밖에 얻지 못했다. 시민들로부터 10코페이카를 징수하는 방법도 실패로 돌아갔다. 캅카스 산맥은 워낙에 전망이 높고 탁 트여 있어서 캅카스 산맥에 관람료를 징수

*레르몬토프의 시 〈타마라〉와 〈악마〉를 풍자한 블라디미르 마야콥스키의 시 〈타마라와 악마〉(1925)를 인용한 것이다.
**캅카스 산맥 남쪽 일대를 총칭하여 이르는 말.
***캅카스 북쪽 지역에 있는 산. 산 정상이 움푹 파이고 그 주변 경사가 가파른 모양으로 이루어져 그런 이름이 붙었다.

하는 것은 불가능했다. 게다가 산맥은 사방 어디에서나 볼 수 있었다. 블라디캅카스에서는 그 외에 볼 만한 명소들이 거의 없었다. 트레카 공원* 옆으로 흐르는 테레크 강은 이미 시에서 오스타프의 도움 없이 통행료를 받고 있었다. 이폴리트 마트베예비치가 한 동냥은 이틀 동안 겨우 13코페이카에 그쳤을 뿐이었다.

"이제 됐습니다." 오스타프가 말했다. "방법은 하나밖에 없습니다. 트빌리시까지 걸어가는 겁니다. 5일이면 200킬로미터는 걸을 수 있습니다. 별것 아닙니다! 멋진 장관이 펼쳐져 있고, 공기는 또 얼마나 좋습니까! 빵과 소시지를 살 돈만 있으면 됩니다. 저녁때까진 2루블 정도 더 모아야 하니 이번에는 이탈리아어 몇 마디를 해보는 게 어떻겠습니까? 오늘은 점심도 먹지 못했군요! 이런 젠장! 재수가 없는 날이에요!"

아침 일찍 일어난 동업자들은 테레크 강의 다리를 건너 군대 막사를 우회하여 그루지야 군용도로가 시작되는 푸른 계곡 쪽으로 들어갔다.

"키샤, 우리는 운이 좋은 사람들입니다." 오스타프가 말했다. "어젯밤에 비가 내려 먼지를 마시지 않아도 되니까 말입니다. 귀족단장 나리, 숨을 한번 깊이 들이마셔보세요. 얼마나 공기가 좋습니까! 노래라도 한번 불러보세요. 캅카스 시도 한번 읊어보시고요. 뭐든지 해보세요!"

*블라디캅카스 시내에 있는 오렌지 꽃으로 유명한 공원.

그러나 이폴리트 마트베예비치는 노래도 부르지 않았고, 시
도 읊지 않았다. 오르막길이었다. 길 위에서 며칠 밤을 보내다
보니 옆구리도 쑤셨고 걸음도 무척이나 무거웠다. 좋아하는 소
시지는 무거운 짐이 되었다. 그는 5파운드나 되는 빵을 블라디
캅카스 신문지에 싸서 손에 들고 거의 쓰러질 듯 힘겹게 왼쪽
발을 떼며 걷고 있었다.

다시 걷는다! 이번 길은 세계에서 가장 아름다운 도시 중 하
나인 트빌리시로 가는 길이다. 그러나 이폴리트 마트베예비치
는 아무런 감흥도 느끼지 못했다. 오스타프처럼 주변 경치를
둘러보지도 않았다. 그에게는 계곡 아래 흐르는 테레크 강의
요란한 강물 소리도 들리지 않았다. 그러나 오직 단 하나, 햇빛
에 비쳐 번쩍거리는 눈 덮인 산 정상의 모습만이 무언가를 떠
올리게 했다. 그것은 다이아몬드가 번쩍이는 것 같기도 했고,
관을 만드는 기술자 베젠추크가 자랑하는 최고급 관처럼 보이
기도 했다.

발타* 이후부터는 길이 가파른 계곡을 따라 나 있었기 때문
에 암벽에 선반처럼 튀어나온 좁은 바위들을 딛고 걸어야만 했
다. 게다가 길이 위로 말려 올라간 나선 형태로 나 있었기 때문
에, 동업자들이 해발 1천 미터에 있는 라르스 역에 도착한 것은
거의 저녁 무렵이었다.

동업자들은 허름한 술집에서 주인과 손님들에게 카드 마술

---

*블라디캅카스와 트빌리시 사이에 있는 기차역 이름.

을 선보인 대가로 공짜 우유 한 잔을 마시게 되었다.

　매우 상쾌한 아침이었다. 이폴리트 마트베예비치마저 신선한 공기를 마시며 경쾌하게 걸음을 떼기 시작했다. 라르스 역 뒤로 길게 뻗은 보코보이 산맥의 웅장함이 드러났다. 테레크 강은 이곳 계곡에서부터 줄기가 가늘어지기 시작했다. 주위 경관은 점차 음울해졌고 바위마다 수많은 낙서들로 더럽혀 있었다. 양쪽으로 길게 뻗어 있는 절벽 사이로 테레크 강이 흘렀고 절벽 사이에는 작은 다리가 놓여 있었다. 동업자들은 계곡 바위 군데군데 쓰여 있는 낙서들을 읽으며 다리를 건너갔다. 오스타프는 이 다리얄스키 계곡의 웅장함과 요란하게 흘러가는 테레크 강의 기세를 누르고 싶은 마음이라도 생긴 듯 크게 소리쳤다.

　"위대한 인간이여! 귀족단장 나리, 보이시죠? 우리 위로는 구름 몇 조각뿐이고, 밑으로는 독수리 몇 마리뿐입니다! 저기 저 낙서를 한번 보시죠. '콜랴와 미카, 1914년 7월.'* 잊을 수 없는 광경이군요! 이 낙서들의 예술성을 보세요. 글자 한 자가 거의 1미터는 될 것 같고, 유화로 그려놓았군요! 콜랴와 미카! 그대들은 지금 어디에 있는가?"

　"키샤." 오스타프가 말했다. "우리도 기념으로 뭔가를 써놓고 가는 게 좋겠습니다. 마침 백묵이 있군요! 내가 저기에 기어 올라가서 써놓도록 하겠습니다. '키샤와 오샤가 여기 왔노라!'

---

*1914년 7월은 오스트리아와 벨기에가 세르비아에 선전포고를 하면서 1차 세계대전이 시작된 달이다. 1차 세계대전은 러시아 혁명의 중요한 도화선 역할을 했다.

라고 말이죠."*

오스타프는 즉시 깊이를 알 수 없는 테레크 강과 도로 사이에 둘러쳐진 난간 위에 소시지 꾸러미를 내려놓고 벼랑을 오르기 시작했다.

이폴리트 마트베예비치는 처음에는 위대한 사기꾼이 벼랑을 오르는 모습을 조심스럽게 지켜보다 말 이빨처럼 생긴 벼랑 위에 남아 있는 타마라 성**의 잔해에 시선을 빼앗겼다.

그런데 바로 그 순간, 동업자들로부터 약 2킬로미터 떨어진 곳에서 표도르 사제가 트빌리시에서 다리얄스키 계곡 쪽으로 걸어오고 있었다. 그는 금강석같이 단단한 눈빛으로 전방을 주시한 채 손잡이가 구부러진 긴 지팡이에 의지하며 군인과 같은 걸음으로 걷고 있었다.

마지막 남은 돈으로 트빌리시까지 온 표도르 사제는 선량한 적선에 의지하여 식사를 해결하며 고향까지 걸어가는 중이었다. 해발 2345미터의 '십자가 고개'를 넘을 때 독수리가 그를 공격했다. 표도르 사제는 이 잔악한 새를 지팡이로 물리친 다음 계속 걸었다.

그는 구름에 싸여 길을 잃을 때마다 이렇게 중얼거렸다.

---

*그루지야 출생인 마야콥스키는 웅장한 경관을 자랑하는 다리얄스키 계곡의 낙서를 비판하는 시를 썼는데, 그 시에 "소냐와 바냐가 여기 왔노라"라는 구절이 있다. 또한 '키샤와 오샤'는 소설의 주인공들을 가리키기도 하지만, 마야콥스키가 자신과 친밀했던 릴리야 브리크(키샤)와 오시프 브리크(오샤)를 부르던 애칭이기도 했다.
**12세기 중세 그루지야의 황금기를 이룩한 여제 타마라가 지은 다리얄스키 계곡의 성을 말한다.

"내 욕심을 위해서가 아니라, 나를 보낸 병든 아내의 소원을
이뤄주기 위해!"

적들 간의 거리가 점점 좁혀졌다. 표도르 사제는 날카롭게
튀어나온 바위를 돌아서자마자 코안경을 쓴 노인과 부딪혔다.

다리얄스키 계곡이 표도르 사제의 눈앞에서 무너져 내렸고,
수천 년을 흘러온 테레크 강이 일시에 정지해버렸다.

표도르 사세는 보로뱌니노프를 알아보았다. 바투미에서의
끔찍한 실패 이후 모든 희망이 물거품이 되었지만, 지금 이 순
간 다시 부자가 될 수 있다는 새로운 가능성이 표도르 사제의
이성을 마비시켰다.

그는 이폴리트 마트베예비치의 가녀린 목덜미를 잡고 손가
락으로 누르며 쉰 목소리로 외치기 시작했다.

"장모를 죽이고 훔친 보물을 어디에 숨겼어?"

이폴리트 마트베예비치는 전혀 예기치 못한 상황에 아무 말
도 할 수 없었고, 너무 놀란 나머지 눈이 코안경 밖으로 튀어나
올 것 같았다.

"어서 말해!" 표도르 사제가 명령했다. "이 죄인아! 회개를
해!"

보로뱌니노프는 점차 호흡이 곤란해지는 것을 느꼈다.

승리의 기쁨을 만끽하던 표도르 사제는 암벽을 타고 기어 내
려오는 오스타프를 보았다. 기술부장은 암벽을 내려오며 목청
이 터질 듯이 소리를 질렀다.

거센 파도가 음울한 바위에 부딪혀,

울부짖고 부서진다…….*

표도르 사제는 심장이 얼어붙는 듯했다. 그는 기계적으로 귀족단장의 목덜미를 잡았지만, 두 다리가 떨리기 시작했다.

"아니, 이게 누구신가?" 오스타프가 반갑게 인사했다. "우리 경쟁 회사 대표 아니신가!"

표도르 사제는 꾸물대지 않았다. 그는 자신의 선량한 본능이 시키는 대로 동업자들의 소시지와 빵 꾸러미를 낚아채서 냅다 도망치기 시작했다.

"저 사람 잡게! 벤데르 동무!" 겨우 숨을 쉬게 된 이폴리트 마트베예비치가 소리쳤다.

"저놈 잡아라! 거기 서!"

오스타프는 휘파람을 불며 사제를 몰아붙였다.

"휘이! 휘이!" 그는 소리를 지르며 사제를 쫓았다. "이 벤데르가 지금 피라미드 전투**를 하고 있는 걸까, 아니면 사냥터에 있는 걸까? 이보시오, 손님! 어디를 그렇게 가시나요? 속을 다 파헤친 멋진 의자 하나 정도는 그냥 드릴 수 있습니다!"

표도르 사제는 추격당하는 두려움을 이겨내지 못하고, 직각으로 완전히 가파른 벼랑을 기어오르기 시작했다. 목구멍까지 올라온 심장박동 소리가 그를 위로 올라가게 만들었고, 겁쟁이

*푸시킨의 시 〈붕괴〉의 한 구절.
**1798년 프랑스 나폴레옹 군대의 이집트 원정 당시 벌어졌던 전투.

들한테서만 나타나는 발뒤꿈치가 근질거리는 현상이 느껴지기 시작했다. 두 발은 스스로 화강암을 발판 삼아 자신의 주인을 위로 올려 보냈다.

"워, 워, 워!" 오스타프가 밑에서 소리쳤다. "저놈 잡아라!"

"저놈이 우리 식량을 가져갔네." 이폴리트 마트베예비치가 오스타프에게 다가와 고자질했다.

"멈춰!" 오스타프가 말했다. "당신에게 할 말이 있으니 이제 내려오시오!"

그러나 이 말은 오히려 지쳐가던 표도르 사제에게 새 힘을 불어넣어주었다. 그는 단번에 몇 걸음을 날아가더니 커다란 낙서가 쓰여 있는 바위 위로 올라갔다.

"소시지를 주시오!" 오스타프가 불렀다. "소시지를 달란 말이다! 바보야! 이렇게 부탁하잖아!"

표도르 사제에게는 이미 아무런 말도 들리지 않았다. 그는 그제야 자신이 누구도 올라와본 적 없는 높은 바위 위에 올라와 있다는 것을 깨달았다. 그는 우울한 공포에 사로잡혔다. 도저히 아래로 내려갈 방법이 없었기 때문이다.

도로에 수직으로 접해 있는 높은 바위 위에서 다시 밑으로 내려가는 일은 상상도 하기 힘들었다. 그는 아래를 내려다보았다. 오스타프의 미쳐 날뛰는 모습과 햇빛에 비쳐 번쩍거리는 귀족단장의 코안경이 보였다.

"소시지를 돌려주겠소!" 표도르 사제가 소리쳤다. "나를 밑으로 좀 내려주시오!"

대답 대신 들려온 것은 테레크 강의 요란한 물소리와 타마라 성으로부터 들려온 이상한 외침 소리였다. 그곳에는 부엉이가 살고 있었다.

"나를 좀 내려주시오!" 표도르 사제가 애처롭게 소리쳤다.

그는 동업자들의 모든 행동들을 볼 수 있었다. 그들은 계곡 아래에서 이리저리 뛰고 있었는데, 동작으로 미루어보아 위쪽을 향해 뭔가 상스러운 욕지거리를 퍼붓고 있는 듯했다.

1시간이 지난 후에 바위 위에 배를 깔고 엎드린 채 아래를 내려다보던 표도르 사제는 십자가 고개 쪽으로 떠나는 벤데르와 보로뱌니노프를 보았다.

밤은 빨리 찾아왔다. 구름 아래 산중턱, 칠흑 같은 어둠과 지옥 같은 소리 속에서 표도르 사제는 몸을 떨며 울기 시작했다. 그에게 이제 보석 따위는 아무 필요 없었다. 그가 원하는 것은 단 하나, 오직 밑으로, 땅으로 내려가는 것이었다. 밤새 울부짖던 그의 울음소리는 때때로 테레크 강의 물소리를 잠잠하게 만들었다. 아침이 되자, 소시지와 빵을 먹고 기운을 차린 표도르 사제는 계곡 아래 질주하는 자동차들을 보며 마치 사탄처럼 웃어젖혔다. 그는 산과 빛나는 천체인 태양을 바라보며 하루를 보냈다. 그리고 다음 날 밤 타마라 성의 여제를 보았다. 여제는 자신의 성에서 그에게로 날아와 교태를 부리며 말했다.*

*마야콥스키의 시 〈타마라와 악마〉를 연상시키는 장면으로, 시인 마야콥스키가 산 위에서 외치는 소리를 듣고 타마라 여제가 찾아와 테레크 강 근처에서 대화를 나누는 것이 시의 내용이다.

"우리 서로 친하게 지내요."

"오, 부인!" 감격한 표도르 사제가 말했다. "내 욕심을 위해서가 아니라……."

"알아요, 알고 있어요." 여제가 말했다. "당신을 보낸 아픈 아내의 소원을 이뤄주기 위해서죠?"

"그걸 어떻게 아셨습니까?" 표도르 사제가 놀라며 말했다.

"이미 모든 것을 알고 있어요. 친하게 지내도록 해요. 66게임* 한번 해보실래요? 네?"

그녀는 미소를 짓고 밤하늘에 폭죽을 수놓으며 날아가버렸다.

사흘째 되는 날, 표도르 사제는 새들을 상대로 설교를 하기 시작했다. 그는 무슨 이유에서인지 새들을 루터교로 개종시키려고 했다.

"새들이여!" 그는 힘주어 말했다. "그대들이 지은 죄를 모든 대중 앞에서 회개하라!"

나흘째 되는 날, 아래에서 지나가던 여행객들이 그를 발견했다.

"오른쪽은 타마라 성이 분명합니다." 노련한 여행 안내원이 말했다. "그런데 왼쪽 위에 살아 있는 사람이 있는 것 같은데, 저길 어떻게 올라갔고 무엇을 먹고 사는지 도무지 알 수가 없군요."

"그럼 야만족인가요!" 관광객들이 놀라 소리쳤다. "숲의 정령이야!"

---

*독일에서 건너온 카드 게임의 일종.

구름이 지나갔다. 표도르 사제의 머리 위로 독수리들이 맴돌았다. 그중에서 가장 용감한 독수리 한 마리가 잽싸게 날아와서 남아 있는 소시지를 훔쳐 갔고, 그 날갯짓에 옆에 있던 빵 꾸러미가 테레크 강으로 떨어졌다.

표도르 사제는 손가락으로 독수리를 위협하더니 환한 웃음을 지으며 중얼거렸다.

신이 만든 새는 알지 못한다,
근심이 무엇인지, 노동이 무엇인지.
그는 영원히 머물 둥지를
분주히 틀지 않는다.*

독수리는 표도르 사제를 흘낏 곁눈질하더니 "꾸꾸레꾸" 소리를 지르며 날아가버렸다.

"아, 독수리여, 독수리여! 네가 정말 큰 도둑이었구나!"

열흘이 지난 후 블라디캅카스에서 필요한 장비를 갖춘 소방대가 도착하여 표도르 사제를 바위 위에서 끌어내렸다.

소방대가 그를 끌어내리자 그는 박수를 치며 호소력 없는 목소리로 노래를 불렀다.

그리고 그대는 이 세상의 여왕이 될 것이오!

*푸시킨의 시 〈집시〉(1824)의 한 구절.

나의 영원한 친구여!

　매정한 캅카스 산에 레르몬토프의 시에 루빈시테인이 곡을
붙인 노래가 계속해서 울려 퍼졌다.
　"내 욕심을 위한 것이 아니라." 표도르 사제가 소방대원들에
게 말했다. "나를 보낸 병든 아내의 소원을……."
　소방대원들은 낄낄거리며 웃고 있는 성직자를 소방차에 실
어 정신병원으로 보냈다.

39장

지진

"귀족단장 나리, 당신은 어떻게 생각하십니까?" 동업자들이 시오니 마을 근처에 이르렀을 때, 오스타프가 물었다. "해발 2천 미터나 되는 이 외딴 마을에서 무엇으로 돈벌이를 하면 좋겠습니까?"

이폴리트 마트베예비치는 침묵했다. 그가 할 수 있는 유일한 일, 즉 생계를 위해 모든 것을 내려놓은 동냥질은 이 고산 마을에서는 소용이 없을 듯했다.

게다가 이 마을에는 이미 거지들이 존재했다. 그러나 이곳 거지들의 동냥은 알프스 지역에서나 볼 수 있을 듯한 특이한 방식이었다. 버스나 승용차가 마을을 지나갈 때 아이들이 차 뒤를 쫓아가서, 달리는 승객들 앞에서 캅카스 지역의 민속춤을 선보이는 것이었다. 그런 다음 아이들은 다시 달려가면서 승객들을 향해 소리친다.

"돈을 주세요! 돈을 주세요!"

그러면 관광객들은 아이들에게 5코페이카 동전을 던져주며 십자가 고개 쪽으로 올라가곤 했다.

"성스러운 일입니다." 오스타프가 말했다. "많은 돈을 달라는 것도 아니고 수입도 그다지 크지 않겠지만, 그래도 현재 우리 처지로는 가치 있는 일이겠군요."

다음 날 오후 2시쯤 이폴리트 마트베예비치는 오스타프의 감독 아래 지나가던 여행객들 앞에서 자신의 첫 번째 춤을 선보였다. 이 춤은 마주르카와 비슷했지만, 캅카스 자연 경관의 아름다움에 한껏 도취된 관광객들은 이 춤을 캅카스 민속춤으로 생각하고 그에게 상으로 3코페이카를 던져줬다. 트빌리시에서 블라디캅카스로 가는 버스로 보이는 차가 다가오자 이번에는 기술부장이 직접 춤을 추며 말했다.

"돈을 주시오! 돈을 주시오!" 그는 성난 목소리로 말했다.

오스타프의 기괴한 행동에 즐거워진 관광객들은 그에게 풍족한 상을 선사해주었다. 오스타프는 먼지 날리는 도로 위에서 30코페이카를 주워 모았다. 그러나 이곳 시오니 마을의 아이들이 경쟁자들에게 돌멩이 세례를 퍼부었다. 아이들의 집중 포화에서 벗어난 춤꾼들은 재빨리 가까운 마을로 들어가서 힘들게 번 돈으로 빵과 치즈를 샀다.

동업자들은 이런 일들을 하며 낮 시간을 보냈고, 밤이 되면 산에 있는 빈 오두막에서 잠을 잤다. 나흘째 되던 날, 그들은 가파르고 구불구불한 산길을 따라 카이샤우르 계곡으로 내려갔다. 십자가 고개에서 밤을 새우느라 뼛속까지 얼어붙었던 몸이 강렬한 햇살에 빠르게 녹아내리기 시작했다.

다리얄스키 계곡과 서늘하고 음산했던 십자가 고개를 넘어서자 깊은 계곡의 녹음과 화려한 절경이 눈앞에 펼쳐졌다. 두 방랑객들은 아라그바 강을 건너 계곡으로 내려왔는데, 그곳에는 주민은 물론, 가축과 양식이 풍부해 보이는 마을이 자리하고 있었다. 이곳이라면 사정을 잘 얘기해서 뭔가 얻어먹을 수도 있을 것 같았고, 무슨 일거리라도 있을 것 같았으며, 아니면 그냥 도둑질이라도 할 수 있을 것 같았다. 이곳이 바로 자카프카지예 지역이었다.

한껏 기분이 좋아진 동업자들은 걸음을 재촉했다.

무더운 날씨를 자랑하는 부촌 파사나우르*에는 두 곳의 호텔과 몇 개의 선술집이 있었는데 동업자들은 사람들에게 애원하여 빵을 조금 얻은 다음, 호텔 '프랑스'의 맞은편에 있는 작은 관목 숲에 누웠다. 호텔 프랑스에는 작은 정원이 있었는데, 거기에는 새끼 곰 두 마리가 사슬에 매여 있었다. 동업자들은 숲속에 누워 오랜만에 따뜻한 날씨와 맛있는 빵과 충분한 휴식을 즐기려고 했다.

그러나 그들의 휴식은 귓전을 때리는 시끄러운 자동차 경적 소리와 자갈 도로를 달리는 자동차 타이어 소리, 그리고 사람들의 환호 소리에 의해 중단됐다. 동업자들은 거리를 내다보았

---

*그루지야의 고산 마을. 겨울에도 기후가 온화한 관광 명소다.

다. 호텔 프랑스 쪽으로 똑같은 모델의 새 자동차 석 대가 굴러 왔다. 자동차들은 조용히 멈춰 섰다. 첫 번째 자동차에서 페르 시츠키가 내렸다. 그 뒤로 먼지투성이 머리를 정리하며 '법과 생활' 담당자가 내렸다. 그리고 모든 자동차에서 일제히 〈공작 기계〉 신문사의 자동차 클럽 회원들이 쏟아져 나왔다.

"도착했군!" 페르시츠키가 환호성을 질렀다. "주인장! 여기 샤실리크 15인분!"

졸려 보이는 사람들이 호텔 프랑스로 들어갔고, 다리를 잡힌 채 부엌으로 끌려가는 양들의 울음소리가 들렸다.

"저기 저 젊은 사람 모르시겠습니까?" 오스타프가 물었다. "스크랴빈 호에 타고 있던 기자였습니다. 우리 현수막에 대해 신랄한 비판을 했던 사람 중 한 명이었죠. 그런데 어떻게 저렇 게 달라진 모습으로 여기까지 왔을까요? 이게 대체 무슨 일일 까요?"

오스타프는 샤실리크를 게걸스럽게 먹고 있는 사람들에게 다가가서 페르시츠키에게 정중히 인사를 했다.

"봉주르!" 기자가 말했다. "당신을 어디서 본 것 같은데, 친 절한 동무 양반? 아하! 기억났습니다. 스크랴빈 호에 타셨던 화가로군요, 그렇죠?"

오스타프는 가슴에 손을 얹고 다시금 정중하게 인사를 했다.

"잠시만요, 잠시만." 페르시츠키가 기자들 특유의 기억력을 동원하여 계속해서 말을 이었다. "혹시 당신은 모스크바에서, 그러니까 스베르들로프 광장에서 짐마차에 치인 그 사람이 아닙니까?"

"오호, 그렇소! 맞습니다! 당신이 기사에 '가벼운 충격을 받은 정도다'라고 쓰셨죠."

"그런데 당신은, 여기에서도 화가로 활동하는 겁니까?"

"아닙니다. 지금은 그저 관광을 즐기고 있는 중이죠."

"걸어서요?"

"네, 걸어서요. 여행 전문가들이 말하길, 그루지야 군용도로를 자동차를 타고 가는 건 바보 같은 짓이라고 하더군요."

"언제나 바보 같은 짓은 아니죠, 화가 양반. 언제나 그런 건 아닙니다! 예를 들면, 우리도 차를 타고 다니는데 그렇게 바보 같아 보이지는 않지 않습니까? 이 자동차들은 보시다시피 우리의 것, 제가 특별히 강조하는데 우리 모두의 것입니다. 모스크바에서 트빌리시까지 한 번에 달려왔죠. 기름도 그다지 많이 들지 않습니다. 편안하고 시간도 절약되고 승차감도 아주 좋습니다. 유럽제 자동차죠!"

"그런데 이 자동차들은 다 어디서 난 겁니까?" 부러운 눈빛으로 오스타프가 물었다. "10만 루블이라도 따신 겁니까?"

"10만은 무슨, 5만 루블을 땄습니다."

"카드놀이를 하셨습니까?"

"그럴 리가. 채권 복권에 당첨되었소. 우리 자동차 운전자 클럽 명의로 된 채권이었지요."

"그렇군요." 오스타프가 말했다. "그럼 그 돈으로 이 자동차들을 산 겁니까?"

"그렇죠!"

"그렇군요. 그런데 혹시 관리인이 필요하지 않으십니까? 제가 잘 아는 젊은이가 있는데 술도 안 하고 성실한 친구죠."

"무슨 관리인 말입니까?"

"그러니까, 그게…… 뭐, 전체적으로 관리도 좀 해주고, 사업적인 조언도 해주고, 통합적인 접근법으로 필요한 정보도 전해주고…… 뭐 그런 일이지요."

"무슨 말인지 알겠어요. 그러나 필요 없습니다."

"필요 없다고요?"

"유감스럽지만 그렇습니다. 그리고 우린 화가도 필요 없습니다."

"그렇다면 10루블만 주십시오."

"아브도티예프!" 페르시츠키가 말했다. "내 몫에서 3루블만 떼어서 여기 이분에게 드리게. 차용증은 쓰지 말고. 이분에게 돌려받을 생각은 없으니 말이야."

"3루블은 너무 적군요." 오스타프가 말했다. "그러나 일단 받도록 하지요. 당신의 상황이 얼마나 어려운지는 잘 이해하고 있습니다. 물론, 당신이 10만 루블쯤 받았다면 저에게도 분명 5루블 정도는 기꺼이 주었겠죠. 그렇지만 당신은 전부 합해봐야 5만 루블밖에 못 받았으니까요. 뭐 어쨌든, 감사히 받겠습니다!"

벤데르는 공손하게 모자를 벗었다. 페르시츠키도 공손히 모자를 벗었다. 벤데르는 극도로 정중하게 인사를 했다. 페르시츠키도 극도로 정중하게 답례를 했다. 벤데르는 손을 흔들며 작별 인사를 했다. 페르시츠키도 운전석에 앉아 손을 흔들었다. 그러나 페르시츠키가 멋진 자동차를 타고 즐거워하는 클럽 동료들과 함께 빛나는 멋진 곳으로 떠난 반면, 오스타프는 바보 같은 동업자와 함께 먼지 날리는 길 위에 서 있었다.

"저 눈부시게 빛나는 자동차가 보입니까?" 오스타프가 이폴리트 마트베예비치에게 물었다.

"자카프카지예 자동차 대여 회사 건가, 아니면 운송조합 '모터'에서 빌린 건가?" 보로뱌니노프가 사무적인 어조로 말했다. 며칠 동안 그루지야 군용도로를 따라 걸은 보로뱌니노프는 도로 위의 거의 모든 자동차에 대해 통달할 수준이 되었다. "저걸 탈 수 있다면 하루 종일 춤이라도 추겠네."

"오, 불쌍한 내 친구여, 당신 조만간 완전히 바보가 될 것 같군요. 저게 어떻게 빌린 차란 말입니까? 키샤, 저 사람들은 5만 루블에 당첨된 사람들입니다! 보셨죠? 저 사람들이 얼마나 즐거워하는지, 그리고 얼마나 많은 돈을 저런 기계 덩어리에 허비하고 있는지 말입니다! 우리가 우리 돈을 받게 될 때에는 좀 더 이성적으로 쓰도록 합시다."

동업자들은 부자가 되면 무엇을 살지 상상하며 파사나우르를 떠났다. 이폴리트 마트베예비치는 새로운 코안경을 구입한 다음 외국 여행을 떠나는 자신의 모습을 상상했다. 오스타프의 꿈은 훨씬 더 광대했다. 그의 계획은 실로 거대한 것이었다. 청나일 강을 댐으로 막고 그곳에 무언가를 건설한다든가, 아니면 모든 완충국*에 지점을 차리고 리가**에 본점을 두는 도박장을 개업한다든가 하는 것이었다.

따분하고 먼지 날리는 아나누르, 두셰트, 트실카니를 지나 동업자들이 그루지야의 옛 수도인 므츠헤타에 도착한 것은 사흘째 점심 무렵이었다. 여기서부터 쿠라 강이 트빌리시로 흐르고 있었다.

저녁이 되자 두 방랑객은 제모아브칼스키야 수력 발전소를 지나갔다. 유리와 물과 전등이 각각 다채로운 불빛으로 번쩍였고, 이 모든 것들이 쿠라 강의 급류에 반사되었다.

여기에서 동업자들은 한 농부를 알게 되어 농부의 짐마차를 얻어 타고 밤 11시쯤 트빌리시에 도착했다. 한낮의 폭염에 시달린 그루지야 수도의 시민들이 선선한 밤공기를 쐬러 거리로 나오는 시간이었다.

"그렇게 나쁜 도시는 아닌 것 같군요." 쇼타 루스타벨리 거리***로 나오며 오스타프가 말했다. "키샤, 당신도 아시겠지만⋯⋯."

갑자기 오스타프는 말을 멈추고 어떤 사람의 뒤를 열 걸음 정도 쫓아가더니, 그 사람을 붙잡고 뭔가 활기찬 대화를 주고받았다.

그런 다음 재빨리 돌아와서 이폴리트 마트베예비치의 옆구

---

*러시아와 유럽의 경계에 있는 핀란드, 에스토니아, 라트비아, 리투아니아, 폴란드는 1차 세계대전 때 강대국들 사이의 긴장 관계를 완화해주는 완충국 역할을 했다.
**라트비아 공화국의 수도.
***그루지야의 민족 시인 쇼타 루스타벨리의 이름을 딴 트빌리시의 중심 거리.

리를 손가락으로 찌르며 말했다.

"저 사람이 누군지 모르시겠습니까?" 그가 빠르게 속삭였다. "오데사 부블리크 협동조합 '모스크바식 바란카' 대표인 키슬랴르스키입니다. 저 사람에게 갑시다. 이 얼마나 신기한 일입니까! 자, 이제 당신은 다시 사상의 거인이자 러시아 민주주의의 아버지가 되셔야 합니다. 볼을 부풀리고 콧수염을 만지는 걸 절대로 잊지 마십시오! 때마침 콧수염도 제대로 잘 자라 있군요. 아! 이런 제기랄! 정말 좋은 기회입니다! 절대 놓쳐서는 안 될 행운입니다! 만일 지금 저 친구에게서 500루블 정도를 얻어내지 못한다면 내 얼굴에 침을 뱉어도 좋습니다! 갑시다! 가자고요!"

실제로 동업자들로부터 얼마 떨어지지 않은 곳에 키슬랴르스키가 양복 차림에 모자를 쓴 채로 두려움에 떨고 있었다.

"이분이 누구인지 당신도 잘 아시리라고 생각합니다만." 오스타프가 나지막하게 키슬랴르스키에게 말했다. "여기 이분은 러시아 황실의 측근이자 사상계의 거인, 러시아 민주주의의 아버지이십니다. 이분의 옷차림은 신경 쓰지 마십시오. 비밀 유지를 위한 방편이니까요. 일단 어디든 빨리 들어가도록 합시다. 긴히 할 말이 있습니다."

스타르고로드 시에서 엄청난 사건을 겪고 난 후, 키슬랴르스키는 휴식차 이곳 캅카스로 왔지만 다시 완전히 의기소침해졌다. 부블리크 빵이 잘 팔리지 않는다는 둥 이런저런 얘기를 두서없이 내뱉은 키슬랴르스키는 이 무시무시한 두 사람을 바퀴와 발판이 은도금된 마차에 태우고 다윗 산* 쪽으로 올라갔다. 그리고 산 정상에 있는 레스토랑까지는 케이블카를 타고 올라 갔다. 수천 개의 불빛으로 반짝이는 트빌리시는 천천히 땅굴로 기어 들어갔고, 비밀결사대원들은 별을 향해 올라가고 있었다.

레스토랑의 테이블은 야외에 놓여 있었다. 캅카스 악단이 흥 겨운 음악을 연주했고, 그 음악에 맞춰 어린 소녀 하나가 부모들 의 사랑스러운 눈길 아래 자발석으로 캅카스 춤을 추고 있었다.

"무엇이든 주문하시오!" 벤데르가 말했다.

키슬랴르스키는 능숙하게 포도주, 야채 샐러드, 그루지야산 치즈를 주문했다.

"일단 드시면서 얘기하지요." 오스타프가 말했다. "고귀하 신 키슬랴르스키 씨, 만일 당신이 저와 이폴리트 마트베예비치 가 최근에 어떠한 어려운 난관을 극복했는지 아신다면, 우리의 용기에 감탄을 금치 못하실 겁니다."

'또 시작되는 건가!' 키슬랴르스키는 절망에 빠졌다. '또다시 나에게 고난이 시작되는구나! 왜 크림 반도로 가지 않았을까? 정말 크림으로 가고 싶었는데. 헨리예타의 말을 듣지 않은 게 후회되는군.'

그러나 그는 샤실리크 2인분을 더 주문하고는 오스타프를 친절한 얼굴로 돌아보았다.

"그러니까." 오스타프가 주변을 둘러보고 목소리를 낮추며

*트빌리시에 위치한 산으로, 현재는 '성스러운 산'이라 불린다.

말했다. "간단히 말씀드리면, 우린 지금 두 달 동안 감시를 당하고 있고, 어쩌면 내일 회합 장소에서 기습 공격을 당할지도 모릅니다. 우리는 그에 맞서 공격을 해야 합니다.*"

키슬랴르스키의 볼이 창백해졌다.

"우리는 정말 기쁩니다." 오스타프가 계속 말을 이었다. "이 어려운 상황 속에서 조국을 위한 충실한 투사를 만나게 되어서 말입니다."

"음…… 그렇소!" 이폴리트 마트베예비치는 시오니 마을에서 굶주린 배를 움켜쥐고 춤을 추던 기억을 되살리며 위엄 있게 말했다.

"네, 그렇습니다." 오스타프가 속삭였다. "우리는 당신이 적들과 싸우는 데 도움을 주실 거라고 믿습니다. 당신께 속사 권총을 드리겠습니다."

"아니, 필요 없습니다." 키슬랴르스키가 단호하게 말했다.

이 순간 증권거래위원회 의장은 내일 전투에 참여할 의사가 없음이 드러났다. 그는 전투에 참여할 수 없는 것에 매우 유감을 표했다. 그는 군사적인 일은 잘 알지 못했다. 그래서 증권거래위원회 의장으로 선출된 것이 아닌가! 그는 깊은 낙담했지만, 러시아 민주주의 아버지의 목숨을 구하기 위한 재정적인 지원은 언제든지 준비되어 있다고 말했다.

---

*실제로 1927년 7월 5일 〈프라브다〉 신문은 백군 망명자들을 중심으로 하는 테러 단체의 활동에 대해 공식적으로 발표했고, 7월 6일에 국가안보국은 국경지대에서 테러 단체들을 소탕하여 총살시킨 사건이 일어났다.

"당신은 정말 조국의 진정한 벗이오!" 달콤한 포도주와 샤실리크를 먹으며 오스타프는 환희에 차서 소리를 질렀다. "500루블이면 사상계의 거인을 구할 수 있습니다."

"혹시……." 키슬랴르스키가 약간 애원하는 목소리로 물었다. "200루블로는 사상계의 거인을 구할 수 없습니까?"

오스타프는 흥분을 억누르지 못한 채 테이블 밑에서 발로 이폴리드 마드베예비치를 툭툭 건드렸다.

"제 생각으로는." 이폴리트 마트베예비치가 말했다. "이런 일로 흥정을 하는 것은 적절치 못하다고 생각합니다!"

오스타프는 다시금 발로 보로뱌니노프를 건드렸는데, 그건 이런 뜻이었다.

'브라보, 키샤, 브라보! 이제 당신도 학습 효과가 나타나는군요!'

키슬랴르스키는 생애 처음으로 사상계 거인의 목소리를 듣게 되었다. 이 사실에 매우 감동한 그는 그 자리에서 즉시 오스타프에게 500루블을 건네주었다. 그런 다음, 식사비를 지불하고 머리가 아프다는 이유로 먼저 자리에서 일어났다. 30분 후에 그는 스타르고로드에 있는 아내에게 전보를 보냈다.

난 지금 당신의 충고대로 크림으로 갈 거요
만일의 경우를 대비해서 도프르 가방을 준비해주시오

오랫동안 궁핍한 생활을 해온 오스타프는 더 이상 참을 수 없었다. 그래서 그날 저녁 위대한 사기꾼은 산 위의 레스토랑에서 죽도록 술을 퍼마셨고, 하마터면 호텔로 돌아오는 케이블카에서 떨어질 뻔했다. 다음 날 그는 오랫동안 간직한 자신의 꿈을 실행했다. 그는 멋진 회색 양복을 한 벌 샀다. 지금 이곳은 양복을 입기에는 무척이나 더운 날씨였지만, 땀을 뻘뻘 흘리면서도 양복을 입고 돌아다녔다. 보로뱌니노프에게는 트빌리시 기성복 협동조합에서 흰색 양복 한 벌과 잘 알려지지 않은 요트 클럽의 금색 마크가 달린 해양 모자를 사주었다. 옷을 입고 모자를 쓴 보로뱌니노프의 모습은 마치 부유한 해양 선박업 대표 같았다. 구부정한 몸은 쭉 펴졌고, 걸음걸이도 위엄 있어 보였다.

"우와!" 벤데르가 말했다. "고위층 인사 같군요! 내가 여자였다면, 당신처럼 멋진 남자에게는 옷값을 8퍼센트 정도는 깎아주었을 겁니다. 이런! 이렇게 차려입으니 정말 있어 보이는군요! 한 가닥 하시는 고위층 인사 같습니다!"

"벤데르 동무!" 보로뱌니노프가 위엄 있게 말했다. "의자는 이제 어떻게 할 건가? 극단이 어디에 있는지 알아봐야 하는 거 아닌가?"

"하하!" 오스타프는 '오리엔트' 호텔 특실에서 의자를 잡고 춤을 추며 말했다. "나한테 설교하려 들지 마세요! 지금 난 아주 흥분한 상태란 말입니다. 돈도 있고 기분도 매우 좋아요. 당신에게 20루블을 드릴 테니 사흘 동안 도시에서 마음껏 즐기도록 하세요! 나도 수보로프처럼……! 도시를 약탈하면서 말입니다.* 키샤! 즐기세요!"

그러더니 오스타프는 엉덩이를 흔들며 빠른 박자로 노래를
부르기 시작했다.

저녁 종소리, 저녁 종소리,
내게 많은 생각을 주는구나.**

동업자들은 일주일 동안 술에 취해 있었다. 보로뱌니노프가
입은 선박업 대표의 양복은 마시다 흘린 술로 온갖 얼룩이 졌
고, 오스타프의 양복에는 커다란 무지개 색 반점이 생겼다.

"좋은 아침입니다!" 여드레째 되던 날 아침, 오스타프는 숙
취를 없애기 위해 신문 〈동쪽의 노을〉을 읽으며 말했다. "똑똑
한 사람들이 신문에다 무슨 얘기를 썼는지 들어보시겠습니까?
술고래 양반! 한번 들어보세요!"

연극계 소식

어제 9월 3일 모스크바 콜럼버스 극단이 트빌리시에서의 순회
공연을 모두 마치고 얄타로 떠났다. 극단은 모스크바에서의 겨
울 시즌이 시작되기 전까지 얄타에 머물 것으로 알려졌다.

*알렉산드르 수보로프는 제정 러시아 시대 최고의 장군이자 군사 전문가였으나,
전장에서 군사들의 사기를 위해 상대 도시에 대한 약탈을 허용했다.
**아일랜드 시인 토머스 무어의 시 〈저녁 종소리〉를 번안하여 곡을 붙인 로망스의
한 구절로, 당대에 매우 인기가 있었다.

"아! 내가 말했지 않았는가!" 보로뱌니노프가 소리쳤다.

"내게 무슨 말을 했습니까!" 오스타프가 반박했다.

그러나 오스타프도 당황했다. 이런 실수는 그를 매우 불쾌하게 만들었다. 보석 추격 수업을 트빌리시에서 끝마치지 못하고, 다시 크림 반도로 가야만 했던 것이다. 그러나 오스타프는 즉시 일에 착수했다. 바투미까지 가는 열차표를 두 장 샀고, 모스크바 시간으로* 9월 7일 23시에 바투미에서 오데사로 가는 '페스텔' 호의 이등석을 예약했다.

9월 10일에서 11일로 넘어가는 자정에 페스텔 호는 폭풍우 때문에 아나파 항구에 들르지 못하고 배를 돌려 얄타로 바로 떠났다. 그날 밤 이폴리트 마트베예비치는 배에서 꿈을 꾸었다.

꿈에서 그는 해양 선박업 대표의 옷을 입고 고향 스타르고로드 시에 있는 자신의 집 발코니에 서 있었는데, 발코니 아래에서 군중이 자신에게 뭔가를 기대하고 있다는 것을 알았다. 커다란 기중기가 나타나서 그의 발밑에 검은 돼지 한 마리를 내려놓았다.

양복을 입은 문지기 티혼이 나타나서 돼지 뒷다리를 붙잡고 말했다.

"이런, 제기랄! 닙프에 제대로 된 물건이 있겠습니까!"

이폴리트 마트베예비치의 손에는 단검이 들려 있었다. 단검으로 돼지 옆구리를 찌르자 돼지 배에서 시멘트 바닥으로 보석

---

*모스크바와 우크라이나는 2시간의 시차가 있다.

들이 쏟아져 나왔다. 보석들은 시멘트 바닥으로 통통거리며 떨어졌는데, 그 소리가 점점 커지더니 결국에는 참을 수 없을 만큼 커지면서 기괴한 소리가 되었다.

이폴리트 마트베예비치는 배의 창문을 두드리는 파도 소리에 꿈에서 깨어났다.

얄타에 도착했을 때는 바람 한 점 없이 뜨거운 태양이 내리쬐는 아침이었다. 뱃멀미에서 회복된 귀족단장은 고대 교회의 슬라브어로 장식된 종이 있는 뱃전에 모습을 드러냈다. 즐겁고 유쾌해 보이는 얄타 해변에는 노점상들과 배를 개조해 만든 수상 레스토랑이 늘어서 있었다. 항구에는 포목 천을 잘라 만든 천막 아래 벨벳으로 좌석을 만든 마차들이 대기해 있었고, 각종 자동차들과 '크림 관광 협동조합' 소속의 버스들과 '크림 운전사' 협회의 버스들이 손님들을 기다리고 있었다. 그 옆에는 붉은 빛깔의 옷을 입은 아가씨들이 양산을 빙빙 돌리고 손수건을 흔들며 손님들을 맞이했다.

동업자들은 우선 태양이 작열하는 해변으로 들어갔다. 즐겁게 해변을 거니는 무리 중에서 명주 양복을 입은 어떤 사람이 동업자들의 모습을 보더니 쏜살같이 방파제 쪽으로 걸음을 옮겼다. 그러나 이미 때는 늦었다. 사냥꾼과도 같은 위대한 사기꾼의 시선이 명주 양복을 입은 사람을 재빨리 포착했다.

"여기서 잠깐만 기다리세요, 보로뱌니노프 씨!" 오스타프가 소리쳤다.

그는 재빨리 앞으로 뛰어가서 명주 양복을 입은 사내를 열

걸음 정도로 따라잡았다. 잠시 후 오스타프는 손에 100루블을 들고 돌아왔다.

"더 이상은 주지 않더군요. 집으로 돌아갈 차비도 없다고 하는데 더 이상 뜯어내긴 힘들었습니다."

그리고 실제로 키슬랴르스키는 즉시 차를 타고 세바스토폴로 가서, 그곳에서 스타르고로드로 가는 삼등열차를 타고 고향을 향해 떠나버렸다.

동업자들은 온종일을 호텔에서 지내며 맨몸으로 바닥에 뒹굴거나 매분마다 욕조에 들어가 샤워를 했다. 그러나 호텔에서 나오는 물은 펄펄 끓는 차처럼 뜨겁기만 했다. 더위를 피할 방법이 없었다. 뜨거운 열기 때문에 얄타 전체가 녹아 바다로 흘러내릴 것만 같았다.

저녁 8시가 되자 동업자들은 온 세상에 있는 의자들을 저주하며 뜨겁게 달아오른 구두를 신고 극장으로 갔다.

〈결혼〉이 상연되고 있었다. 더위에 지친 스테판은 하마터면 물구나무를 서다 넘어질 뻔했다. 아가피야 티호노브나는 땀이 흥건한 두 손으로 "나는 포드콜료신을 원해요"라고 써 붙인 녹색 우산을 잡고 줄을 타고 내려왔다. 지금 이 순간, 아니 오늘 하루 종일 그녀가 원하는 것은 단 하나, 얼음이 가득한 시원한 물 한 잔이었다. 관객들 역시 갈증이 나긴 마찬가지였다. 그래서인지, 지글거리는 프라이팬에 붙은 뜨거운 달걀부침을 먹는 스테판의 모습은 관객들의 짜증을 유발하기에 충분했다.

동업자들은 만족스럽게 연극을 보고 있었다. 왜냐하면 여전히 자신들의 의자가, 화려한 로코코 양식의 새 의자 세 개와 함께 나란히 그 자리에 있었기 때문이다.

칸막이가 있는 특별석으로 몰래 숨어 들어간 동업자들은 축 늘어진 연극 공연이 어서 빨리 끝나기를 조급하게 기다렸다. 마침내 공연이 끝났다. 관객들이 자리를 뜨기 시작했고, 배우들도 바람을 쐬러 밖으로 달려 나갔다. 극장 안에는 두 명의 보석 추격자 외에는 아무도 남지 않았다. 모든 살아 있는 생명체는 거리로 뛰어나갔는데, 때마침 비가 내리기 시작해서 열기를 식혀주었다.

"따라오세요, 키샤." 오스타프가 명령했다. "무슨 일이 생기면 우린 극장 출구를 찾지 못해서 헤매는 시골뜨기라고 하면 됩니다."

그들은 무대 위로 올라갔다. 성냥불을 켜긴 했지만 연신 수압기에 머리를 부딪히면서 무대를 샅샅이 뒤지기 시작했다.

위대한 사기꾼은 계단을 타고 위층의 소도구실로 올라갔다.

"이리로 오세요!" 그가 소리쳤다.

보로뱌니노프는 두 팔을 흔들며 위층으로 달려갔다.

"보이세요?" 오스타프가 성냥을 켜며 말했다.

어두운 한쪽 구석에서 감브스 의자와 "나는 포드콜료신을······"이라고 적힌 우산이 나란히 모습을 드러냈다.

"바로 여기! 바로 여기에 우리의 미래, 그리고 현재와 과거가 있습니다! 성냥불을 켜요, 키샤! 내가 뜯어볼 테니까."

오스타프는 주머니에서 공구들을 꺼냈다.

"자, 시작해볼까." 오스타프가 의자 쪽으로 손을 내밀며 말했다. "귀족단장 나리, 성냥을 하나만 더 켜봐요."

보로뱌니노프가 성냥에 불을 붙이자 이상한 일이 일어났다. 의자가 저 혼자 한쪽 방향으로 튀어버리더니, 놀라움을 감추지 못하고 있는 동업자들의 눈앞에서 갑자기 바닥 밑으로 사라져버렸다.

"엄마야!" 이폴리트 마트베예비치는 그럴 마음이 전혀 없었지만, 몸이 갑자기 벽 쪽으로 날아가자 비명이 터져 나왔다.

요란한 소리를 내며 창문 유리가 모두 깨졌고, "나는 포드콜료신을 원해요"라고 적힌 우산은 회오리바람에 실려 창문을 통해 바닷가로 날아가버렸다. 오스타프는 나무 합판에 살짝 부딪혀 바닥에 쓰러졌다.

밤 12시 14분이었다. 이것이 바로 1927년 크림 반도를 강타한 대지진의 시작이었다.*

크림 반도 전체를 뒤흔들어버린 강도 9의 지진이 동업자들의 손에서 보석을 빼앗아버렸다.

"벤데르 동무! 대체 이게 무슨 일인가?" 이폴리트 마트베예비치가 공포에 사로잡혀 소리쳤다.

오스타프도 제정신이 아니었다. 지진이 그의 앞길을 가로막아버렸다. 온갖 풍파를 다 겪어본 벤데르였지만 지진만큼은 그도 처음 겪는 일이었다.

*실제로 1927년 9월 10일에서 11일 밤 크림 반도에 강도 9의 지진이 발생해 큰 피해를 남겼다.

"이게 무슨 일이야!" 보로뱌니노프가 절규했다.

거리에서 비명 소리와 신음 소리가 들려왔다.

"벽이 무너지기 전에 우리도 어서 밖으로 나가야 합니다. 어서요! 어서! 손을 이리 주세요, 모자도요!"

그들은 출구 쪽으로 뛰어갔다. 그러나 정말 놀랍게도 무대에서 출구 쪽으로 나가는 복도 문 근처에 감브스 의자가 흠집 하나 없이 엎어져 있었다. 이폴리트 마드베예비치는 개가 짖이대는 듯한 날카로운 신음 소리를 내며 죽을힘을 다해 의자를 붙잡았다.

"집게를 이리 주게!" 그가 오스타프에게 소리쳤다.

"정신이 나간 거 아닙니까?" 오스타프가 소리쳤다. "지금 천장이 무너져 내리려는데 무슨 미친 짓입니까! 어서 밖으로 나가야 합니다!"

"집게!" 광기 어린 목소리로 이폴리트 마트베예비치가 울부짖었다.

"이런 젠장! 의자와 함께 깔려 뒈져버리시오! 난 보석보다 내 목숨이 더 소중합니다!"

이 말과 함께 오스타프는 출구를 향해 달려갔다. 이폴리트 마트베예비치는 의자를 잡고 울부짖으며 오스타프의 뒤를 쫓아갔다. 그들이 골목의 중간쯤에 도착했을 때, 발아래에서 땅이 꿈틀거리더니 곧이어 극장의 지붕이 무너져 내렸다. 방금 전까지 동업자들이 있던 그 자리에는 어느새 수압기의 파편들이 널브러져 있었다.

"자, 이제 의자를 주세요." 벤데르가 냉정한 목소리로 말했다. "의자를 그렇게 들고 다니는 게 귀찮지도 않습니까?"

"줄 수 없네!" 이폴리트 마트베예비치가 신경질적으로 대답했다.

"이게 무슨 짓입니까? 폭동이라도 일으키겠다는 겁니까? 의자를 이리 줘요. 안 들립니까?"

"이건 내 의자네!" 보로뱌니노프는 사방이 떠나가도록 소리치며 울부짖었다.

"아무리 떼를 써봐야 당신 신상에 이로울 게 없을 텐데, 이 늙은이야!"

오스타프는 쇳덩이 같은 주먹으로 보로뱌니노프의 목덜미를 내려쳤다.

바로 그 순간 소방차가 골목길을 따라 지나가며 불빛을 비추었다. 이폴리트 마트베예비치는 불빛에 비친 오스타프의 끔찍한 표정을 보고는 순식간에 고분고분해져서 순순히 의자를 넘겨주었다.

"그렇죠, 지금은 그렇게 하시는 게 좋을 겁니다." 오스타프가 한숨을 내쉬며 말했다. "그럼 폭동은 진압된 거군요. 자, 이제 다시 의자를 들고 내 뒤를 따라오세요. 의자의 안전에 대한 책임은 당신에게 있는 겁니다. 설사 강도 15의 지진이 와도 의자는 안전하게 보호해야 합니다. 아시겠습니까?"

"알겠네."

동업자들은 커다란 혼란에 빠진 사람들과 함께 밤새도록 거리를 배회했다. 모두들 버려진 집에라도 들어가서 여진을 기다려야 할지 어쩔지 갈피를 잡지 못했다.

새벽이 되자 공포심이 조금 사그라졌다. 오스타프는 근처에 벽이 무너질 염려도 없고 아무에게도 방해받지 않을 만한 장소를 물색했고, 그곳에서 의자를 파헤치기 시작했다.

두 사람의 동업자 모두 깜짝 놀랄 만한 결과가 나왔다. 의자 안에는 아무것도 없었던 것이다. 이폴리트 마트베예비치는 밤과 새벽에 걸쳐 발생한 이 모든 충격을 이기지 못하고 생쥐 같은 웃음을 짓기 시작했다.

갑자기 두 번째 진동이 시작됐다. 첫 번째 진동에서 살아남아 동업자들에게 절망을 안겨준 감브스 의자가 이번에는 땅속으로 가라앉아버렸다. 뜯긴 꽃무늬 사라사 천만이 구름같이 자욱한 먼지 속에서 떠오르는 태양을 향해 미소 짓고 있었다.

이폴리트 마트베예비치는 천이 뜯겨 나가 검붉은 속살이 드러난 의자 방석을 향해 네 발로 기어갔다. 그러고는 지친 얼굴을 방석에 묻고 울부짖기 시작했다. 위대한 사기꾼은 보로뱌니노프의 울부짖는 소리를 들으며 정신을 잃어버렸다. 오스타프가 다시 정신을 차렸을 때, 그의 바로 옆에는 뻣뻣한 수염이 듬성하게 자란 보로뱌니노프의 턱이 보였다. 이폴리트 마트베예비치는 의식이 없었다.

"결국." 건강을 회복해가는 장티푸스 환자 같은 목소리로 오스타프가 말했다. "이제 우리에겐 완전한 100퍼센트의 확률만이 남았군요. 마지막 의자는('의자'라는 소리를 듣고 이폴리트 마트베예비치는 정신을 차렸다) 10월 역 물품창고 깊숙한 곳으로 사라져버렸죠. 그렇지만 땅속으로 꺼져버린 건 아니니까 문제가 될 건 없겠군요. 회의를 계속할 수 있겠어요."

어디선가 벽돌이 무너지는 소리가 들렸다. 멀리서 기선의 사이렌 소리가 계속해서 들려왔다.

40장
보물

10월 말의 어느 비 오는 날 이폴리트 마트베예비치는 이바노풀로의 방에서 양복 상의는 벗어둔 채 은빛 작은 별들이 수놓인 조끼만 입고 분주하게 일을 하고 있었다. 이 집에는 책상이 없었기에 이폴리트 마트베예비치는 창문턱에서 일을 했다. 위대한 사기꾼은 주택조합으로부터 집집마다 문에 다는 명패를 제작하는 큰 일거리를 주문받았다. 명패에 이름과 주소를 새기는 작업을 보로뱌니노프에게 떠넘긴 오스타프는 모스크바로 돌아온 한 달 동안, 이번에는 분명히 페투호바 부인의 보석들이 들어 있는 마지막 의자의 흔적을 찾기 위해 집요하게 10월 역 근처를 돌아다녔다.

이폴리트 마트베예비치는 이마를 찡그려가며 철판에 이름을 새기고 있었다. 보석을 추격한 6개월 동안 그는 자신의 고유한 습관들을 많이 잃어버렸다.

밤마다 이폴리트 마트베예비치는 꿈속에서 이상한 현수막으로 둘러싸인 산들, 자신의 눈앞에서 춤을 추는 이즈누렌코프, 전복된 배들, 물에 빠진 사람들, 하늘에서 떨어지는 벽돌들을 보았고, 뒤집힌 땅이 회색 연기를 내뿜으며 자신의 눈으로 들어가는 꿈을 꾸기도 했다.

이폴리트 마트베예비치와 종일을 같이 있는 오스타프는 그의 변화를 전혀 눈치채지 못했다. 그러나 이폴리트 마트베예비치는 눈에 띄게 바뀌었다. 걸음걸이도 예전과 달라졌고, 눈빛은 사나워졌으며, 땅과 평행을 이룰 정도로 옆으로 잘 정돈되었던 콧수염은 이제 늙은 고양이의 수염처럼 땅과 직각을 이룰 정도로 처져버렸다. 이폴리트 마트베예비치의 변화는 외모뿐만 아니라 내면에서도 일어났다. 전에 없던 결단력과 강인함이 그의 성격으로 자리 잡기 시작했다. 그리고 이런 새로운 성격 형성에는 세 가지 사건이 크게 영향을 끼쳤다. 우선은 바슈키 체스 기사들의 거센 공격에서 기적적으로 탈출한 것, 두 번째는 퍄티고르스크의 츠베트니크 역에서 처음 했던 거지 역할, 마지막으로 자신의 동업자에게 약간의 적대감과 알 수 없는 증오심을 가져오게 한 지진이 그것이었다.

그리고 최근 들어 이폴리트 마트베예비치는 쉽게 떨쳐버릴 수 없는 강한 의심에 사로잡히기 시작했다. 그는 오스타프가 자기 혼자 의자를 열어본 다음 보석을 꺼내 도망쳐서 자신의 운명을 망쳐버릴 것 같은 두려움이 들었다. 오스타프의 단단한 팔뚝과 강인한 의지를 알고 있기에 자신의 의심을 감히 입 밖으로 낼 수는 없었다. 이폴리트 마트베예비치는 하루 종일 창문턱에 앉아 이 빠진 낡은 면도칼로 철판에 이름을 새기며 괴로워했다. 그는 매일 오스타프가 오늘은 돌아오지 않아서 예전에 귀족단장이었던 자신이 모스크바의 어느 담벼락 밑에서 굶어 죽지는 않을까 하는 두려움에 사로잡혔다.

그러나 오스타프는 매일 저녁 돌아왔다. 기쁜 소식을 가지고 오진 못해도 오스타프는 여전히 힘이 넘쳤고 유쾌했다. 그는 단 한 순간도 희망을 버리지 않았다.

복도에서 급히 뛰어오는 발소리가 들리더니 누군가가 금고처럼 안전한 이바노풀로의 방문을 세차게 열어젖히고 들어왔다. 합판으로 만들어진 문은 바람에 넘어가는 책장처럼 쉽게 열렸다. 문턱에는 위대한 사기꾼이 서 있었다. 그의 옷은 온통 젖어 있었고, 두 볼은 사과처럼 붉게 달아올라 있었다. 그는 거칠게 숨을 내쉬었다.

"이폴리트 마트베예비치!" 그가 소리쳤다. "이폴리트 마트베예비치! 들어보세요!"

보로뱌니노프는 놀랐다. 기술부장은 지금까지 단 한 번도 그의 이름과 부칭을 붙여서 부른 적이 없었기 때문이다. 그래서 그는 갑자기 눈치를 채기 시작했다.

"있던가?" 그가 숨을 죽여가며 말했다.

"있습니다! 키샤! 귀신같이 알아맞히셨군요!"

"소리치지 말게. 다 듣겠네."

"그렇군요. 그래요, 다 들을 수 있겠어요." 오스타프는 재빨리 작은 목소리로 말했다. "있습니다. 있다고요, 키샤! 원한다면 지금 당장 보여줄 수도 있습니다. 철도 노동자 클럽에 있습니다. 새로 생긴 클럽인데, 어제 문을 열었답니다. 어떻게 찾았냐고요? 쉬웠냐고요? 그럴 리가요! 정말 어려운 일이었습니다! 하지만 천재적인 머리와 기막힌 행동으로 끝장을 본 거죠! 신화에나 나올 법한 모험이었습니다! 이제 고위층 인사가 되는 겁니다!"

이폴리트 마트베예비치가 양복 윗도리를 입을 시간도 주지 않고 오스타프는 복도로 달려 나갔다. 보로뱌니노프는 계단에서 오스타프를 따라잡았다. 흥분한 두 사람은 서로에게 질문을 퍼부어가며 비에 젖은 칼란쵸프 광장으로 미친 듯이 달려갔다. 전차를 타고 가면 된다는 생각조차 하지 못했다.

"옷차림이 꼭 구두 수선공 같군요!" 흥분에 들떠 오스타프가 말했다. "요즘 누가 그런 차림으로 돌아다닙니까, 키샤? 예전 같으면 당신은 빳빳하게 풀 먹인 속옷에 실크 양말을 신고 다녔겠지요? 물론 우아한 모자도 쓰고 말입니다. 당신 얼굴에는 뭔가 고상한 기운이 느껴지긴 합니다! 그런데 정말 귀족단장이었습니까?"

오스타프는 창문을 통해 철도 노동자 클럽의 체스 게임방에 놓여 있는, 너무나 평범해 보이지만 그 속에 엄청난 부를 담고 있는 의자를 귀족단장에게 보여주었다. 그런 다음 그를 다시 복도로 끌고 나왔다. 복도에는 아무도 없었다. 오스타프는 다시 잠긴 창문으로 다가가 창틀에 있는 나사를 풀었다.

"이 창문을 통해서." 그가 말했다. "우리는 오늘 밤 아무 때 나 자유롭게 이 방에 들어갈 수 있습니다. 키샤, 기억해두세요. 현관에서 세 번째 창문입니다."

동업자들은 이후 철도 노동자 클럽 관리인 행세를 하며 클럽 의 이곳저곳을 돌아다녔다. 그들은 클럽 안에 있는 멋진 홀들 과 방을 보면서 감탄을 금치 못했다.

"바슈키에서 체스 시합을 할 때 말이죠." 오스타프가 말했 다. "이런 멋진 의자에 앉아서 했더라면 아마 한 게임도 지지 않았을 겁니다. 어쨌든 이제 나갑시다. 나한테 25루블이 있으 니, 여기 다시 오기 전에 오늘 밤은 어디 가서 맥주나 한잔하고 잠시 휴식을 취하는 게 좋겠어요. 맥주를 마시자는 말에 놀라 셨군요, 귀족단장 나리? 괜찮습니다. 내일이면 우리는 엄청난 양의 샴페인을 퍼마시고 있을 겁니다."

시브체프 브라제크 거리에 있는 맥줏집에서 나왔을 때, 벤데 르는 무척이나 즐거운 마음에 지나가는 사람들에게 괜한 시비 를 걸기도 했다. 그는 살짝 술이 취한 이폴리트 마트베예비치 의 어깨에 가볍게 손을 올리고 부드럽게 말했다.

"키샤, 이렇게 보니 당신은 참 괜찮은 늙은이 같군요. 그렇 지만 난 당신에게 10퍼센트 이상은 주지 않을 겁니다. 절대로 주지 않을 거예요. 대체 당신이 그 많은 돈을 어디에다 쓰겠습 니까?"

"무슨 소리를 하는 건가? 대체 왜 이러는 거야?" 이폴리트 마트베예비치는 화가 나서 소리쳤다.

오스타프는 악의 없이 웃으며 동업자의 젖은 옷소매에 자신의 볼을 비벼댔다.

"키샤, 당신이 돈 쓸 데가 어디 있습니까, 안 그래요? 당신에겐 어떤 희망 같은 것도 없지 않습니까? 당신은 1만 5천 루블 정도면 충분할 겁니다…… . 곧 죽을 거잖아요. 더 이상 돈이 필요한 나이가 아니지 않습니까? 키샤, 당신도 알고 있죠? 내가 당신에게 한 푼도 주지 않을 거라는 사실을 말입니다. 키샤, 난 당신을 내 비서로 채용할 생각입니다. 어떻습니까? 한 달에 40루블을 드리겠습니다. 일주일에 3일만 일하면 됩니다. 괜찮죠? 식사도 드리고, 비서복도 제공하고, 팁도 드리겠습니다. 물론 사회보장 보험도 들어드리지요. 어떻습니까? 당신에게 정말 잘 어울리는 일자리 아닙니까?"

이폴리트 마트베예비치는 오스타프의 팔을 뿌리치고 빠른 걸음으로 앞으로 나아갔다. 오스타프의 술주정이 그를 완전히 격분시켰다.

오스타프는 이바노풀로의 집 현관에서 그를 잡았다.

"정말로 내 애기에 모욕감을 느낀 겁니까?" 오스타프가 물었다. "농담입니다. 3퍼센트를 드리겠습니다. 3퍼센트면 당신한텐 충분하지 않습니까, 키샤?"

이폴리트 마트베예비치는 어두운 표정으로 방 안으로 들어갔다.

"키샤, 왜 그러는 겁니까?" 오스타프는 오히려 이런 상황을 재미있어했다. "3퍼센트로 만족하세요! 다른 사람이라도 그렇게 했을 겁니다. 당신은 방을 얻을 필요도 없잖아요? 지금 이 바노풀로가 1년 내내 트베리에 가 있으니 얼마나 잘된 일입니까? 어쨌든 내 비서로 들어오세요……. 괜찮은 자리입니다."

오스타프는 어떻게 해도 이폴리트 마트베예비치의 마음이 돌아서지 않는다는 것을 눈치챘다. 그러자 그는 크게 한 번 하품을 하며 자신의 넓은 가슴에 공기를 가득 채워 넣고, 두 팔이 천장에 닿을 정도로 크게 기지개를 켜며 말했다.

"뭐, 좋습니다. 커다란 주머니나 하나 준비해두세요. 우리는 오늘 새벽에 클럽을 방문할 겁니다. 그때가 가장 좋은 시간이에요. 경비원들은 그때면 완전히 곯아떨어져서 단꿈에 젖어 있을 테니까요. 대신 그들은 그 책임으로 아마 퇴직 수당도 받지 못하고 쫓겨날 겁니다. 그러니까 내 소중한 친구여, 그동안 일단 잠이나 좀 자두는 게 좋을 겁니다."

오스타프는 모스크바에서 수집한 세 개의 의자를 붙이고 그 위에 누워 잠을 청하며 말했다.

"비서가 어때서요! 월급도 그 정도면 괜찮고…… 식사도 주고, 팁도 주는데……. 하하, 농담입니다. 회의는 계속되어야 합니다. 내게도 봄날이 왔습니다!"

이것이 위대한 사기꾼의 마지막 말이었다. 그는 꿈도 꾸지 않을 정도로 깊은 단잠에 빠져들었다.

이폴리트 마트베예비치는 거리로 나왔다. 그는 절망과 분노로 가득 차 있었다. 달이 구름 사이로 모습을 드러냈다. 비에 젖은 집들의 창살이 기름을 칠한 것처럼 번쩍거렸다. 물기를 머금은 먼지 쌓인 가로등이 희미하게 불을 밝히고 있었다. 술에 취한 사람이 맥줏집 '독수리'에서 쫓겨나고 있었다. 주정뱅이는 소리를 쳤다. 이폴리트 마트베예비치는 눈살을 찌푸리며 발길을 돌렸다. 지금 그에게는 단 하나의 희망, 즉 어서 모든 일을 끝내고 싶은 마음뿐이었다.

그는 방으로 들어와서 자고 있는 오스타프를 날카롭게 노려본 뒤, 코안경을 닦고 창문턱에 있는 면도날을 집었다. 이가 빠진 낡은 면도날에는 말라비틀어진 페인트 자국이 묻어 있었다. 그는 면도날을 주머니에 챙긴 다음, 고른 숨소리를 내며 자고 있는 오스타프를 돌아보지 않고 그 옆을 지나쳐 복도로 나왔다. 복도는 고요했다. 모두가 잠들어 있는 것이 분명했다. 어두컴컴한 복도에서 이폴리트 마트베예비치는 갑자기 뭔가가 자신의 이마 위를 기어가는 듯한 섬뜩한 기분을 느끼며 악의에 찬 미소를 지었다. 그는 학창 시절 귀를 움직이는 재주를 가진 피흐테예프 카쿠예프 선생이 갑자기 생각났다.

이폴리트 마트베예비치는 계단까지 내려가서 주의 깊게 귀를 기울였다. 계단에도 역시 아무도 없었다. 거리에서 짐마차의 말발굽 소리가 주판알을 튕기는 소리처럼 크고 분명하게 들려왔다. 귀족단장은 고양이처럼 살금살금 걸어서 다시 방으로 들어왔다. 그는 의자 등받이에 걸려 있는 오스타프의 양복에서 25루블과 집게를 꺼낸 뒤 더러워진 자신의 해양 모자를 쓰고 다시 귀를 기울였다.

오스타프는 코도 골지 않고 조용히 자고 있었다. 그의 코와 허파는 정확하게 공기를 들이마시고 내뱉으면서 정상적으로 작동하고 있었고, 강인한 두 팔은 바닥을 향해 있었다. 이폴리트 마트베예비치는 관자놀이의 맥박이 급격하게 빨라지는 것을 느끼며, 조용히 오른쪽 팔뚝의 소매를 팔꿈치까지 걷어붙인 다음, 와플 문양의 수건을 팔에 감았다. 그러고는 문 쪽으로 가서 주머니에 든 면도칼을 꺼냈다. 방의 구조와 거리를 눈으로 어림잡은 이폴리트 마트베예비치는 방의 전등을 껐다. 불은 꺼졌지만, 푸르스름한 수족관 빛깔의 가로등 불빛이 흘러 들어와 방 안은 희미하게나마 사방을 분간할 수 있었다.

"더 좋군." 이폴리트 마트베예비치가 나지막이 말했다.

그는 의자 등받이로 다가가 면도칼을 든 손을 높이 들었다가 온 힘을 다해 오스타프의 목을 단번에 비스듬히 베어버리고, 면도칼을 든 채 벽 쪽으로 재빨리 물러났다. 위대한 사기꾼은 부엌 싱크대에서 마지막 물이 빠질 때 나는 소리와 같은 비명을 질렀다. 이폴리트 마트베예비치는 터져 나오는 피를 가까스로 피했다. 그는 벽에 묻은 피를 양복 윗도리로 닦고 난 뒤, 문 쪽으로 다가가 고개를 돌려 오스타프를 잠시 바라보았다. 그의 몸은 두 번 정도 꿈틀거리더니 의자 등받이 쪽으로 고꾸라졌다. 거리에서 흘러 들어온 불빛이 바닥에 생긴 검붉은 웅덩이를 비췄다.

'이 웅덩이는 뭐지?' 이폴리트 마트베예비치는 생각했다. '그렇지, 그래. 피군……. 벤데르 동무가 죽었군.'

이폴리트 마트베예비치는 구겨진 수건을 풀어 옆에 던져놓고, 면도칼을 마룻바닥에 조심스럽게 내려놓았다. 그러고는 조용히 문을 닫고 그곳을 떠났다.

거리로 나온 이폴리트 마트베예비치는 인상을 찌푸리며 중얼거렸다. "보석은 전부 다 내 거야. 6퍼센트가 아니라 100퍼센트 내 거라고." 그는 칼란쵸프 광장으로 서둘러 걸어갔다.

이폴리트 마트베예비치는 철도 노동자 클럽으로 들어가 현관 입구에서 세 번째 창문 앞에 멈춰 섰다. 새로 지은 건물의 깨끗한 창문 유리는 동트는 아침 햇살을 받아 진주처럼 영롱하게 빛을 발했다. 멀리서 화물열차의 기적 소리가 새벽 공기를 뚫고 희미하게 들려왔다. 이폴리트 마트베예비치는 창틀을 떼어낸 후 능숙하게 창턱에 올라 방 안으로 들어갔다.

어렵지 않게 체스 게임방 안으로 들어온 이폴리트 마트베예비치는 벽에 걸려 있는 독일의 체스 그랜드마스터인 에마누엘 라스커의 초상화에 머리를 부딪히며 의자 쪽으로 다가갔다. 그는 서두르지 않았다. 서두를 이유가 전혀 없었다. 그를 쫓는 사람은 아무도 없었다.

그랜드마스터 오스타프는 시브체프 브라제크 거리의 분홍색 건물에서 영원히 잠들었기 때문이다.

이폴리트 마트베예비치는 바닥에 앉아 자신의 힘센 두 다리로 의자를 단단히 고정시키고, 냉정한 치과의사처럼 집게로 의자의 압정을 하나도 남김없이 모두 뽑아냈다. 66개의 압정이 모두 뽑혔다. 의자 방석을 감싸고 있던 영국제 사라사 천이 힘없이 풀어졌다.

이제 값비싼 보석이 가득 들어 있는 보석 상자들을 보기 위해 의자 방석을 들추는 일만 남았다.

'곧장 차를 타고 기차역으로 가는 거야.' 이폴리트 마트베예비치는 위대한 사기꾼으로부터 수개월 동안 배운 삶의 지혜를 동원하기 시작했다. '그리고 폴란드 국경을 통과하는 거지. 보석을 조금 쥐여주면 아무 문제 없이 통과시켜주겠지. 그런 다음 그곳으로……'

'그곳'으로 한시바삐 가기 위해 이폴리트 마트베예비치는 의자 방석을 들췄다. 그의 눈앞에는 매우 아름다운 영국산 용수철과 그 어디서도 찾아볼 수 없는 매우 훌륭한 솜이 나타났다. 그러나 의자 안에는 더 이상 아무것도 없었다. 이폴리트 마트베예비치는 본능적으로 의자의 두 다리를 잡고 의자를 뒤집어 반 시간 동안 흔들어대며 멍한 목소리로 말했다.

"왜 아무것도 없지? 이럴 리가 없는데! 이럴 리가 없다고!"

보로뱌니노프가 자신의 모자와 집게를 포함해서 체스 게임 방에 원래 있던 물건을 그대로 놓아두고, 힘겹게 창문을 넘어서 거리로 나왔을 때는 이미 아침이 밝아왔다.

"이럴 리가 없는데!" 그는 거리를 빠져나오며 같은 말을 되풀이했다. "이럴 리가 없다고!"

그리고 그는 다시 클럽으로 돌아가서 커다란 창문 주위를 맴돌며 중얼거렸다.

"이럴 리가 없어! 이럴 리가 없어! 이럴 리가 없어!"

그는 아침 안개에 젖은 머리를 감싸 쥐며 이따금씩 소리를 질렀다. 밤새 벌어진 모든 사건들을 생각하며 새집처럼 엉클어진 머리를 흔들어댔다. 보석에 대한 환상은 그에게 너무나도 큰 기대였기에 그는 넋 나간 사람처럼 멍해졌다.

"여긴 온갖 사람들이 드나드는 곳이지. 온갖 사람들 말이야."

이폴리트 마트베예비치의 귀에 누군가의 말소리가 들렸다.

그는 싸구려 무명천으로 만든 수위복에 너덜너덜한 장화를 신은 수위를 보았다. 그는 매우 늙었지만 무척 친절해 보였다.

"온갖 사람들이 다 드나들지." 혼자 고독하게 밤을 새워 지친 노인이 말을 붙여왔다. "동무, 당신도 보아하니 우리 클럽에 관심이 있는 모양이군. 하긴, 우리 클럽은 확실히 범상치 않은 곳이긴 하지."

이폴리트 마트베예비치는 두 볼이 붉은 노인을 괴롭게 쳐다봤다.

"그렇지." 노인이 말했다. "우리 클럽은 아주 색다른 곳이라네. 이런 클럽은 어디에도 없어."

"뭐가 그렇게 색다르다는 겁니까?" 이폴리트 마트베예비치는 겨우 정신을 차리고 물어봤다.

노인은 이폴리트 마트베예비치를 기쁜 얼굴로 쳐다봤다. 아마도 이 색다른 클럽에 대해 이야기하는 것을 좋아하는 모양이었다. 벌써 이 얘기를 여러 번 반복해서 말한 듯했다.

"그러니까, 그게 말일세." 노인이 얘기를 시작했다. "나는 이 클럽에서 10년 동안 수위로 일을 했지. 이건 아주 드문 일이라네. 들어보게나. 여기에는 클럽이 계속 있었지. 그 유명한 운송 노동자 클럽이었는데, 난 그때부터 이곳의 수위로 일했네.
당시 클럽 환경은 아주 열악했어⋯⋯. 노동자들이 어떻게든 따
뜻하게 해보려고 해도 도저히 수가 없었으니까. 오죽하면 크라
실니코프 동무가 내게 와서 이러더군. '대체 장작들을 어디다
팔아먹은 거야!' 내가 장작들을 다 빼돌린 걸로 생각한 거지.
크라실니코프 동무는 클럽에서 해야 할 일이 참 많은 사람이
었네. 근데 여기저기 습기는 차고, 춥고, 악단이 연주할 장소는
없고, 공연은 해야 되는데 배우들 몸은 다 얼고. 그래서 새 클
럽을 짓기 위해 5년 정도 신용 대출을 얻으려고 했다는데 나야
잘 모르지. 아마 안 됐을 거야. 대출을 받는 게 어디 그리 쉬운
일인가. 그러다가 이번 봄에 크라실니코프 동무가 무대 소품용
으로 가볍고 좋은 의자를 하나 샀지⋯⋯."

이폴리트 마트베예비치는 몸뚱이를 수위에게 바싹 붙이고
집중해서 듣기 시작했다. 의자 애기가 나오자 그는 거의 제정
신이 아니었다. 그러자 노인은 만족스러운 웃음을 지으며, 어
느 날 전구를 갈아 끼우기 위해 그 의자 위에 올라갔다가 의자
에서 미끄러진 애기를 해주었다.

"의자에서 미끄러지면서 그만 의자 천이 찢어지고 말았지.
그런데 찢어진 천 사이로 반짝거리는 구슬들과 하얀 유리 조각
같은 것들이 흘러나오는 게 아닌가."

"구슬이라고 했습니까?" 이폴리트 마트베예비치가 소리쳤다.

"그래, 구슬이었지!" 노인 역시 흥분에 싸여 꽥 하고 소리쳤
다. "그러고 나서 다시 보니 의자 안에 작은 상자들이 여러 개

있는 게 아닌가. 나는 상자에 손도 대지 않았어. 그러고는 즉시 크라실니코프 동무에게 달려가서 보고했지. 그런 다음 크라실니코프는 위원회에 보고를 했고. 나는 상자에 손도 대지 않았어. 내가 생각해도 정말 좋은 일을 한 거지. 알고 보니 부르주아 녀석이 감춰놓은 보석 상자였던 거야⋯⋯."

"그 보석들은 어디에 있습니까?" 귀족단장이 소리쳤다.

"어디에 있습니까? 어디에 있습니까?" 노인은 보로뱌니노프를 흉내 내며 껄껄 웃었다. "어디 있을지 한번 생각해보게나. 바로 여기에 있지 않은가!"

"어디? 어디에 말입니까?"

"바로 여기에 있다니까!" 볼이 붉은 노인네는 이 구절이 재미있는 듯 반복해서 말했다.

"바로 여기에 있다니까! 두 눈을 똑바로 뜨고 보라고! 그 보석으로 이 클럽이 세워진 거란 말일세! 보이지? 그래 바로 이 클럽일세! 그 보석으로 이 클럽의 중앙난방 시설, 시계가 걸린 체스 게임방, 극장, 식당 등을 만들었지. 우리 클럽은 덧신을 신지 않으면 출입할 수가 없네!"

이폴리트 마트베예비치는 그 자리에서 돌처럼 굳어 움직일 수 없었다. 다만 두 눈으로 멍하니 클럽을 바라볼 뿐이었다.

페투호바 부인의 보석들이 바로 여기에 있었다! 바로 여기에! 오스타프-슐레이만-베르타-마리야 벤데르-베이가 계산한 대로라면 15만 루블 전부가 다 바로 여기에.

보석들은 정면 현관 입구의 유리와 철근 콘크리트 바닥으로 변해 있었다. 멋진 체육관 홀은 진주로 만들어진 것이었고, 다이아몬드 왕관은 회전식 무대를 갖춘 극장으로 변했고, 루비는 그 크기가 엄청나게 커져 홀 곳곳의 샹들리에로 변했고, 뱀 모양의 금팔찌는 형태가 바뀌어 도서관이 되었고, 금장 허리띠는 탁아소, 작업장, 체스 게임방, 당구장으로 변했다.

보석은 그대로 잘 보존되어 있었다. 아니, 오히려 더 커져버렸다. 누구나 손으로 만질 수 있지만 개인이 가져갈 수는 없었다. 보석은 많은 사람들을 위해 봉사하고 있었다.

이폴리트 마트베예비치는 화강암처럼 굳어가는 자신의 얼굴을 만져보았다. 화강암의 냉기가 자신의 심장으로 전해졌다.

그는 절규하기 시작했다.

그것은 무섭게 미쳐버린 광기의 울부짖음이었고, 심장을 꿰뚫는 듯한 늑대의 울부짖음이었다. 이 울부짖음은 도시의 광장 한가운데를 통과하여 다리 밑까지 날아갔으나, 여기저기서 들려오는, 새로운 아침을 시작하는 거대한 도시의 소리들에 의해 이내 묻혀버렸다. 찬란한 가을 아침이 비에 젖은 지붕에서 모스크바 거리로 미끄러져 내려왔다. 도시는 여느 때처럼 자신의 일과를 시작했다.

소비에트 러시아 문학
불멸의 풍자 작품

이승억(경북대 인문과학연구소 연구교수)

1. 작가들, 예정된 분신의 만남

문학사에 공동 창작의 경우는 더러 있다. 공쿠르 형제, 마르그리트 형제 등이 그러한데, 나 역시 희곡을 쓸 때 공동 창작을 하고 싶은 욕망이 생기곤 한다. 그러나 나는 이렇게 한 사람이 쓴 것 같은 공동 창작품은 이제껏 본 적이 없다.

포이히트방거(독일 극작가)

소비에트 러시아 문학사상 최고의 풍자 작품으로 손꼽히는 소설 《열두 개의 의자》는 특이하게도 일리야 일프와 예브게니 페트로프라는 두 명의 작가가 공동으로 집필한 작품이다. 문학사에 더러 등장하는 공동 작가들은 대부분 어릴 적부터 함께 호흡하고 생활한 형제들이었지만 일프와 페트로프는 20대 중반인 1925년 처음 만날 때까지 서로 모르는 남남이었다.

그러나 이들은 만난 지 불과 2년 후인 1927년에 《열두 개의 의자》를 공동으로 집필하기 시작해 4개월 만에 완성했다. 이들의 공동 창작은 본인들 스스로가 "분리된 분신이 드디어 만났다"라고 말했던 것처럼, 어쩌면 처음부터 예정된 운명이었을지 모른다. 작가로 데뷔하기 전까지 이들의 삶은 정말 분신처럼 매우 유사한 형태를 보이고 있기도 하다.

두 사람은 모두 우크라이나의 오데사에서 태어났다(일프는 1897년, 페트로프는 1903년). 그리고 둘 다 본명이 아닌 필명으로 활동했는데 일프의 본명은 이예히엘-레이브 아르예비치 파인지르베르그이며('일프'라는 예명은 본명의 첫 글자들을 따서 만든 이름이다), 페트로프의 본명은 예브게니 페트로비치 카타예프이다.

본격적인 문학가로서 활동하기 전까지 여러 직업을 거쳤다는 점에서도 그들은 유사하다. 유대인 은행원 아버지와 러시아인 어머니 가정에서 성장한 일프는 기술 고등학교를 졸업하고 회계사, 전신국 기사, 군수공장 설계사, 잡지사 편집자 등의 직업을 가졌고, 교사 집안 출신인 페트로프 역시 고등학교를 졸업하고 전신국 통신원, 잡지사 기자, 그리고 특이하게 형사로 일하기도 했다. 이들의 이러한 이력은 이후 《열두 개의 의자》에 등장하는 다양한 직업을 가진 여러 인물들의 삶을 묘사하는 데 중요한 밑거름이 된다.

오데사에서 서로에 대해 알지 못했던 두 사람은 약속이나

한 듯이 1923년, 본격적인 문학가의 길을 걷기 위해 모스크바로 이주했다. 일프는 당시 젊은 작가들의 등용문이자 철도 노동자들을 위한 신문사 〈기적〉의 편집국에 들어가, 틈틈이 유머 칼럼과 영화평 등을 쓰면서 모스크바의 삶을 시작하였다. 일프보다 몇 개월 뒤에 모스크바에 온 페트로프는 야간대학에서 언론학을 공부하면서 《붉은 후추》라는 잡지사에서 일을 했고, 역시 짧은 유머 작품들을 신문사와 잡지사에 발표하면서 작가로서의 꿈을 키우기 시작했다.

두 사람의 만남은 1925년 페트로프가 신문사 〈기적〉으로 일자리를 옮기면서 드디어 이루어졌다. 두 사람의 만남과 소설 《열두 개의 의자》의 탄생에는 페트로프의 친형이자 당대 소비에트의 유명한 극작가 겸 산문 작가였던 발렌틴 카타예프의 역할이 결정적이었다. 작가들보다 1년 일찍 모스크바로 와서 이미 〈기적〉의 편집자로 근무하고 있었던 카타예프는 두 사람의 작가적 재능을 간파하고 서로를 소개해줌으로써, 오랜 기간 떨어져 있던 '분신들'을 결합시켜주었다.

사실 《열두 개의 의자》는 발렌틴 카타예프의 구상과 제안으로 시작된 작품이다. 카타예프는 아서 코난 도일의 《여섯 점의 나폴레옹 상》이라는 추리소설에서 착안하여 이와 유사하게 의자 속에 숨겨진 보물을 찾으러 다니는 모험소설을 구상하고, 일프와 페트로프에게 함께 작업할 것을 제안했다. 두 사람이 초고를 쓰면 카타예프가 교정을 보는 방식으로 창작이 추진되었으나, 카타예프가 이후 발표한 희곡집과 산문집의 큰 성공으로 분주해지면서 작업에서 손을 떼게 되자 창작은 온전히 두 사람의 몫으로 돌아갔다. 카타예프는 작품 서두에 "발렌틴 카타예프에게 바친다"라는 헌사만 써줄 것을 요구하고 창작에 관한 모든 권리를 두 사람에게 아무 조건 없이 넘겼으며, 이때부터 두 사람은 1937년 4월 일프가 죽을 때까지 모든 창작 활동을 공동으로 하게 된다.

두 사람은 그들의 첫 번째 소설인 《열두 개의 의자》를 1927년 9월 말부터 본격적으로 작업하여 불과 넉 달 만에 완성했고, 1928년 1월부터 7월까지 월간지 《30일》에 발표했다. 얼마 뒤 '토지와 공장'이라는 출판사를 통해 단행본 형태로 출간된 소설은 큰 성공을 거둔다. 첫 번째 판본이라 할 수 있는 월간지의 소설은 총 37장으로 이루어져 있고, 출판사를 통해 발행된 두 번째 판본은 41장으로 구성되어 있는데, 이듬해인 1929년에는 검열로 지적받은 부분을 수정하여 총 3부 40장으로 구성된 개정판을 출간했다. 현재 널리 알려진 판본은 1929년 수정해서 출간한 개정판이다.

무명에 가까웠던 두 작가는 소설 발표 후 일순간에 독자들과 비평가들에게 엄청난 반향을 불러일으키면서 당대 소비에트 최고의 풍자 유머 작가로 떠올랐다. 그러나 소설은 1920년대 소비에트 사회의 어두운 면을 부정적이며 풍자적으로 그려냈다는 이유로 좌파 비평가들로부터 "판에 박힌 전형적인 3류 모험소설"이라는 혹평을 받았다. 특히, 유명한 좌파 비평가였던 시트코프는 《열두 개의 의자》에 대해서 "평범하기 그지없는 작품이며 전통적인 적에 대한 심오한 풍자가 전혀 없는 공포탄 같은 소설"이라고 비판했다.

이러한 공격적인 분위기 속에서도 당대 소비에트 최고의 작가들이던 막심 고리키나 블라디미르 마야콥스키가 "소비에트 문학사에 위대한 풍자 작품이 탄생했다"라며 공개적으로 그들을 지지했기에 일프와 페트로프는 작품 활동을 지속할 수 있었다. 그러나 《열두 개의 의자》 속편 격인 《황금 송아지》가 1932년에 미국에서 단행본으로 출판되어 큰 반향을 일으키자, 소비에트 사회의 부정적인 측면을 외국에 알렸다는 이유로 작가들은 다시금 거센 비난에 직면했다.

특히 1930년대에 접어들면서 스탈린 독재 체제가 강화되고 소비에트 사회에 대한 어떠한 비판과 풍자도 허용되지 않는 시기가 오면서 이들의 창작 활동은 심각한 난관에 부딪히게 되었다. 이들의 창작적 운명을 결정짓게 된 것은, 1920년대에 난립된 소비에트 작가 단체들을 통폐합하고 문학을 사회주의 건설의 중요한 도구로 결정한 1934년 '제1차 소비에트 작가 전당대회'였다. 전당대회에서 좌파 작가들은 소비에트 체제에 부정적인 태도를 취한 여러 작가들과 작품들을 맹렬히 비난했는데, 《열두 개의 의자》도 그중 하나였다. 비평가 미하일 콜초프는 "소비에트 문학에서 일프와 페트로프 같은 작가들은 존재할 권리가 없다"라고 공격했으며, 이러한 분위기 속에서 일프와 페트로프의 모든 작품들은 출판 금지 처분이 내려졌다.

일프와 페트로프는 결국 경직된 국내 분위기를 잠시 피하고

자 1935년 9월에 미국행을 결심했고, 당시 자신들이 일하던 신문사 〈프라브다〉로부터 장기출장 겸 휴가를 얻어, 1937년까지 미국 전역을 돌아다니면서 새로운 작품 활동을 하게 되었다. 그리고 1937년 자신들의 미국 체험을 바탕으로 한 《1층짜리 미국》이라는 작품을 발표했다.

그러나 얼마 지나지 않아 뜻하지 않게 일프가 급성 결핵에 걸리면서 두 사람은 러시아로 급히 귀국을 하지만, 결국 일프는 1937년 4월 40세의 젊은 나이로 세상을 떠났다. 분신이던 일프의 죽음으로 인해 이들의 공동 창작 세계는 막을 내렸다. 이후 사진작가의 길을 걷기 시작한 페트로프는 2차 세계대전이 발발하자 전쟁 통신원으로 근무하다가 1942년 2월 전선에서 세상을 떠났다.

작가들 생전에는 다시 출간되지 못했던 《열두 개의 의자》는 스탈린 사망 후 이른바 '해빙기'라는 유화된 사회 분위기 속에서 1956년 다시금 세상의 빛을 보게 되었다. 《열두 개의 의자》는 외국에서도 큰 인기를 얻어, 미국과 프랑스를 비롯해 10여 개가 넘는 언어로 번역되었다. 여러 차례 영화로도 만들어졌는데, 1933년 체코에서 최초로 영화화된 이후, 1938년 독일, 1966년, 1971년, 1976년 소련, 1970년 미국, 그리고 2003년 러시아에서 뮤지컬로, 2005년에는 다시 영화로 만들어지면서 가장 사랑받는 소비에트 고전 작품으로 자리매김하게 되었다.

2. 1920년대 소비에트 삶을 한눈에 보는 풍자 백과사전

소설 《열두 개의 의자》는 주인공 보로뱌니노프와 벤데르가 보석이 숨겨진 의자를 찾기 위해 러시아 전역을 돌아다니는 일종의 모험소설이다. 여타의 러시아 소설들과는 다르게 《열두 개의 의자》는 지루하지 않고(?) 작가들의 기막힌 유머 감각이 작품 전체를 이끌고 있기 때문에 매우 흥미롭다. 그러나 《열두 개의 의자》가 러시아 문학의 고전 중 하나로 자리매김한 것은 단순한 흥미 위주의 모험소설의 틀을 벗어나 직접적이면서도 과감하게, 때로는 은밀하면서도 날카롭게 당대 소비에트 사회를 풍자했기 때문이다. 소설의 풍자 대상은 소비에트 삶의 한 단면이 아니라 정치, 경제, 사회, 그리고 문학과 예술에 이르는 모든 영역을 아우르고 있으며, 마치 당대 소비에트 사회의 백과사전과도 같은 인상을 주기에 충분할 정도로 놀랍도록 세세하고 사실적으로 묘사되어 있다.

1927년 4월 15일에서 10월 말까지를 시간적 배경으로 하고 있는 이 소설은 스타르고로드와 N군이라는 가상의 도시를 비롯하여 모스크바, 캅카스, 크림 반도에 이르는 전 러시아를 공간적 배경으로 삼는다. 실제로 소설은 당시에 발생한 현실의 여러 사건들을 직접적인 모티브로 하여 창작되었으며, 실제 사건 발생 시기와 작가들의 창작 시간이 거의 동일하게 진행되는 매우 특이한 작품이다.

작가들이 이 작품을 창작한 시기는 1927년 9월 말이며 작품 속에서 사건이 시작되는 시간은 1927년 4월 15일 금요일로 명시되어 있고, 소설의 39장 '지진'은 실제로 1927년 9월 10일 크림 반도에서 발생한 지진을 배경으로 한다. 즉《열두 개의 의자》는 보로뱌니노프와 벤데르의 보석 추적을 전면에 내세우고 있지만 그 이면에는 1920년대 실제 소비에트 삶을 바탕으로 한 매우 사실적인 풍자소설인 것이다.

따라서《열두 개의 의자》는 당시 소비에트 사회에 대한 배경 지식이 부족하면 풍자의 정확한 의미를 알지 못하는 난점을 갖고 있는데, 그 근본적인 원인은 소설의 배경이 되는 1920년대 소비에트 사회가 매우 복잡하고 혼돈스러운 시기라는 데 있다. 소설은 몰락해가던 제정 러시아 말기, 1차 세계대전, 혁명과 내전, 신경제정책 시기로 이어지는 20세기 초반의 대단히 복잡하고 혼돈스러운 러시아 사회상을 담고 있다.

주지하다시피 1917년 러시아에서는 사회주의 혁명이 발생하여, 수 세기 동안 지속되어온 제정 러시아 귀족 사회가 무너지고 새로운 시대가 열렸다. 그러나 혁명 정부는 귀족과 황실 군대로 이루어진 반혁명 세력의 저항에 부딪혀 1918년부터 1922년까지 전쟁을 치렀다. 백군(白軍)과 적군(赤軍)으로 갈라져 싸운 이른바 '시민전쟁'(혹은 '내전')은 1914년부터 이어져온 1차 세계대전이 채 끝나기도 전에 또다시 러시아 전역을 전쟁의 소용돌이로 몰아넣었다. 내전은 혁명 정부가 주도하는 적군의 승리로 끝났지만 거듭된 전쟁으로 인해 러시아 전역의 경제는 완전히 피폐해져버렸고 혁명 정부는 심각한 위기에 봉착했다.

이러한 위기를 타개하기 위해 레닌은 1922년에 자본주의와 사유재산제를 부분적으로 인정하는 '신경제정책', 이른바 '네프(NEP)'를 시행하게 되는데, 1927년까지 이어진 네프는 국내 경제를 활성화시켰지만 소비에트 사회의 정체성에 큰 혼돈을 가져왔다.

즉 1920년대 소비에트 사회는 정치적으로는 사회주의, 경제적으로는 자본주의, 그리고 아직도 적지 않은 일반 민중의 정신세계에는 제정 러시아 시대에 대한 향수가 자리 잡고 있는 기묘한 형태의 시기가 된 것이다. 《열두 개의 의자》는 바로 이 기묘한 형태의 1920년대 소비에트 삶에서 발생했던 여러 가지 현상을 풍자하고 있다.

풍자의 근간을 이루는 것은 무엇보다도 네프 시기가 만들어 낸 물질 만능주의이다. 자본주의의 유입으로 인해 당시 소비에트 사회는 '네프만(nepman)'이라고 불리는 신흥 부자들이 득세하면서 빈부의 격차가 발생하는데, 이는 사회주의 체제 안의 물질 만능주의라는 아이러니컬한 상황을 잉태했다. 소설에 등장하는 포장회사 '신속포장' 대표인 다디예프, '모스크바식 바란카' 대표 키슬랴르스키가 바로 네프만의 대표적인 인물이며, 이들은 막대한 부를 축적하여 사회주의 내의 자본가 세력이라는 모순적인 계급을 형성했다.

사실 보로뱌니노프와 벤데르가 일확천금을 노리며 의자 속에 들어 있는 보석을 찾는다는 설정 자체는, 경제적 불평등을 해소하고 부의 균등한 분배 속에서 일반 민중의 지상낙원을 건설한다는 사회주의 이념에 정면으로 대립된다. 더구나 소설 속 두 주인공의 꿈은 보석을 찾아내 그것으로 인민들을 위한 공공 시설을 지어 소비에트 사회 발전에 이바지하는 것이 아니라, 사회주의 소비에트를 떠나 외국으로 가서 자신만의 호화로운 삶을 사는 것이다. 그리고 이것은 실제 당대 네프만을 비롯한 적지 않은 소비에트 러시아인들의 희망이기도 했다.

물질 만능에 젖어 있는 네프 시기 소비에트 러시아인들의 모습은 작품 곳곳에서 찾아볼 수 있다. 보석에 눈이 멀어 사제의 직을 일순간에 팽개쳐버렸으나 보석을 찾지 못하자 미치광이가 되어버린 사제 보스트리코프, 미국 거부의 상속녀를 따라잡기 위해 극단적인 과소비를 하는 엘로치카, 관료임에도 자신의 지위를 이용해 게걸스럽게 물질을 축적하는 제2양로원 경리부장 알리헨, 문서 담당 주임 코로베니코프가 그 대표적 인물이다. 또한 벤데르에게 시 전체가 사기를 당한 바슈키의 주민들, 복권에 당첨되어 직장을 팽개치고 여행을 떠나는 〈공작기계〉 신문사의 '자동차 클럽' 회원들도 정상적인 방법으로 부를 축적하기보다는 일확천금을 노리는 당대 소비에트 삶의 한 단면을 보여주고 있다.

소설 《열두 개의 의자》에 드러나는 또 다른 풍자는 혁명 시인인 마야콥스키가 "소비에트를 좀먹는 가장 큰 적"이라고 얘기했던 '관료주의'이다. 관료주의에 관한 풍자는 19세기 러시아 문학에서부터 줄곧 제기된 문제로, 고골과 체호프 작품 속에서 특히 많이 드러난다. 19세기 제정 러시아 시대부터 이어져온 관료주의는 사회주의 소비에트 시절에 더욱 심화되는 모습을 보이는데, 그것은 새로운 체제 속에서 자리 잡은 새로운 인물들의 얄팍한 권력욕과 절차와 외형을 중시했던 초기 사회주의 모습의 부정적 현상으로 풀이된다.

또한 작품 전반에 걸쳐 문학과 예술에 관한 언급이 매우 빈번하게 나오는데, 특히 2부 〈모스크바에서〉는 당시 문학, 예술인의 삶과 활동에 관한 세세한 묘사와 함께 신랄한 풍자를 가하고 있다.

1920년대 소비에트 문학과 예술의 양상 역시 당대의 삶만큼 매우 복잡하고 다양한 형태로 전개되었다. 푸시킨에서 시작되어 고골, 투르게네프, 톨스토이, 도스토옙스키, 체호프로 이어진 찬란했던 19세기 러시아 문학은 혁명 후 일순간 그 빛이 바랜다. 소비에트 정부는 문학과 예술의 주요한 역할을 인민의 계몽과 각성에 두고 이를 적극적으로 지원한 반면, 이에 반하는 작품들은 반혁명적인 것으로 간주하여 탄압했다. 따라서 혁명 초기 문학과 예술은 혁명의 당위성과 계급투쟁의 승리에 관한 선전선동 연극이나 이념적인 시들로 편향되어 대량으로 생산되었다. 그러나 네프 시기로 접어들면 유화된 사회 분위기에 힘입어 소비에트의 문학과 예술은 어느 정도의 암묵적인 다양성을 보장받으면서 단기간에 풍성한 예술적 성취를 이루게 된다. 이 시기에 수많은 문학 단체, 문학 경향, 출판사, 잡지사, 그리고 작가들과 작품들이 쏟아져 나왔고, 작품의 내용도 천편일률적인 선전선동 경향에서 벗어나 혁명과 내전, 당대 소비에트 삶을 다양한 시각으로 조망한 수준 높은 작품들이 등장했다.

하지만 이러한 사회 분위기는 스탈린의 등장으로 새로운 국면에 접어들게 되었다. 스탈린의 등장은 소련의 정치적 지형뿐만 아니라, 소비에트 문학과 예술 자체에 완전히 새로운 흐름을 만들어버렸다. 1924년 레닌이 사망하자, 권력은 레닌과 함께 혁명을 주도한 트로츠키에게 이양되는 대신 모두의 예상을 뒤집고 스탈린에게 넘어갔다. 소비에트의 새로운 수장이 된 스탈린은 집권 초기 미약한 자신의 기반을 고려해 여전히 유화 정책을 유지하면서 조용히 세력을 구축해나가다가, 자신의 최대 정적인 트로츠키를 축출하면서부터 독재의 서막을 알렸다. 그 시발점은 1927년 장제스의 중국 공산당 탄압 정책이었다.

당시 스탈린과 트로츠키는 세계 혁명화 정책에 대해 상반된 입장으로 대립하고 있었다. 스탈린은 일국사회주의, 즉 소비에트 러시아만으로도 세계 혁명을 이룩할 수 있다는 입장이었고, 트로츠키는 러시아만으로는 불가능하기 때문에 유럽과 다른 나라의 사회주의 혁명을 지원하여 세계를 공산화해야 한다고 주장했다. 따라서 트로츠키는 러시아가 중국 공산당을 지원하지 못해 장제스가 중국 공산당을 축출한 것이라고 강도 높게 당과 스탈린을 비판했는데, 오히려 이것이 당을 위협하는 행위로 간주되어 당에서 제명되고 외국으로 추방당했다. 상하이에서 벌어진 장제스의 중국 공산당 탄압이 1927년 4월 15일이고, 소설의 내용이 정확하게 1927년 4월 15일부터 시작하는 것은 결코 우연이 아니다. 트로츠키를 축출한 스탈린은 1928년에 네프를 종식시키고 이른바 '사회주의 제1차 경제개발계획'을 실시하면서 본격적인 독재 체제를 구축하고, 자신의 정적들과 반사회주의 세력에 대한 대대적인 숙청을 실시하면서 소비에트 사회를 공포 분위기로 몰아갔다.

이러한 분위기는 문학계에도 그대로 적용되어 소비에트 사회에 대한 풍자와 비판을 담은 작품들은 완전히 자취를 감추고, 문학적 경향의 다양성과 실험성은 다시금 당의 이데올로기를 충실히 따르는 이른바 '사회주의적 사실주의' 이념으로 통일되었다. 또한 이에 반하는 작가들은 숙청당하고 그들의 작품 역시 금지가 되는데, 바로 이러한 분위기에서 소설 《열두 개의 의자》도 금서로 낙인찍혀 오랜 기간 봉인되었다.

3. 소비에트 인간 군상의 집합소

소설 《열두 개의 의자》는 보로뱌니노프와 벤데르가 보석을 찾기 위해 러시아 전역을 돌아다니면서 발생하는 여러 에피소드들로 구성되어 있다. 그리고 그 과정에서 우리는 당대 소비에트 삶을 생생하게 대변하는 온갖 유형의 인물들을 만나게 된다.

혁명 후 새로운 체제에 적응하지 못하고 제정 러시아의 향수에 젖어 있는, 그래서 오스타프 벤데르의 사기에 쉽게 넘어간 비밀결사대 '검과 낫' 회원들, 혁명 후 자신의 신앙을 유지하지 못하고 탐욕에 눈멀었던 정교 사제들을 대표하는 사제 보스트리코프, 자신들의 지위를 이용해 사리사욕을 채우는 관료들을 대표하는 알리헨과 코로베니코프, 심각한 주택난과 경제난을 보여주는 시바르츠 기숙사의 연필통 방 거주자들, 네프만을 대표하는 키슬라르스키와 댜디예프, 물질 만능주의와 과소비를 대표하는 옐로치카, 문학과 예술인들의 삶을 보여주는 이즈누렌코프, 랴피스, 신문사 〈공작기계〉, 콜럼버스 극장 단원들, 지방 도시민들의 무지와 허영을 보여주는 바슈키의 체스클럽 회원들의 모습을 통해 작가들은 당시 소비에트의 갖가지 모습을 때로는 유머러스하게, 때로는 풍자적으로, 때로는 비판적으로 보여주고 있는 것이다. 이러한 다양한 인물 군상 중에서도 중심이 되는 인물은 작품을 이끌어가는 기묘한 형태의 동업자인 보로뱌니노프와 벤데르이다.

소설은 보로뱌니노프의 장모인 페투호바 부인이 유언으로 남긴 숨겨진 보석 얘기에서 시작된다. 보로뱌니노프는 어쩔 수 없이 혁명을 수용하여 살아가는 제정 러시아 귀족 계급을 대표하는 인물이다. 혁명 후 제정 러시아 귀족들은 크게 두 가지 삶의 양상을 보여주었다. 하나는 소비에트 러시아를 떠나 외국으로 망명하는 것으로, 당시 대표적인 망명 도시는 파리였다. 본문에서 벤데르와 보로뱌니노프가 처음 만났을 때, 벤데르가 그에게 파리에서 오지 않았느냐고 집요하게 추궁하는 것도 바로 그러한 배경 때문이다. 두 번째는 러시아 내에서 어쩔 수 없이 혁명을 수용하여 평범한 소비에트 시민으로 살아가는 경우다. 이들은 보통 토지를 비롯한 자신들의 전 재산을 몰수당하고 예전 귀족 계급의 특권을 누릴 수 없게 되어 마음 한구석에는 제정 러시아의 부활이나 외국으로의 망명을 꿈꾸었다.

지방 관청의 말단 관리로 평범한 삶을 살아가던 보로뱌니노프는 장모의 보석을 통해 새로운 삶을 계획한다. 즉 소비에트로부터 부여받은 직업을 팽개치고 부를 획득하여 소비에트 러시아를 떠나고 싶어 하는 당대 귀족들의 염원을 갖게 된 것이다. 작가들은 구(舊)귀족을 대표하는 보로뱌니노프의 무능과 허위, 탐욕을 작품 전체를 통해 신랄하게 풍자하고 있는데, 보로뱌니노프는 표면상으로는 185센티미터의 큰 키에 말쑥한 옷차림, 아침에 일어나면 습관적으로 외국어를 하는 멋진 신사이지만 내면은 허랑방탕한 유형의 인간이다. 특히 보로뱌니노프가 남편이 있는 젊은 여자, 리자에게 반해서 200루블을 탕진하여 자신의 꿈을 어이없이 날려버리는 모습, 작품의 말미에서 혼자 보석을 차지하기 위해 극단적인 선택을 하는 모습을 통해 그의 본성이 어떠한지를 명확하게 보여주고 있다.

혼자서 보석을 찾으러 나간 보로뱌니노프는 스타르고로드 시에서 오스타프 벤데르라는 '위대한 사기꾼'을 만나는데, 이 순간부터 《열두 개의 의자》는 벤데르의 인생 역정과 기막힌 사기술만큼이나 매우 흥미롭고 풍성한 내용으로 전개된다.

벤데르는 러시아 문학작품에 등장하는 수많은 주인공 중에서도 가장 빛나는 개성의 소유자이자 인기 있는 인물이다. 오스타프 벤데르의 실제 모델은 오데사의 유명한 사기꾼이자 이후에는 경찰로도 일한 적이 있는 오스타프 쇼르이다. 쇼르는 벤데르처럼 수려한 외모에 건장한 체격의 멋쟁이로, 비상한 두뇌와 화려한 언변으로 젊었을 때부터 여러 곳을 여행하면서 다양한 모험을 즐겼다. 발렌틴 카타예프와 친분이 있던 쇼르는 자신의 모험담을 자주 들려주었고, 카타예프는 《열두 개의 의자》를 구상하면서 쇼르의 외모와 경험담을 토대로 작가들에게 벤데르에 대한 영감을 주기도 했다.

벤데르는 소설 속에서 아버지를 터키 국적자라고 밝히면서 자신의 이름을 '오스타프-슐레이만-베르타-마리야 벤데르-베이'라고 소개한다. 대단히 복잡해 보이는 이 이름을 통해서 우리는 벤데르에 대한 몇 가지 정보를 추측해볼 수 있다. 우선, 벤데르는 자신의 아버지를 '터키인'이라고 하지 않고 '터키 국적자'라고 말하고 있다. 벤데르라는 성은 주로 슬라브 지역으로 이주한 유대인이 많이 가진 성이며, 따라서 오스타프의 아버지는 유대인으로 추정된다. 러시아 여성을 만나 결혼한 벤데르의 아버지는 아들의 이름을 우크라이나 이름인 오스타프라고 짓고 아들의 이름에 '슐레이만', '베이' 같은 터키식 이름을 덧붙인다. 이것은 아마도 당시 유대계 상인들이 러시아에 머물면서 터키인들로부터 터키 국적을 산 것과 연관이 있어 보이는데, 러시아-터키 전쟁 당시 양국의 국적을 동시에 가지고 있는 사람은 징집되지 않는다는 법령을 이용하여 유대계 상인들이 자신들의 아들을 군대에 보내지 않으려고 사용한 편법이었다.

오스타프가 본문에서 보여주는 일련의 행위와 성격은 고전 희극 작품에 자주 등장하는 희극적 인물의 전형을 연상시킨다.

그들은 주로 기만과 사기와 간계로 자신의 목적을 달성하거나 작품 속 부정적인 인물들을 혼내주는데, 프랑스 작가 몰리에르의 희곡 《스카펭의 간계》에 나오는 스카펭이나 보마르셰의 희곡 《피가로의 결혼》에 나오는 피가로가 이런 유형의 인물이다. 작가들은 보통 이러한 인물을 통해서 단순한 웃음을 넘어서 당대 주류 계급과 귀족 사회의 부정적인 모습들을 풍자했다. 이러한 희극적 인물은 러시아 문학에서도 매우 중요하게 등장하지만 서구의 인물보다 좀 더 뒤틀린 형태로 전개된다.

19세기 러시아 풍자 문학의 대가인 고골의 작품에 나오는 주인공들인 《감찰관》의 흘레스타코프와 《죽은 혼》의 치치코프는 당대 주류 계급의 부정과 부패를 사기와 기만으로 통쾌하게 고발하고 있는데, 악의가 없고 어느 정도는 정의로워 보이는 스카펭이나 피가로와 달리, 자신들이 속이고 있는 주류 계급의 부정성과 그다지 큰 차이를 보이지 않는다. 쉽게 말하자면 나쁜 놈이 나쁜 놈을 벌주는 것이다. 이러한 인물은 훗날 발표된 미하일 불가코프의 《거장과 마르가리타》(1929~1940년 집필, 1966년 출간)에서도 나타난다. 소설에서는 권력과 탐욕에 눈이 먼 1930년대 소비에트 모스크바를 악마인 볼란드가 심판하며, 권력에 희생당한 작가 거장은 악마 볼란드에 의해 구원을 받는 기묘한 형태를 보인다.

그러나 오스타프는 고골이나 불가코프의 주인공과는 또 다른 개성을 지닌 독특한 인물이다. 그는 어떠한 상황에서도 긍정적이며 낙천적이다. 의자에 보석이 없을 때마다 보로뱌니노프가 점점 낙담하며 절망하는 것과 달리, 오스타프는 오히려 확률이 더 높아졌다고 귀족단장을 달랜다. 갖가지 어려운 상황이 닥쳐도 기막힌 임기응변으로 모든 상황을 헤쳐 나가며 삶에 대한 긍정적 태도를 보이는 인물이다.

또 하나 오스타프의 개성에서 매우 놀라운 점은 그가 문학과 예술에 매우 조예가 깊다는 것이다. 그는 틈틈이 문학, 예술, 역사, 정치적 상황과 인물에 대해 직, 간접적으로 언급을 하는데 이런 모습은 마치 르네상스적인 인간형을 연상시킨다. 니체의 차라투스트라를 비롯해 셰익스피어의 햄릿, 푸시킨, 레르몬토프의 작품을 자연스럽게 인용하는 오스타프와 달리, 귀족이던 보로뱌니노프는 그 인용들을 거의 알아듣지 못한다.

이런 연유로 오스타프는 오늘날까지도 러시아에서 매우 사랑받는 문학작품의 주인공으로 남아 있다. 지금도 러시아 곳곳에는 그를 기념하는 동상이 세워져 있으며, 그의 이름을 딴 페스티벌이 열리고 있다.

10월 15일 오데사에서 일리야 일프 출생.
본명은 이예히옐-레이브 아르예비치 파인
지르베르그. 유대계 아버지와 러시아인 어
머니 사이에서 4형제 중 셋째로 출생.

1897

12월 13일 오데사에서 예브게니 페트로프 출
생. 본명은 예브게니 페트로비치 카타예프.
성직자 출신 할아버지의 영향으로 페트로프
의 아버지는 정교회 학교의 교사로 일함.

1903

일프, 유대인 기술학교에 입학. 넉넉지 못한
가정환경으로 일찌감치 직업 기술 관련 분
야를 공부하면서도, 문학에 관심이 깊어 고
전 작가들을 탐독함.

1905

페트로프, 오데사에 있는 5번 고전 김나지
야에 입학. 훗날 소비에트의 환상소설 작가
가 되는 알렉산드르 코자친스키와 우정을
쌓음.

1911

일프, 기술학교를 졸업하고 설계사무소, 전신국, 군수 공장에서 일함.	1913
일프, 직업을 회계사로 바꾸고 틈틈이 오데사 지방 신문에 칼럼을 게재함.	1917
일프, 러시아 내전 발발로 징집됨.	1919
페트로프, 김나지야를 졸업하고 우크라이나 전신국 통신원으로 일힘.	1920
일프, 내전 후 다시 오데사로 돌아옴. 오데사 문학 클럽 '시인연합'에 가입해 활동함. 《세코틴》이라는 잡지에 필명으로 시를 발표하고, 직접 편집장으로 일하기도 함. 페트로프, 1923년까지 오데사 형사국의 형사로 근무. 후에 페트로프는 "나의 첫 번째 문학작품은 신원불명 남성의 시체 검시 보고서였다"라고 회상.	1921
일프, 어머니가 오랜 병환 끝에 세상을 떠남. 아버지 역시 병에 걸리고, 큰형은 프랑스로 망명함. 힘겨웠던 이 시기에 마리야 타라센코를 만나 사랑에 빠짐.	1922
일프, 모스크바로 이주해 신문사 〈기적〉의 편집원으로 일하며 유머, 풍자 단편을 발표함. 신문사로부터 작은 기숙사를 제공받음. 이때의 기숙사는 《열두 개의 의자》에 나오는 좁은 기숙사의 원형이 됨. 페트로프, 모스크바로 이주해 언론학과 야간대학을 다니며 잡지사 《붉은 후추》에서 일함. 이때부터 페트로프라는 예명을 쓰기 시작함.	1923
4월 21일 모스크바에서 일프와 타라센코 결혼함.	1924

300

페트로프, 신문사 〈기적〉으로 이직. 이로써 일프와 페트로프가 만나게 됨.	1925
9월 말부터 《열두 개의 의자》 공동으로 집필 시작.	1927
1월 《열두 개의 의자》 완성. '일프와 페트로프'라는 공동 필명으로 1월부터 7월까지 월간지 《30일》에 연재, '토지와 공장' 출판사에서 단행본으로 발간. 신문사 〈기적〉의 풍자 담당국 폐쇄로 두 사람 모두 잡지 《괴짜》의 공동 편집원으로 이동. 이 시기 '표도르 톨스토옙스키'(톨스토이와 도스토옙스키를 합성한 이름)라는 필명으로 〈콜로콜람소크시의 이상한 이야기〉 〈빛나는 개성〉 〈1001일, 혹은 새로운 세헤라자데〉 등을 《괴짜》에 연재하나 모두 검열로 인해 완성을 보지 못함.	1928 《열두 개의 의자》
페트로프, 독일계 여성인 발렌티나 그륜자이와 결혼. 잡지 《괴짜》 《악어》 《등불》과 일간지 〈문학신문〉 〈프라브다〉 등에 '표도르 톨스토옙스키', '냉정한 철학자' 등의 필명으로 풍자와 유머 단편을 계속 발표. 검열로 지적받은 부분을 수정한 《열두 개의 의자》 개정판 출간.	1929
《열두 개의 의자》 속편 격인 《황금 송아지》를 잡지 《30일》에 발표. 막심 고리키, 미하일 조셴코의 극찬을 받음. 5월부터 파리의 러시아 망명자 잡지 《사티리콘》에도 발표.	1931
일프와 페트로프 모두 〈프라브다〉 신문의 칼럼리스트로 활동. 《황금 송아지》가 미국에서 먼저 출간됨.	1932 《황금 송아지》 (미국판)

《황금 송아지》 러시아에서 단행본으로 출간. 《열두 개의 의자》체코와 폴란드 합작으로 영화화. 최초 희곡 작품인 단막극 〈강렬한 감정〉 발표.

1933 《황금 송아지》
(러시아판)

단막 희극 〈신경질적인 사람들〉 발표. 제1차 소비에트 작가 전당대회에서 반소비에트 작가들에 대해 맹렬한 비판이 가해짐. 일프와 페트로프도 비난을 면치 못하여 모든 작품들이 금지됨.

1934

약 60편의 풍자 유머 단편과 신문 칼럼 등을 엮은 작품 선집《로빈슨 유래기》 출간(작가들의 실수로 개별 작품들의 집필 연도를 모두 1933년으로 적음). 9월 미국으로 장기출장 겸 휴가를 떠남.

1935 《로빈슨 유래기》

영화 시나리오 〈어느 여름날〉 집필. 자신들의 미국 체험을 바탕으로 한 소설《1층짜리 미국》을 잡지에 연재. 단막 희극 〈부유한 약혼녀〉 발표.

1936

러시아에서 《1층짜리 미국》 출간. 미국에서는 《작은 황금의 미국》이라는 제목으로 출간. 미국 체류 중 일프가 급성 결핵에 걸려 급히 모스크바로 귀국하나 4월 13일 세상을 떠남. 페트로프는 자신들의 창작 활동과 일프를 기리는 회고록《나의 친구 일프》집필 시작.

1937 《1층짜리 미국》

페트로프, 소련공산당에 가입. 일간지와 잡지에 단편들을 기고하고, 몇 편의 영화 시나리오를 씀. 《나의 친구 일프》서문 집필. 미래의 소비에트 사회를 그린《공산주의 나라로의 여행》집필 시작(이 작품은 미완성 상태로 1965년 일부분만 출간됨).

1939

페트로프, 2차 세계대전이 발발하자 〈프라브다〉의 전쟁 통신원으로 근무. **1941**

페트로프, 전쟁 경험을 바탕으로 한 〈전선일기〉 발표. 7월 2일 세바스토폴에서 모스크바로 돌아오는 비행기에서 독일군 비행기에 격추되어 세상을 떠남. **1942**

페트로프가 쓴 전쟁 경험을 바탕으로 한 영화 시나리오 〈수송기〉가 사후에 발표됨. **1943**

페트로프의 회상록 《나의 친구 일프》가 지인들의 편집으로 출간됨. **1947** 《나의 친구 일프》

스탈린 사망 후(1953년) 유화된 사회 분위기 속에서 《열두 개의 의자》와 《황금 송아지》가 23년 만에 복간됨. **1956**

옮긴이 이승억

경북대학교 노어노문학과를 졸업하고, 동대학원에서 〈불가코프의 희곡에 나타난 예술가의 테마〉로 석사학위를 받았다. 러시아 국립 게르첸 사범대학 20세기 러시아문학학과에서 〈1920~1930년대 불가코프의 드라마투르기에 나타난 안티유토피아의 요소들〉로 박사학위를 받았고, 현재 경북대학교 인문과학 연구소 연구교수로 재직하면서 러시아 문학과 러시아어를 강의하고 있다. 옮긴 책으로는 《처음 소개되는 체호프 단편선》, 톨스토이의 《두 친구》 등이 있다.

세계문학의 숲 037

열두 개의 의자 2

2013년 11월 19일 초판 1쇄 인쇄
2013년 11월 26일 초판 1쇄 발행

지은이 | 일리야 일프·예브게니 페트로프
옮긴이 | 이승억
발행인 | 전재국

발행처 | (주)시공사
출판등록 | 1989년 5월 10일(제3-248호)

주소 | 서울특별시 서초구 사임당로 82(우편번호 137-879)
전화 | 편집 (02)2046-2869·영업 (02)2046-2800
팩스 | 편집 (02)585-1755·영업 (02)588-0835
홈페이지 | www.sigongsa.com
세계문학의 숲 홈페이지 | www.sigongclassic.com

ISBN 978-89-527-7054-7(04890)
      978-89-527-5961-0(set)